DESEO

AF273766

JESSICA LEMMON

INTERCAMBIO DE GEMELOS

HARLEQUIN™

Editado por Harlequin Ibérica.
Una división de HarperCollins Ibérica, S.A.
Avenida de Burgos, 8B - Planta 18
28036 Madrid
www.harlequiniberica.com

© 2025 Harlequin Ibérica, una división de HarperCollins Ibérica, S.A.
N.º 568 - 29.8.25

© 2022 Jessica Lemmon
Intercambio de gemelos
Título original: Million-Dollar Mix-Up

© 2022 Jessica Lemmon
Los sueños se cumplen
Título original: Million-Dollar Consequences
Publicadas originalmente por Harlequin Enterprises, Ltd.
Estos títulos fueron publicados originalmente en español en 2023

I.S.B.N.: 979-13-7000-798-0
Depósito legal: M-11578-2025
Impreso en España por: BLACK PRINT
Fecha impresión Argentina: 25.2.26
Distribuidor exclusivo para España: LOGISTA
Distribuidores para Argentina: Interior, DGP, S.A. Pienovi 211 - Avellaneda
Cap. Fed./Buenos Aires y Gran Buenos Aires, VACCARO HNOS.

Capítulo Uno

Kendall Squire no iba vestida para la temperatura que hacía.

Mientras subía con cuidado por la nevada Montaña del Millón de Dólares, «por cierto, ¿quién pone esos nombres?», quitó una mano del volante para ajustar la rejilla de ventilación y que el calor le diera en los dedos de los pies. Unas botas de tacón con puntera abierta eran perfectas para Los Ángeles. En cambio, para las montañas nevadas de Virginia no lo eran tanto.

Repitió lo que iba a decir cuando estuviera frente al hombre que iba a ver. Él no sabía que iría; tras debatirlo mucho en la soleada California, había optado por no avisarlo. Y no porque quisiera tenderle una emboscada, sino porque en persona era mucho más persuasiva que por teléfono.

Había estado haciendo jornadas de dieciséis horas en la agencia de talentos desde que Lou, su mentor y dueño de la agencia Legacy, se había retirado sorprendiendo a todos, ya que apenas tenía cincuenta años. Había vendido la empresa y se había despedido de ella y del resto del equipo, no sin antes legar su exclusiva cartera de clientes.

La parte que le había correspondido a ella era impresionante, pero cuando había contactado con sus nuevos clientes, había recibido toda clase de respuestas, hostiles en el peor de los casos y de disculpa en el mejor. Uno a uno la habían despedido, ya que por contrato podían irse de la agencia si Lou los cedía a otro agente. Parecía que nadie se fiaba de que una «cría» supervisara sus ilustres carreras. Tenía treinta y cuatro años, así que de cría nada, pero ese comentario se lo había guardado.

Su última llamada, hecha con manos temblorosas y miedo en el cuerpo, había sido a Isaac Dunn. Isaac era una mitad de los gemelos que habían interpretado a Danny Brooks en la popularísima serie de televisión *Brooks sí que sabe*, emitida veinte años atrás. Desde los cinco a los quince años, Isaac y su gemelo, Max, habían crecido en la pantalla interpretando al hijo de Samuel y Pauline Brooks, que vivía con el resto de su familia, una tropa de primos simpáticos, divertidos y alborotadores. Acababan de reponer la serie en una plataforma de *streaming* y en un año se estrenaría una miniserie para celebrar su aniversario. Los admiradores de la serie ya estaban hablando de posibles argumentos y volviendo a mostrar interés y amor por Danny. Max se había retirado de la interpretación hacía años, así que Isaac retomaría solo el papel. Su respuesta para volver a la serie había sido un «no» rotundo. Y era la misma respuesta que Kendall había temido que le diera Isaac al ofrecerse como su nueva representante.

Pero la llamada había salido mejor de lo esperado. Después de presentarse y enterarse de que Lou había llamado a Isaac para avisarlo del cambio, había prometido ser la mejor representante que él podría tener y había jurado no decepcionarlo. Y por eso, para cumplir su promesa, ahora se dirigía a ver a su gemelo en lo alto de esa montaña.

No fallaría a su único cliente.

El teléfono le sonó desde el bolso, sacándola de sus rumiaciones. El coche de alquiler activó los altavoces, lo que le permitió responder sin apartar las manos del volante mientras conducía por la resbaladiza carretera.

–Hola, Meg –le dijo a su hermana.

–¡Hoooooola! –respondió Meghan con tono cantarín. Su hermana era una explosión de alegría la mayoría de los días, pero hoy su voz sonaba aún más alegre–. ¿Ya has llegado?

–Parece que se te corta la respiración. ¿Estás bien? –preguntó Kendall sonriendo.

–¡No me dejes con la incógnita! ¡Me muero por saberlo!

–Aún no he llegado.

–Pues date prisa en subir ahí y luego hazme una videollamada en secreto para que pueda ver al solitario y misterioso Max Dunn. ¿Crees que podrás convencerlo para que me dé una entrevista en exclusiva? Por favor, por favor, poorfiiiiiiii.

Meghan tenía un pódcast de lo más popular llamado Superfán TV. Cada episodio trataba sobre series de televisión antiguas y *Brooks sí que sabe* resultaba ser su favorita.

–Te prometo que lo mencionaré si me surge la oportunidad. No sé si a Max le va a hacer gracia que la representante de su hermano le suplique salir en un anuncio, ¡así que como para pedirle directamente que haga una entrevista sobre una serie en la que no va a salir!

–Ya, claro.

Kendall oyó la desilusión de su hermana.

–Aunque puede que Isaac sí lo haga –no tenía ni idea, pero por lo que había leído en Internet, Isaac era más accesible que Max.

–¿En serio? –preguntó Meghan esperanzada.

–Dame una semana más o menos. Tengo que convencer a Max de que me ayude, volver a Los Ángeles, grabar un anuncio y luego intentar que Isaac vuelva a California. Me espera un mes movidito.

–Qué vida tan glamurosa tienes, hermanita. Y yo aquí sentada sola en una granja viendo a un gato perseguir algo entre la hierba.

–No me lo restriegues. Yo estoy aquí enfrentándome al hielo y a la nieve.

Meghan se rio.

–Te he llamado por otra cosa más.

Kendall se lo había imaginado.

–Quería saber si estás bien. Hoy es su cumpleaños –añadió en voz baja.

–Ya –Kendall respiró hondo y el paisaje blanco que tenía delante se desdibujó mientras imaginaba a su hermano mayor con su enorme sonrisa y su pelo rubio y ondulado. Tenía veinte años cuando murió y ella nunca lo había perdonado por dejar a la familia de ese modo tan brusco. Lo necesitaba. Lo necesitó entonces y lo necesitaba ahora–. Y sí, estoy bien. ¿Cómo estás tú?

–Bien. Es que me gusta recordarlo especialmente este día. Hablo un rato con él y luego sigo con mis cosas. Tú deberías hacer lo mismo.

Para Meghan era más sencillo. Tenía once años cuando Quinton murió, mientras que Kendall tenía dieciséis. No es que Meg lo hubièra querido menos, pero Quin había estado más unido a ella y su marcha le había dejado una herida enorme en el alma que nunca había llegado a cerrarse del todo.

–Buen consejo –dijo forzando una sonrisa. Ella también hablaba con Quin a veces, pero sus palabras siempre estaban llenas de preguntas como «¿Por qué tuviste que ir a ese viaje?» o «¿Por qué no pudiste quedarte conmigo en casa?».

–Saluda a Max de parte de tu adorable hermana, que además es la mayor fan de *Brooks sí que sabe*. Ten cuidado y llámame ¡en cuanto puedas!

–Vale.

Kendall le dijo que la quería, algo que siempre intentaban decirse desde que había muerto su hermano, y colgó.

Justo en ese momento vio una cabaña. Dos kilómetros atrás el GPS la había desviado de su destino. Ya que el pueblo no estaba bien recogido en las imágenes por satélite, no había sabido cuándo, o si, daría con alguna residencia por allí.

Pero era difícil no verla. La gigantesca cabaña tenía dos plantas, tres si contabas lo que parecía un desván, y tres buhardillas. Al acercarse más y ver los modernos apliques luminosos de hierro y el estilazo de la propiedad, supo que sin duda sería la casa de Max.

Max se había marchado de Los Ángeles con mucho dinero y se había instalado en Virginia, aunque no se había mudado a ese pueblo en concreto hasta diez años después. Al poco tiempo el pueblo había pasado a llamarse Dunn, por el hombre que lo había comprado en su mayor parte.

Estaban los hombres solitarios y luego estaba Max Dunn. Según los rumores que corrían por internet, había huido a las montañas de Virginia para esconderse y había comprado un pueblo para hacerlo.

Aparcó junto a un garaje de tres plazas que tenía el mismo estilo de cabaña que la mansión. El número de la placa le confirmó que estaba en el lugar correcto:

102 Brooks Boulevard. ¿Le habrían puesto ese nombre a la calle por la serie que había protagonizado Max o sería una coincidencia bestial? Su hermana diría que era cosa del destino.

Ella, en cambio, no era tan susceptible a creer que la vida tenía un plan.

Bajó del coche, dejó el bolso dentro y se llevó el móvil en el bolsillo. Cruzó la nieve soltando gritidos cada vez que se le metía un poco en las botas abiertas. Desde luego, no era el calzado adecuado para esa excursión, pero eran sus zapatos de la suerte. Se los había comprado con su primer aumento de sueldo en la agencia.

Preparándose para ver por primera vez al gemelo idéntico de Isaac, se puso recta y llamó a la puerta.

Y esperó.

Después de lo que le pareció un rato muy largo, oyó movimiento dentro. Se lo imaginó desaliñado, con el pelo largo y descuidado, una buena panza y tal vez una camiseta manchada. Pero entonces la puerta se abrió e hizo añicos esa imagen.

Max llenaba el umbral de la puerta con su presencia descomunal e imponente. Tenía el pelo un poco largo, pero bien arreglado, y una barba poblada y oscura. Estaba en forma y llevaba una camiseta azul oscura que se ceñía a su plano abdomen. El resto del atuendo era el típico de leñador, camisa de franela y vaqueros, y le sentaba muy pero que muy bien, por cierto.

Kendall dejó de sonreír y lo miró de arriba abajo antes de volver a centrarse en su rostro como si se hubiera quedado congelada. Parpadeó, sin palabras, al verse ante la réplica ruda de Isaac Dunn. Se había esperado que se parecieran, pero no que al verlo la sacudiera semejante golpe de atracción.

Aunque no había duda de que Isaac era un tipo atractivo, también lo eran muchos otros hombres en Hollywood. Ver un espécimen masculino atractivo no era una rareza en Los Ángeles.

Pero Max emitía feromonas como un fuego voraz despidiendo humo.

Él seguía ahí en la puerta, con los labios apretados bajo esa barba perfecta. Resultaba peligroso y misterioso, y ya que ella llevaba seis meses desatendiendo a su libido, también sexy a rabiar.

Debía de estar más cansada de lo que pensaba si estaba mirando en silencio al hermano de su cliente. Un golpe de viento gélido cruzó el porche abierto y le rodeó las piernas, sacándola del estado de conmoción. Forzó una sonrisa.

–¿Max Dunn? Ho-hola. Kendall. Squire. Soy la representante de Isaac.

«Cálmate».

Max frunció aún más el ceño. Ahora sí que parecía un hombre de montaña hosco y furioso, aunque no por eso resultaba menos sexy. La miró de arriba abajo.

–¿Todo bien?

Ya fuera por la franqueza de su mirada azul o por lo cansada que estaba del largo viaje, respondió a la pregunta con sinceridad:

–He pasado unos meses duros. Años, en realidad –dijo mirando unos troncos apilados contra un lateral de la casa–. Pero siempre he creído en seguir adelante. Paso a paso.

–Siento mucho que hayas tenido problemas, pero te preguntaba si todo iba bien con Isaac.

–Ah, claro, sí –respondió colorada. Tragó saliva, lo cual era difícil cuando le castañeteaban tanto los dientes–. Sí, está bien. Genial. Bueno, genial tampoco. A ver, él está genial, aunque a su carrera no le vendría mal un… eh… Lo necesitamos en Los Ángeles, pero está en una isla. Una isla suya. No tenía ni idea de que tuviera una isla. Bueno, el caso es que está allí atrapado.

–¿Atrapado?

–A propósito. Su piloto está de vacaciones, pero eso es algo que Isaac ya sabía. Así que está en una cabaña. O en una mansión. No sé qué clase de vivienda tiene –frunció el ceño al darse cuenta de que no sabía casi nada sobre su cliente. Mejor ir al grano–: Lo necesito en Los Ángeles dentro de dos días, pero no puede llegar a tiempo. Y por eso estoy aquí. Esperaba que pudiéramos hablar. ¿Tiene un momento?

Capítulo Dos

La última vez que había tenido delante a una mujer preciosa preguntándole si tenía un momento había sido… En realidad, había sido hacía una hora.

Pero esta no era su exasperante exmujer, Bunny, pisoteándole el suelo de madera de diseño con sus botas. Esa mujer no llevaba botas; bueno, sí las llevaba, pero eran las botas menos prácticas que había visto en su vida. Estaba claro que había llegado desde la Costa Oeste, con ese pelo moreno con mechas rubio caramelo, su piel dorada y perfecta y el resto del atuendo: vaqueros de diseño y una cazadora de cuero pensada más para lucir que para calentar.

Suponía que estaba allí para pedirle que se hiciera pasar por Isaac. Llevaba toda la vida oyendo a gente pedirle que se hiciera pasar por su hermano. Lo había hecho siempre que Isaac no había podido estar en dos lugares a la vez y su hermano había hecho lo mismo por él en alguna ocasión.

Estaba a punto de decirle que no, pero entonces se lo pensó mejor. La mujer estaba ahí, en su porche, temblando. Joder, no podía decirle que se marchara así por mucho que viniera del lugar que menos le gustaba del planeta. Max había dejado la tierra de las fantasías con veinte años jurando no volver nunca ni a Los Ángeles ni a su antigua profesión, pero no tenía nada en contra de esa mujer. Dejaría que pasara para que entrara en calor.

–Pasa, California.

Pareció quedarse sorprendida con el apodo y luego le sonrió.

–¿En serio? Gracias.

Él dejó la puerta abierta para que entrara en su no tan humilde morada. La cabaña le ofrecía espacio y privacidad, dos de las cosas que más valoraba en el mundo. Tenía ventanales y puertas que daban a un balcón con vistas a las colinas y las montañas, y estaba metida entre los árboles como si fuera parte del paisaje. Le encantaba ese sitio.

Cuando ella pasó por su lado, captó un aroma a limpio y a sol, como si se hubiera llevado hasta Virginia un poco de la Costa Oeste.

Una vez los dos estuvieron dentro, se dirigió a la cocina. Encendió el fuego y puso una tetera. Al girarse, vio a Kendall quitándose las botas de tacón. Estaba pisando su suelo descalza, todo lo contrario a Bunny, que lo había pisoteado mientras se quejaba una vez más de que no estaba ayudándola a «alcanzar sus sueños». Había oído quejas similares montones de veces durante su matrimonio y había esperado que el divorcio acabara con esas charlas sobre su vínculo con el mundo de la actuación. Pero no. Bunny había vuelto pidiéndole que llamara a su hermano y le consiguiera un cameo en el regreso de la serie.

–Qué casa tan bonita –dijo Kendall situándose frente a la chimenea. Iba a encenderla justo cuando ella había llamado a la puerta–. Qué vida tan distinta de la de Isaac.

–No tanto. A los dos nos gusta estar solos.

Pero eso no era verdad en el caso de Isaac y no sabía por qué lo había dicho. Tal vez porque hablar de su

12

hermano lo ponía nervioso. Max era el mayor por setenta y dos segundos y, exceptuando sus rasgos físicos idénticos, por lo demás no podía parecerse menos a su hermano.

Se había alejado de la fama encantado, pero Isaac había permanecido en ella obligándolo a seguir haciendo cosas durante varios años después de que se hubiera emitido el último episodio de la serie. Con veinte años Max les dijo a su hermano y a su representante que ya estaba harto de toda esa mierda promocional que acompañaba a la fama y que se habían acabado los eventos. Punto. Isaac le había dicho que nadie quería ver «solo a un Dunn», que si él se negaba a hacer acto de presencia, las invitaciones a los eventos acabarían para los dos.

Su distanciamiento no había durado para siempre, pero cinco años habían parecido una eternidad. Y para cuando los dos habían accedido a pasar la Navidad en casa de sus padres, el daño ya estaba hecho. Sí, se habían mostrado cordiales y habían charlado mientras se tomaban una copa junto a la chimenea, pero ya no estaban tan unidos como antes. Y Max suponía que jamás volverían a estarlo.

No le guardaba rencor a su hermano; tan solo eran dos personas distintas con objetivos distintos. Uno quería huir de los focos y el otro estar rodeado de ellos.

—Bueno, al menos usted no está atrapado aquí.

Kendall tenía una sonrisa preciosa. Le temblaban los labios, ya fuera por el frío que había pasado o por los nervios. No parecía tímida, pero desde luego parecía tensa.

—Aún no —le diría que ella sí podría quedarse allí atrapada si se quedaba demasiado rato, pero esperaría a que entrara un poco en calor—. Siéntate.

Llenó dos tazas de agua caliente y le ofreció una selección de tés.

–Gracias –respondió ella superagradecida. ¿Quién agradecía tanto un té?–. ¡Ay, de regaliz!

–Buena elección.

Kendall, sin quitarse el abrigo, se sentó en una de las sillas hechas a mano. Tenía que entrar en calor, pero también tenía que irse pronto. Al ritmo que estaba nevando, no podría salir de allí si se quedaba mucho más.

–La razón por la que estoy aquí, señor Dunn…

–Max.

Ella volvió a esbozar esa sonrisa preciosa que se le reflejó en los ojos, marrones chocolate.

–Max. La razón por la que estoy aquí es que tengo una oportunidad para ti y creo que te resultará bastante interesante.

Max contuvo la risa. Lo que para ella era una oportunidad para él sería una molestia. Aun así, la dejó hablar.

–Como sabes, tu hermano va a volver a la serie y va a interpretar solo el papel de Danny –dijo con mirada compasiva.

Parecía como si Kendall no entendiera por qué había rechazado la oportunidad de interpretar un pequeño papel en la serie. A los fans les habría encantado, pero ahora él estaba viviendo su vida a su modo y no quería hacer cosas solo por ganar dinero o complacer a sus seguidores. Ya no.

–Bueno, el caso es que a Isaac le han hecho una oferta buenísima para grabar un anuncio para relojes Citizen, pero por desgracia no puede llegar a tiempo para grabarlo. Solo te llevaría unas horas y no hay que memorizar ningún guion. Se grabará en un estudio cerrado dentro de dos días. Y luego puedes volver a este precioso mundo nevado y hacer como si no hubiera pasado nunca –dijo señalando afuera antes de dar una palmada con una sonrisa amplia y cargada de esperanza.

Joder. Por un lado no quería decirle que no; había ido hasta allí ilusionada con ese plan brillante. Pero debía decirle que no por muchísimas razones.

–Me estás pidiendo que me haga pasar por Isaac.

–Te estoy pidiendo que salgas en un anuncio en el que los dueños de relojes Citizen darán por hecho que eres Isaac –evitó mirarlo a los ojos y se centró en meter la bolsita de té en la taza–. Fingir es actuar al fin y al cabo, ¿no?

Era mucho más que eso, pero se guardaría el sermón para otro día. Ahora mismo estaba demasiado agotado por haber discutido con Bunny y no le quedaban energías para Kendall.

–He dejado el negocio de la interpretación y no voy a hacerme pasar por Isaac en un anuncio. Lo siento. Has perdido el tiempo.

–Citizen me ha enviado un montón de relojes para promocionarlos –continuó ella, ignorándolo–. Para hombre y para mujer. Me los he traído. Te puedes quedar alguno o todos. Por si no la conoces, es una marca de calidad y muy lujosa.

–Mira a tu alrededor, California. ¿Para qué puñetas voy a necesitar yo un reloj?

Ella respiró hondo, lo miró y le lanzó esa impactante sonrisa.

–Entonces hazlo por Isaac. Está a punto de hacer un regreso por todo lo alto. La prensa está deseando saber detalles de la reunión. Sé que has rechazado ofertas de hacer un cameo y entrevistas, pero esta es tu oportunidad de contribuir manteniendo las distancias. Puedes ayudarlo y pasar desapercibido a la vez.

—Ayudé a mi hermano a navegar por esas aguas infestadas de pirañas durante quince años. Ya he tenido bastante. Mi respuesta es «no».

Ella esbozó una sonrisa temblona y dio un trago de té. Después resopló y dijo:

—Te voy a ser sincera, Max. Estoy en un pequeño apuro. Mira, resulta que he heredado a Isaac como cliente y eso incluye algunas oportunidades que su antiguo representante había cerrado. Yo no sabía que ellos dos tuvieron algún que otro problema de comunicación y le prometí a Citizen el anuncio suponiendo que Isaac ya había accedido a hacerlo. Pero no. Isaac dijo que prefería centrarse en su oficio antes que dedicarse a la publicidad.

—Qué novedad —murmuró Max contra el borde de la taza.

Isaac antes era el Señor Anuncio, tal vez porque actuar era algo innato en él. Max tenía menos talento en ese campo y no le daba vergüenza admitirlo. Podía sonreír y desplegar su encanto en cualquier anuncio o sesión fotográfica, pero para él actuar en un escenario era como estar subido en un monociclo y hacer malabarismos con unos bolos al mismo tiempo. En otras palabras, no se sentía cómodo.

—No me malinterpretes, me alegro de que esté centrado en su carrera —continuó ella—. Me dijo que si podía volver, grabaría el anuncio. Seguro que no le importaría que le echases una mano.

—¿Entonces no sabe que estás aquí?

Kendall lo ignoró de nuevo.

—Además, así estarías apoyando al resto del equipo

16

haciendo subir las audiencias. Míralo como una forma de darle un gran abrazo a tu antigua familia televisiva.

Con eso lo había pillado. Adoraba a los actores de la serie.

—Querrás decir un gran abrazo de parte de Isaac, porque no le diríamos a nadie que el del anuncio soy yo.

—Sí, supongo que tienes razón. Si te preocupa que se note que no eres Isaac, podrías cortarte un poco el pelo, aunque tampoco mucho. Ahora Isaac lo lleva un poco largo. Lo que sí tendrías que quitarte es la barba. Pero te volverá a crecer. Te lo prometo.

Ah, no. De eso nada. No iba a quitarse la barba.

—La agencia cubrirá tus gastos de viaje y yo te remitiré el pago en cuanto nos lo envíe Citizen.

Max se levantó, harto de esa conversación unilateral. Kendall estaba dando demasiadas cosas por sentadas y ya lo habían avasallado y manipulado demasiado a lo largo de su vida.

—¿Max?

Antes de permitir que esa cálida mirada marrón le atravesara el alma, le lanzó una última advertencia:

—Señorita Squire, es hora de que se vaya.

Capítulo Tres

Kendall, mirando a un Max furioso, cerró la boca. Le estaba diciendo que no. Un no de verdad.

—Max…

—No he visto que lleves cadenas en las ruedas.

—Me alojo en un hotel del centro de Dunn. Está cerca, ¿no?

—Sí, al final de una carretera llena de curvas y con un precipicio –le respondió muy serio.

—Bueno, entonces debería irme ya –Kendall fue hacia la puerta y se puso las botas–. Si quedamos mañana para tomar café, te puedo contar los detalles de… –soltó un gritito al girarse y ver a su lado a un Max que parecía más enfadado incluso que antes.

—Voy a decirlo una vez más y solo porque respeto tu trabajo. Mi respuesta es «no». No pienso volar a Los Ángeles para rodar un anuncio para relojes Citizen. No quiero el dinero. No quiero los relojes. No quiero actuar más. Y no vuelvas a mencionar a mi hermano o al resto del elenco. Es un golpe bajo con la intención de removerme los sentimientos y obligarme a aceptar por culpabilidad o por la necesidad de complacer –se acercó un poco más, envolviéndola con su limpio aroma a cedro–. Pero ten clara una cosa, California. Ni me siento culpable ni tengo la necesidad de complacer. Estás perdiendo el tiempo intentando convencerme.

Abrió la puerta. La nieve caía; parecía como si una sábana blanca lo cubriera todo.

–Conduce con cuidado.

Kendall salió. Una vez en el coche de alquiler, encendió la calefacción y, frustrada, empezó a despotricar.

–¡Ese hombre es imposible! –se frotó las manos con fuerza para calentarlas. Suponía que el enfado que tenía la ayudaría a subir la temperatura corporal–. ¡Terco! ¿Qué tendrá que hacer que sea más importante que ayudar a su familia? Yo lo haría por mi hermano sin pensarlo.

Haciendo caso omiso de las emociones que la asaltaron al pensar en Quin, dio marcha atrás y, no sin cierta dificultad, llegó a la carretera. Max seguía en la puerta, seguro que con el gesto torcido.

–Lo tengo controlado, neandertal –murmuró mientras se alejaba. Con cuidado, bajó por la carretera nevada y resbaladiza intentando no pensar en el precipicio que había mencionado–. Menudo gilipollas.

Un gilipollas alto, barbudo, robusto y delicioso. Con unos ojos azules impenetrables, una voz atractiva y una presencia imponente.

–Habría sido perfecto para el anuncio –añadió en voz alta para convencerse de que, más que de una atracción, se trataba de una observación profesional–. ¡Qué gran oportunidad perdida!

La nieve caía sobre el parabrisas con más fuerza y más deprisa, obligándola a aminorar la marcha. El GPS decía que el hotel estaba a ocho kilómetros al final de la carretera, pero ya no se fiaba después del error en la localización de la casa de Max.

–Bueno, aprovecharé el tiempo para trazar un plan –se dijo observando con atención el paisaje blanco que tenía delante.

Tenía que haber otra forma de rodar el anuncio. A lo mejor Citizen accedería a volar a la isla, pero eso significaría que Isaac tendría que compartir su ubicación, y no le parecía probable. Pensó en la videoconferencia que había tenido con él a principios de semana. Un fondo de arena y aguas turquesas se extendía tras su único cliente. Isaac, con camiseta azul y gafas de sol de espejo, le había sonreído al saludarla. Esa sonrisa podía vender miles de relojes, y precisamente por eso lo necesitaba en LA de inmediato.

–Isaac, cuánto me alegro de que hayas contestado –era la cuarta vez que lo intentaba.

–Hola, Kendall. Siento el retraso. Aquí la cobertura es malísima. Y por eso me encanta este sitio.

–Te llamo por el anuncio de Citizen… –fue todo lo que alcanzó a decir antes de que él la interrumpiera.

–Ya le dije a Lou que no me interesaba. Ya te dije a ti que no me interesa –había respondido Isaac con impaciencia.

Ella se plantó una sonrisa deslumbrante esperando poder bloquear su negatividad.

–Ya, pero sí dijiste que lo grabarías si podías, y eso es lo que te estoy proponiendo hoy. Estaba pensando que, ya que tu piloto no está disponible para sacarte de la isla, podría enviar un avión a buscarte. Puedes grabar el anuncio y luego volver a la soledad.

–Lo cual supondría revelar mi ubicación, y eso es algo que no pienso hacer. Si estoy aquí y no en mi apartamento es por algo, Kendall.

–Intimidad –habían dicho los dos a la vez.

El resto de la conversación había sido cordial pero infructuosa.

Toqueteó los botones del salpicadero en un intento

por desempañar el parabrisas, que cada vez estaba más opaco.

–¡Venga! –alargó el brazo para secarlo con la mano y la primera pasada le confirmó que estaba en el carril contrario. Un camión tocó el claxon y la adelantó deprisa. Aterrorizada y con el corazón acelerado, se pasó al carril correcto–. Vale, vale –se dijo para tranquilizarse.

Resopló y justo en ese momento el GPS le indicó que girara a la izquierda, aunque ella no vio ninguna carretera. Obedeció y al instante supo que había cometido un error. El coche iba rebotando sobre la «carretera», que más bien era un sendero del bosque. Unas ramas gruesas golpeaban las ventanillas mientras hierbas altas se enredaban en las ruedas. Pisó el freno, pero el coche, más que detenerse, patinó, deslizándose a bastante velocidad. Justo cuando se estaba imaginando cayendo por un precipicio y muriendo entre las llamas del coche siniestrado, la parte delantera del vehículo chocó con un árbol. Iba a tener que pagar los daños cuando devolviera el coche.

–Vale, vale –repitió a pesar de que el mantra no había logrado calmarla la primera vez–. Lo tienes controlado.

Cuando giró la llave, el motor arrancó y el calor volvió a salir por las rendijas. Se rio.

–¡Sí! ¡Lo sabía!

Metió marcha atrás, pisó el acelerador con delicadeza... y se quedó donde estaba. Pisó con más fuerza y oyó las ruedas girar en la nieve, pero seguía sin moverse. Sin tracción ni cadenas no iría a ninguna parte.

–Ha llegado a su destino –anunció el GPS.

Lo apagó de un golpe y maldijo. ¿Y ahora qué?

En otras circunstancias el paisaje invernal que la rodeaba habría resultado precioso, pero ahora mismo solo podía ver pinos cubiertos de nieve y el enorme tronco que tenía delante. Se giró en el asiento y vio la carretera detrás. Menos mal que podía llegar andando. Lo único que tenía que hacer era seguirla en dirección al hotel y parar al primer coche que viera.

Sencillísimo.

Se le borró la sonrisa al darse cuenta de que no tenía ni idea de dónde estaba el hotel o dónde estaba ella. Sacó el móvil. Pediría ayuda. La señal era débil y después de tres intentos fallidos se rindió. Y cuando el motor se apagó, entró en pánico. Repitiéndose que tenía la situación controlada, abrió la maleta y sacó unos calcetines. Eran finos, pero mejor eso que enfrentarse a los elementos descalza. Se los iba a poner y le daba igual que quedaran ridículos asomando por debajo de las botas. También sacó un jersey, que se puso encima de la cazadora de cuero. Estaba incómoda, pero con suerte eso la mantendría en calor.

Salió del coche. La nieve le llegaba por los tobillos y el frío no tardó en calarle los huesos.

¡Y por allí no pasaba ningún coche!

Ya que no tenía ni idea de dónde estaba el pueblo y no podía arriesgarse a morir allí, optó por echar a andar en dirección a la casa de Max.

Cuando vio la casa a lo lejos, pensó que acabaría muriendo de todos modos. Tenía las extremidades rígidas y calambres en las manos, y no sentía los dedos de los pies. No sabía cuánto llevaba andando por la carretera nevada.

—Ca-casi he llegado —dijo con los dientes castañeteando.

La acogedora cabaña con ese resplandor anaranjado en las ventanas la animó a continuar, pero parecía estar alejada kilómetros en lugar de metros. Justo en ese momento, vio la puerta abrirse. Pensó que se trataba de un espejismo, pero no. Ahí estaba Max, sin abrigo y corriendo hacia ella en botas pero con los cordones desatados. Abrió la boca para decirle que tuviera cuidado de no tropezarse, pero tenía la lengua tan congelada como los dedos. Max llegó hasta ella con gesto muy serio y la respiración entrecortada.

–Joder, California.

Al segundo estaba en sus brazos. Hundió la nariz en su cuello e inhaló su aroma a cedro. El calor que emanaba le recordó a la acogedora chimenea. Intentó acurrucarse más a él, pero el bolso se lo impidió. Max, refunfuñando, se lo quitó.

Capítulo Cuatro

El cable de la grúa tiraba del coche para llevarlo del matorral nevado a la carretera también cubierta de nieve.

Max, con los brazos cruzados y una cazadora, no parecía tener frío. La furia latente que tenía lo mantenía caliente.

–¿Ha ido andando a tu casa? –preguntó Luca O'Hare, dueño de la empresa de grúas y camiones de sal. Gracias a él las carreteras en Dunn eran más seguras y más de un visitante californiano había logrado salir de la nieve.

–Sí.

–Vaya.

«Vaya» lo decía todo, pero a Max se le ocurrían algunas otras palabras menos decentes para expresar la furia que sentía. No por Kendall, que no había sabido dónde se metía, sino por él mismo, que no debería haberle permitido marcharse de su casa en esas condiciones.

–¿Dónde se aloja? –preguntó Luca.

–En el pueblo.

–Pues no va a llegar.

–Eso es verdad –Max le había permitido salir de su casa una vez, pero no volvería a hacerlo.

–¿Es guapa? –preguntó Luca sonriendo.

–Se está descongelando frente a mi chimenea.

Lucas sonrió aún más.

–Entonces, es muy guapa.

–Avísame cuando esté listo –prefirió responder Max antes que admitir que sí, Kendall Squire era muy guapa. Y además de guapa era muy cabezota, muy decidida y no estaba nada preparada para la vida de montaña.

–Hecho.

Max volvió a la cabaña en su camioneta. Al ver la chimenea humeante se le deshizo ese nudo que tenía en el estómago desde que había visto a Kendall subiendo por la carretera arrastrando los pies como un fantasma. No quería ni pensar lo que habría pasado si él no hubiera salido justo en ese momento a por más leña.

Cuando la había metido en casa, ella, acurrucada a su cuello, había murmurado algo sobre su acogedor aroma a fuego. Él le había respondido que pronto entraría en calor y por primera vez Kendall no le había discutido.

Al entrar ahora la encontró donde la había dejado, acurrucada bajo dos mantas gruesas en el sofá. Estaba frente al fuego, con los ojos cerrados, dormida.

Volvió a respirar aliviado de que estuviera ahí a salvo en su casa en lugar de convirtiéndose en un bloque de hielo.

Se sentó a su lado y ella se movió, pero mantuvo los ojos cerrados. Le cubrió los pies con las mantas. Le había dado unos calcetines suyos de lana. Esos tan finos que había llevado no eran apropiados ni para un día de primavera, así que mucho menos para una tormenta de nieve.

Max había mandado construir esa cabaña hacía años y había visitado las obras cada día para asegurarse de que encajaba con lo que tenía visualizado. Después de años en Los Ángeles, sabía que no quería un moderno santuario de cristal con vistas a las colinas de Hollywood. No quería vecinos. No quería tiendas lujosas y supermercados carísimos. Quería tranquilidad, la paz que no había tenido mientras crecía frente a un público en directo.

Isaac adoraba vivir en Hollywood. Le había encantado dar clase en el estudio o en el tráiler que compartían en lugar de ir al colegio de verdad y que lo reconocieran allá donde iban con sus padres, ya fuera un restaurante o la playa. Él, en cambio, había sentido todo lo contrario. Habría preferido ir al colegio o jugar un partido un viernes por la noche. Y prefería poder terminarse la comida en lugar de dejar una hamburguesa a medias para firmar un autógrafo.

No pretendía ser desagradecido. *Brooks sí que sabe* le había otorgado mucho privilegios, tanto de pequeño como ahora. Pero ya había terminado con esa parte de su vida. Al enterarse de que la serie iba a volver, había tenido emociones encontradas. Isaac, con mucho tacto, le había pedido que volviera y le había dicho que solo tendría que hacer un cameo como personaje extra. A los fans les encantaría verlo y él no tendría que comprometerse a un calendario de rodaje completo ya que Isaac interpretaría a Danny Brooks solo.

Su respuesta había sido un no tan rotundo como el que le había dado a Kendall. Había ido a la montaña para estar solo. Sus padres, y más tarde su hermano, deslumbrado por ese mundo, le habían impuesto la fama. Pero ahora era su momento. Quería vivir a su modo y eso no incluía volver a ponerse delante de una cámara.

Una extraña sensación de remordimiento lo embargó al ver a Kendall dormida. Jamás debería haberla dejado salir por la puerta, aunque dudaba que ella lo hubiera escuchado. Pero al menos tendría que haberse ofrecido a seguirla en su camioneta para asegurarse de que llegaba al pueblo sana y salva.

–¿Max? –dijo ella con los ojos aún cerrados.

–Sí, California. Soy yo.

Ella sacudió las pestañas y al instante su mirada oscura se posó en él.

–Voy a necesitar que me lleves en tu coche.

Kendall, grogui pero supercalentita bajo las mantas, miró a su anfitrión esperanzada. Había notado cómo se había sentado a su lado y la había arropado más. Seguro que estaba pensando que era una californiana torpe e inútil que había intentado conducir por una pista de hielo sin cadenas.

Por muy poco que le apeteciera moverse, quería volver al hotel y marcharse de esa cabaña lo antes posible. Pero, por desgracia, eso supondría que Max la llevara al pueblo.

–No vas a ir a ninguna parte –dijo él en voz baja y reconfortante.

–Vives en la montaña. ¿No tienes una camioneta?

–Una grande.

–Pues entonces imagino que puedes conducir con esta nieve. Tengo una reserva en el M Hotel.

–Tendrás que cancelarla.

–No puedo.

Max miró hacia la ventana trasera. Gordos copos de nieve caían como una cascada blanca. Ella apartó la mirada del paisaje helado para centrarse en él.

Qué perfil tan atractivo tenía. Las arruguitas de los

ojos decían que ya no era el niño al que había interpretado en la tele y que no solía hacerse *peelings* de ácido glicólico. Daba gusto ver a un hombre tan auténtico y distinto a esos perfectos que solía ver en California.

–Seguro que ni siquiera tendrás que cancelar. No van a esperar que aparezcas con esta tormenta.

–Pues tengo que ir –se incorporó–. ¿Qué voy a hacer? ¿Dormir aquí? Me he dejado la maleta en el coche. Necesito mis cosas –apartó las mantas, pero cuando fue a levantarse, se mareó. Se llevó la mano a la frente y volvió a sentarse.

–Tranquila, California. Tienes el bolso aquí y el coche en el taller. Vas a quedarte donde estás hasta que subas las escaleras para dormir en mi habitación.

Oír cómo le ordenaba que durmiera en su cama le produjo una deliciosa sensación por dentro, lo cual no tenía sentido. No le gustaba Max. No de esa forma.

–Eh… tengo que volver al hotel –sobre todo viendo que la atracción que había sentido nada más llamar a su puerta seguía ahí.

–Podrías haber muerto. Y por mucho que me gustaría hacerte caso y tener mi cama para mí esta noche, no pienso conducir con una tormenta de nieve.

Kendall le recordó que él sí tenía cadenas en las ruedas de la camioneta.

–Tenga o no cadenas, no pienso arriesgarme. Tienes que descansar y mantenerte en calor. ¿Quieres un té?

Su brusco tono de voz mostró firmeza, pero también algo más. Preocupación. Max se estaba preocupando por ella y quería mantenerla a salvo, y eso la hizo pensar en su hermano, en cuánto la cuidaba. Con él también se había sentido segura y protegida, y tal vez porque era su cumpleaños o, simplemente porque estaba cansada y a gusto, se acurrucó contra las mantas y asintió.

Max fue a preparar té. Lo vio moverse por la cocina y se quedó sorprendida. Parecía un hombre hogareño, lo cual desentonaba con la imagen que se había formado de él.

Ella también podía dar una imagen que no se correspondía con la realidad. Desde que era pequeña había rechazado la idea de un trabajo «normal». Le encantaba la fama, aunque no para sí misma, sino como industria. Le encantaba encontrarles a los clientes el papel de sus sueños y ver el proceso de producción de series y películas. Antes de retirarse, Lou se había implicado mucho en la vida de sus clientes. Los había ayudado a ensayar y se había reunido en persona con ellos siempre. Admiraba a Lou, y ocupar su lugar había resultado más complicado de lo que había imaginado. Lo había llamado en busca de consuelo cuando sus nuevos clientes la habían ido despidiendo uno tras uno, pero él le había dicho que tenía que abrirse paso en el negocio y nunca olvidar un consejo: «El tesón es primordial, Kendall».

El tesón era lo que la había llevado hasta la puerta de Max y lo que ahora la había animado a levantar el teléfono.

–Te recomiendo que te tomes las cosas con calma mientras estás aquí –dijo Max interrumpiéndola y dejándole la taza de té delante. Se sentó frente a ella.

–He venido aquí para trabajar. ¿Crees que estoy de vacaciones?

Max se quedó mirándola un momento y luego respondió:

–No, supongo que no.

29

Capítulo Cinco

Kendall, sin dejar de mirarlo, cambió el teléfono por el té. El humo que salía de la taza se desvaneció entre las largas ondas que le enmarcaban el rostro. Qué guapa era. Extremadamente guapa, preciosa. Tenía unas piernas de morirse, una mirada castaña astuta pero bondadosa a la vez, inteligencia y una actitud forjada a hierro imposible de no admirar.

–El sofá está bien, por cierto. O una habitación de invitados. No tienes que ofrecerme tu cama.

–Tengo que hacerlo si la habitación de invitados no tiene cama. Además, como imagino que no querrás que te despierte a las cinco de la mañana cuando me prepare café, yo dormiré en el sofá.

Kendall respondió que podía madrugar sin problema, pero entonces él le recordó que las cinco de allí eran las dos de California.

–Ya lo sé –contestó ella alzando la barbilla.

–Te gusta discutir, ¿no te lo han dicho nunca? –dijo él riéndose.

–Soy tenaz. En mi trabajo es primordial.

Kendall respiró hondo y se mordió el labio. Max supuso que estaba pensando en qué más decirle para que rodara el anuncio. Si se lo volvía a pedir, tendría que mostrarse más firme por mucho que no le apeteciera ser duro con ella después de lo que había pasado esa noche.

–¿Dónde está tu habitación? –preguntó Kendall despistándolo otra vez.

Era incapaz de saber lo que pensaba esa mujer.

–Arriba, a la izquierda. La última puerta al final del pasillo.

Ella dejó la taza y empezó a levantarse.

–¿Ya te vas a la cama?

–Voy a por mi maleta.

–No –Max soltó la taza y se levantó–. Te vas a quedar aquí sentada bebiéndote el té. Yo te la traigo.

–No pesa, Max. Puedo con ella.

–Kendall, déjame –dijo inclinándose y mirándola fijamente a los ojos. Fue precioso. Y no porque ella estuviera cediendo, sino porque lo que vio en su mirada fue confianza–. Ahora mismo vuelvo.

Mientras subía a la habitación, pensó en lo complicado que era confiar en alguien en el negocio de la fama, donde el dinero mandaba. Era algo que había aprendido de sus padres, que habían trabajado en la industria durante años. Su padre era director y su madre exactriz, aunque nunca había logrado el éxito que habían conseguido sus hijos. Después de su última pelea con Isaac, Max les había comunicado a sus padres y a él que dejaba California para marcharse a la Costa Este. Sus padres habían intentado disuadirlo, pero al final habían sido más comprensivos que su hermano. Isaac siempre miraba primero por sí mismo, como demostraba el hecho de que se hubiera recluido en una isla privada cuando debería haberse quedado cerca por si el productor de la serie necesitaba verlo.

Pero bueno, la carrera de su hermano no era asunto suyo. Ya no. Y le gustaba que fuera así.

Le llevó la maleta a Kendall y ella la abrió para sacar un portátil y empezar a teclear algo.

–¿Tienes pensado descansar mientras estés aquí? –preguntó Max.

–Lo que tengo pensado –dijo ella sin apartar la mirada de la pantalla– es ponerme al día con el correo para poder centrarme en cosas más importantes. Tiene que haber un modo de rodar un anuncio de Citizen sin Isaac, pero aún no lo he averiguado.

«Aparte de que yo me haga pasar por Isaac», pensó Max, aunque no lo dijo.

–¿Por qué no lo olvidas? Ya habrá más oportunidades. El apellido de Isaac vende. Además, está claro que no le preocupa mucho si ha huido a Belle Island.

Ella giró la cabeza con brusquedad y lo miró sonriendo.

–¿Está en Belle Island?

–Mierda. No… Olvida que lo he dicho.

–¡Puedo llevar allí al equipo de rodaje! –dijo emocionada–. Lo único que tengo que hacer es lograr que acceda. No quiso decirme dónde está, pero ahora que lo sé, puedo calcular cuánto se tardaría en ir y volver. Me dijo que lo haría si pudiera venir, así que ¿por qué no iba a hacerlo si voy yo? –mientras hablaba, seguía tecleando.

–Kendall…

–Va a funcionar –murmuró para sí.

Y Max, sabiendo que no había ninguna posibilidad de que lo escuchara, se dio por vencido. Estaba claro que no le interesaba ni descansar ni recuperarse. Tal vez era incapaz de hacerlo. Y ese era un rasgo que de inmediato convirtió a Kendall Squire en una mujer poco deseable… por muy guapa, inteligente y tenaz que fuese.

Para él en la vida había cosas más importantes que escalar la montaña del éxito.

Desde la ventana vio la nieve caer aferrándose a los árboles y acumulándose en el suelo. Respiró hondo, sonriendo. Sí, en la vida había cosas más importantes que el éxito y agradecía haber encontrado un pedacito de paraíso lejos de ese mundo.

Kendall dejó de escribir el correo para Isaac cuando oyó la puerta trasera abrirse. Alzó la mirada y vio a Max salir a un amplio patio techado y levantar la cubierta de un yacusi. Un vapor salió de la cubeta y lo envolvió como si Max fuera un genio mágico que había ido a concederle tres deseos.

«Para mi primer deseo, ¿qué tal si accedes a hacer el anuncio de Citizen?».

Suspirando, dejó de redactar el correo y decidió llamar a Isaac.

–¡Hola, Kendall! –gritó él por encima de la música. El volumen disminuyó al instante–. Perdona. Estaba haciendo ejercicio. ¿Qué tal?

–Estás en Belle Island –soltó ella sin más–. Es un vuelo de seis horas y media desde California. Puedo tener al equipo de grabación en tu porche trasero mañana por la tarde. La grabación durará unas dos horas. Tu compañera es una modelo profesional. Yo no podré ir, pero podrás apañarte sin mí, ¿verdad?

Silencio.

—¿Isaac?

–¿Cómo sabes dónde estoy? – preguntó con un tono brusco que le recordó a Max. Nunca lo había oído tan enfadado.

—Tu hermano no pretendía decírmelo, pero lo ha mencionado sin darse cuenta.

—¿Has llamado a Max?

—He hablado con él —dijo, porque no, no lo había llamado. Se había plantado en su puerta para luego marcharse derrotada y estar a punto de morir de hipotermia—. ¿Por qué te pones así?

—Por Danny Brooks. Es el papel que hizo importante a Isaac Dunn y por el que más me recuerda la gente. Interpretar a Danny es como hacer un viaje de veinte años al pasado. No puedo hacerlo mal. No puedo aparecer y decir mal la frase. ¿Te lo imaginas?

Los fans siempre le pedían a Isaac que pronunciara «la frase» y él por norma lo hacía.

—Isaac, llevas desde que terminó la serie diciéndole esa frase a cualquiera que te para por la calle. No vas a hacerlo mal.

—No me puedo arriesgar.

—Venga, dila.

—No.

—Isaac.

—No me agobies —dijo recalcando el «no» y alargando la o de «agobies».

Lo había clavado.

—Lo que los fans quieren es a ti —le dijo sonriendo—. No es la frase lo que es icónico, sino cómo la pronuncias. Eres Danny. ¿Qué tienes que preparar?

—Solo soy la mitad de Danny. La otra mitad es mi hermano, que por cierto fue el que pronunció la frase tal como se dice ahora. Yo había propuesto decirla de otra forma, pero el director prefirió la versión de Max. Si mandas aquí un equipo de rodaje, estás despedida. Y sé que no te puedes permitir perderme.

–Isaac, espera –pero ya era demasiado tarde. Isaac había colgado.

En ese momento Max entró en la cabaña con los hombros y el pelo cubiertos de copos de nieve.

–¿Estás bien, California?

–Perfecta –mintió mientras tiraba el teléfono a la mesita de café–, si no fuera porque tu hermano ha amenazado con despedirme si piso su isla o porque estoy atrapada contigo bajo varios centímetros de nieve. Imagino que será imposible salir de aquí en avión a primera hora de la mañana.

Por mucho que hubiera creído que el tesón y el optimismo la ayudarían a salir de esa situación, la carcajada de Max le habría quitado toda esperanza.

–Me lo temía.

Tendría que llamar a Citizen y admitir que había habido un malentendido cuando Lou se había ido y que ella había aceptado un contrato que no podía cumplir. Dejaría a Isaac como el bueno, porque lo era, y les diría que respetaba que quisiera intimidad y tranquilidad mientras preparaba el regreso del papel de su vida. Solo pensarlo la hizo estremecerse. No había respetado sus límites lo más mínimo. ¿Cómo se había convertido en una persona que anteponía sus necesidades a las de los demás?

Contuvo las lágrimas y carraspeó mientras agarraba el portátil. Estaba cansada, nada más.

–Ya se me ocurrirá algo –dijo más para sí que para Max–. Estaré trabajando hasta tarde, así que puedo quedarme en el sofá –lo miró. Era tan guapo que resultaba asombroso, pensó mientras intentaba preparar un argumento con el que responderle cuando él le insistiera que durmiera en su cama.

–Tú misma –respondió Max descolocándola.

Al menos eso sirvió para ayudarla a contener las lágrimas; lágrimas provocadas por el recuerdo de Quinton. Cuando tenía dieciséis años su hermano le había dicho que podía ser lo que quisiera en la vida, que era una líder nata y que el mundo lo sabría en cuanto aterrizara en el aeropuerto de Los Ángeles. «Kendall Squire va a gobernar la ciudad de las estrellas», le había dicho.

Había creído a su hermano cuando le había pintado esa imagen suya nadando en un mar de éxito, pero Quinton se había equivocado. También lo había creído cuando se había ido de excursión con sus dos mejores amigos y había prometido volver a casa en tres días.

En eso Quinton también se había equivocado.

Capítulo Seis

Max abrió los ojos a las cuatro y cuarenta y cinco, su hora habitual. Por mucho que lo intentara, no podía dormir hasta tarde independientemente de a qué hora se fuera a la cama.

Había dejado a Kendall en el sofá, pero no se había dormido al instante. La había oído hablar después de la medianoche. No había podido distinguir las palabras, pero su tono reconfortante y su suave risa lo habían arrullado hasta adormecerlo.

Estaba empezando a sentir compasión por esa mujer. Debería haberle advertido que a su hermano no le haría gracia tener un equipo de grabación en su isla, pero estaba aprendiendo que Kendall era la clase de persona que tenía que ver las cosas por sí misma.

En calcetines gordos, vaqueros, camisa de franela y camiseta, bajó las escaleras y pasó por delante de una pila de mantas en el sofá. Si no hubiera visto pelo asomando entre ellas, habría dado por hecho que Kendall estaba levantada.

El portátil estaba abierto con la pantalla en negro y el cable conectado. El móvil no estaba por allí, aunque no le habría extrañado que se hubiera dormido con él en la mano. La maleta estaba abierta y contenía una colección de ropa inadecuada. Entre las prendas finas con flores y volantes había varios pares de zapatos de tacón de aguja. Se preguntó si tendría algo de abrigo más allá del jersey que se había puesto para llegar caminando a su casa.

Molesto, lamentó que hubiera dormido en el sofá. Esa noche la convencería para dormir él ahí.

Encendió la cafetera y salió al patio. Se cruzó de brazos y respiró el aire limpio y frío. La nieve caía en silencio, aunque más despacio que antes. No había parado en toda la noche. Imposible que California pudiera salir de Virginia.

Cuando el frío le caló la ropa, volvió a entrar en casa y se encontró a Kendall en la cocina, envuelta en una manta de pies a cabeza.

–Buenos días –le dijo.

Ella, adormilada, miraba la cafetera.

–¿Cómo te encuentras?

–Un poco dolorida, pero nada que un café no pueda arreglar.

–De todos modos, tómatelo con calma –la advirtió. Si se acatarraba por lo del día anterior, él jamás se lo perdonaría.

–¿Puedes preguntar cómo va mi coche? Espero poder haberme ido esta tarde.

Él sacó dos tazas y las llenó de café.

–Siento decírtelo, California, pero vas a tener que quedarte aquí al menos hasta después del fin de semana.

–Pero es jueves –respondió ella gimoteando, algo que a él le pareció encantador. Tal vez era porque seguía envuelta en su manta o porque tenía el pelo alborotado de un modo muy sensual, o porque hacía mucho tiempo que en esa casa no tenía a nadie a quien cuidar. Había buscado intimidad y aislamiento, pero en días como ese, sin nada que hacer y con la nieve cayendo fuera, estar solo resultaba… pues eso, solitario.

—Esta noche vas a dormir en mi cama. Como habrás visto, aquí abajo hace frío si no estás levantándote a menudo a atizar el fuego.

Kendall fue a la nevera y volvió con una botella de leche aromatizada.

—No me dabas la impresión de ser hombre de nueces pecanas con caramelo.

—Lo que quieres decir es que no te daba la impresión de ser dulce.

Max se echó un poco en la taza después de que lo hiciera ella.

—Creo que no corres peligro de que te acusen de dulce, aunque si se corriera la voz de que me trajiste en brazos hasta la cabaña, me envolviste en mantas y me prestaste unos calcetines, el rumor ganaría fuerza.

—Eso fue heroico, no dulce —dijo inclinándose sobre Kendall por la mera razón de que le gustaba estar cerca de ella. Le gustaba desde el momento en que había aparecido en su puerta; desde que había captado su perfume y había querido más. El mismo aroma que ahora salía de sus labios—. Menta. Eso es a lo que hueles.

—Es bálsamo labial.

Él dejó de mirarle los labios para centrarse en su rostro. Por mucho que quisiera descubrir si también sabía a menta, haría bien en centrarse. Cuanto antes volviera Kendall a California, antes podría él retomar su organizada vida.

—Llamaré a Luca para preguntarle por tu coche. Si tienes suerte, no te quedarás aquí atrapada todo el fin de semana.

***

Kendall se pasó el resto de la mañana pendiente a partes iguales de la previsión del tiempo y del portátil. Max le había dicho que, por mucho que la consultara, la información seguiría siendo la misma, pero ella lo había ignorado.

Por la forma en que la miraba, se sentía una intrusa, y en cierto modo lo era. Nadie la había invitado a ir y ahora se había quedado atrapada ahí con él. Había llamado al hotel para cancelar la reserva, pero tal como había imaginado Max, ya habían supuesto que le había pillado la tormenta.

Cerca de la hora del almuerzo, llevó sus cosas al dormitorio y se duchó. Todo ello lo hizo más despacio de lo que le habría gustado, pero lo cierto era que estaba dolorida por pequeño que hubiese sido el accidente.

Para cuando bajó, un aroma de lo más delicioso salía de la cocina. Max estaba frente al fuego removiendo algo en una cazuela.

–Chili –dijo.

Le rugió el estómago. Solo había tomado café para desayunar, así que se moría de hambre. Pusieron la mesa y Kendall sacó de la nevera toda clase de guarniciones: cebolla roja, jalapeños, queso *cheddar* y crema agria. No había aguacate, lo cual era un crimen, y así lo dijo mientras Max se reía y servía dos cuencos. Esa risa resultó tan suculenta como la comida, que se tomó sin poder evitar gemir a cada bocado.

–Hacía años que no comía chili.

–Eso sí que es un crimen –dijo Max tan serio que ella no pudo evitar sonreír.

–El clima de Los Ángeles no invita a comerlo.

Max dio otro bocado y masticó pensativo, clavando su mirada azul en ella y haciéndole sentir… algo. Un calor que no se podía achacar al picante que llevaba la comida.

—¿Siempre quisiste ser representante de famosos?

—Quería trabajar en Hollywood detrás de los focos. Soñaba con ganar un Oscar, pero de los de diseño de vestuario o producción de sonido.

—Qué raro. La mayoría de la gente que vive en Los Ángeles quiere acaparar toda la atención posible.

—Tú no —y estaba empezando a entenderlo. La fama no había cambiado lo que era importante para Max, y eso resultaba admirable. Nada práctico ni beneficioso para ella, pero admirable.

—Tuve mis momentos y me perdí en todo aquello, igual que la mayoría de los famosos.

—Igual que crees que le pasa a Isaac.

Max resopló antes de dar un trago de agua. Ella sabía que estaba pisando terreno sagrado, pero no podía evitarlo. Quería saber cómo habían pasado de interpretar a la misma persona en una serie a apenas hablarse.

—Quiero a mi hermano. Hollywood es lo que no quiero. Hay una diferencia.

—Entiendo que tu vida ya no esté allí, pero ¿una parte de ti no quería volver a la serie? ¿Ver a los amigos que seguro que hiciste durante la década que estuvisteis grabando juntos? —levantó la mano cuando vio que Max estaba a punto de estallar—. Sé que me dijiste que no intentara removerte los sentimientos y no lo hago. Ya me he rendido y no voy a intentar convencerte para hacer el anuncio.

Él parpadeó, sorprendido por su confesión. Y ella también se quedó un poco sorprendida. Su actitud de no rendirse nunca debía de habérsele congelado en las montañas de Virginia.

41

—Creo que hacer un cameo podría resultarte interesante.

—¿A una antigua estrella infantil fracasada?

—No eres una estrella fracasada. El público siente curiosidad por ti. Te ve misterioso.

—¿Quién me ve misterioso?

—Mi hermana, por ejemplo. Tiene un pódcast sobre los programas de televisión que veíamos de pequeñas. ¿Y adivina cuál era su serie favorita?

—*Brooks sí que sabe* —dijo Max antes de llevarse el último bocado a la boca.

—Sí. Se volvería loca si supiera que estoy atrapada con el único e incomparable Max Dunn. Por poco no se vuelve loca cuando se enteró de que estaba trabajando para Lou, el antiguo representante de Isaac…

—Y mío.

—¿Tuyo?

Lou nunca había dicho nada.

—Rompí con todo cuando me marché. No tenía pensado volver y, además —dijo levantándose para rellenarse el cuenco—, si hay una buena cantidad de dinero por medio, los sentimientos no impiden que se firme un contrato. Esto es un negocio.

—Para mí, no.

—Luego métete un rato en el yacusi —dijo Max al volver a sentarse—. Te irá bien.

Debió de fijarse en que, dolorida, había estado cambiando de postura en la silla. Parecía un hombre que no se preocupaba de los demás, pero estaba segura de que Max se preocupaba de todo el mundo. Incluso de la representante californiana que se había quedado atrapada en su cabaña.

Capítulo Siete

Cuando por la tarde falló el wifi, Kendall tuvo que controlarse para no ponerse a gritar y despotricar como una lunática. Estaba escribiendo a la productora encargada del anuncio para decirles que había surgido un problema de organización y preguntarles si podían posponer la grabación. No tenía muchas esperanzas, ya que la productora era una de las más demandadas de la industria, pero no perdía nada por preguntar.

–Gracias, Luca –dijo Max entrando en el salón–. Sí, se lo diré –se guardó el teléfono y la miró.

–Dímelo rápido. Ya estoy sin wifi, Citizen me va a estrangular cuando suspenda el anuncio y encima Isaac está a punto de despedirme. Si Luca dijera que me sale más barato comprar el coche de alquiler que repararlo, no me sorprendería lo más mínimo.

Max le sonrió con tanta calidez que la sacó de esos pensamientos. Se sentó a su lado en el sofá.

–¿Sabes? Aunque parezca que lo que hay al otro lado de todo este follón es el éxito, no lo es y no te dará lo que buscas en la vida.

–No tienes ni idea de lo que busco en la vida.

La sonrisa de Max se esfumó y ella lamentó haber sido tan brusca, aunque no lo que le había dicho. Era la verdad. Max no la conocía. No sabía lo que le importaba.

–Perdona. He sido una maleducada.

–Es culpa mía –dijo él en voz baja–. Te he prejuzgado y no debería haberlo hecho.

Teniéndolo tan cerca, podía volver a oler su aroma a pino y a cedro.

–Hueles a campo –dijo ella sin pensarlo.

–Espero que bien. El campo puede oler a muchas cosas.

–Muy bien –susurró y añadió–: El resto de tu aspecto lo tienes un poco descuidado, pero tu barba es una obra de arte. Entiendo que te molestara que te dijera que te la afeitaras.

–Creía que no te gustaba –dijo él ladeando la cabeza con actitud juguetona.

–Me gusta.

A Max se le oscurecieron los ojos hasta un tono azul marino mientras se acercaba un poco más. Lo suficiente para envolverla con su delicioso aroma a campo. Lo suficiente para que ella olvidara dónde estaba o en qué estaba pensando. Porque ahora ya no pensaba en su agenda o en la falta de wifi, sino en cuánto tiempo llevaba sin que nadie la besara.

Demasiado.

A un centímetro escaso de acabar con esa sequía personal, Max se apartó y se recostó en el sofá.

–Si no tienes bañador, te puedo prestar una camiseta para el yacusi. Cuando estés dentro y no puedas hacer llamadas ni enviar correos, te contaré lo del coche.

–Pues no es muy tranquilizador.

Él sonrió mientras asentía hacia las escaleras.

–Ve a cambiarte. Yo voy a por las toallas.

***

44

Max ya estaba en el yacusi, con el agua burbujeándole alrededor de los hombros, cuando vio a Kendall por la ventana. Estaba oscuro; el poco sol que había brillado entre la nieve se había colado detrás de las montañas para dar paso a la noche.

Kendall bajaba las escaleras descalza y de puntillas. Estaba envuelta en una toalla y miraba a su alrededor con aire de culpabilidad, como si hubiera allanado la casa.

Joder, qué ricura de mujer.

Antes había estado a punto de besarla. Aun diciéndose cuánto deseaba que su vida volviera a la normalidad, quería besarla.

No era un santo, ni mucho menos, pero durante el último año su vida sexual había sido como la de un monje, así que no sabía cuánto podría aguantar sin besar «al enemigo».

De todos modos, cuando él le había confesado que quería a su hermano y que había roto con todo al alejarse de Lou y de Hollywood, ya había dejado de considerarla una enemiga. Además, cuanto más tiempo pasaba con ella, menos implacable y más frágil la veía. No débil ni vulnerable, sino como si estuviera a punto de renunciar a algo que deseaba mucho.

En una época él había querido el papel de Danny Brooks más que nada. Había disfrutado con ese papel y trabajando con el equipo y el resto del reparto. Después de todo, la fama y la fortuna no habían estado tan mal.

Desde que Kendall le había contado que su hermana era superfán de la serie, había estado pensando en aquella época. A los quince había dejado la serie y a los veinte ya estaba harto de todo aquello. Había dado por hecho que siempre se sentiría tan traicionado por la fama como por entonces. Y aunque le había dicho a Kendall que tenía lo de la interpretación completamente olvidado, admitía que al hablar de ello lo había invadido el mismo pánico que lo había acompañado entonces.

—Ay, Dios, ¡qué frío hace aquí fuera! —exclamó Kendall antes de detenerse junto a los escalones—. ¿Puedes cerrar los ojos mientras me meto? No voy a poder subirlos y meterme con elegancia.

—Ya verás como sí.

Se levantó y Kendall se quedó boquiabierta mirando su torso desnudo y su bañador. Parecía que no era el único que estaba sufriendo un ataque de inoportuna atracción. Le tendió la mano.

Ella se quedó mirando la mano un instante y cuando una ráfaga de viento helado sopló por el patio, reaccionó. Lo agarró, soltó la toalla y subió los escalones. Max intentó no mirar, pero le fue imposible no apartar los ojos del biquini verde oscuro. El top se aferraba a unos pechos pequeños y turgentes, con un lazo en el centro que suplicaba que lo deshicieran. La parte inferior era de corte bajo y elegante pero supersexy. O tal vez ese efecto lo producían sus exuberantes muslos. La curva de sus caderas, ni delgadas ni atléticas, bastó para que se le disparara la imaginación.

Cuando volvió a sumergirse, tuvo que soltarle una charla muy seria a su masculinidad, ahora mismo hinchada de agradecimiento por ver a su invitada con tan poca ropa.

—Increíble —susurró Kendall, lo cual no ayudó a disminuir su excitación lo más mínimo—. Podemos ver nevar mientras estamos tan calentitos aquí dentro. Qué pasada.

Él redirigió la mirada hacia la nieve, que caía deprisa sumándose a los centímetros que ya cubrían el bosque. Estuvieron unos minutos contemplando el paisaje en silencio y entonces ella lo sorprendió diciendo algo que no se esperaba:

–Ayer fue el cumpleaños de mi hermano mayor. Murió cuando yo tenía dieciséis años.

Antes de que pudiera decirle que lamentaba su pérdida, ella continuó:

–Fue él quien me prometió que conseguiría todo lo que quisiera en Hollywood. Mis padres eran más pragmáticos y siempre estaban controlando mis expectativas. Para protegerme, supongo. Me decían que debía estudiar y tener un plan alternativo. Pero Quinton no. Él me decía que nunca dejara que nadie me chafara mis sueños.

Esbozó una sonrisa triste y a Max se le encogió el pecho. No podía imaginarse lo que sería perder a su hermano de forma permanente. Incluso estando separados, siempre había sabido que estaba a una llamada o un vuelo de distancia.

–Durante años lo creí y me imaginaba viviendo un sueño. Me mudé a California y trabajé como una mula haciendo lo que fuera para mantenerme allí. Trabajé en *atrezzo*, reponiendo la mesa del catering en los platós, llevando cafés y respondiendo correos. Lou me dio mi primera gran oportunidad y cuando pasé de hacer prácticas a tener un sueldo como asistente, estaba loca de contenta. Casi lo había logrado. Luego Lou se marchó y me cedió parte de su cartera de clientes. Estaba segurísima de que iba a triunfar.

Suspiró y él lo sintió en su pecho: el peso de la decepción. Sabía lo que era eso. No había nada peor que tener cerca lo que querías y no lograr alcanzarlo. Se había sentido así cuando acabó la serie, antes de que Isaac y Lou lo sentenciaran a cinco años más de penitencia.

Kendall se giró para mirar la nieve y él se fijó en su cuello elegante y en esa mandíbula que se negaba a agacharse. Con la mirada alta y al frente, era una mujer que no aceptaba bien las derrotas.

–He defraudado a mi hermano –concluyó antes de mirarlo con un pesar desgarrador–. Todo esto no es por lograr el éxito sin más, sino por convertirme en la persona que mi hermano veía en mí. Estaba seguro de que lo lograría y aquí estoy, más lejos aún que cuando llegué a Los Ángeles sin tener ni idea de dónde me metía.

Así era LA. Aunque Isaac y Max habían vivido en California toda la vida, él no había comprendido cómo funcionaba Hollywood hasta que no había estado metido de lleno allí. Una vez la serie superó las expectativas de todo el mundo, y su hermano y él superaron la fama de sus padres, se vieron subidos a un tren fuera de control.

–A lo mejor la tormenta de nieve es una señal de que llevo toda mi vida equivocada, pero cuesta asimilarlo después de diez años de tanto trabajo.

–Qué me vas a contar.

Tenían más en común de lo que había creído en un principio.

–Siento haber desbaratado tu tranquila vida –dijo Kendall. Su sinceridad lo estaba matando.

–Oye, ¿y si rodamos el anuncio aquí y envías las imágenes al equipo?

Ella lo miró. Qué imagen tan preciosa, con los ojos tan abiertos sobre sus mejillas rosadas y la nieve cayendo tras ella.

–¿Qué quieres decir?

–Puedes grabarlo aquí recreando un paraíso nevado con un fuego acogedor. Has dicho que has traído los relojes, ¿no?

Seguía mirándolo, probablemente preguntándose si habría sufrido una conmoción cerebral en los últimos quince minutos.

–Sí. Los tengo aquí, pero… Max, ¿estás accediendo a hacer el anuncio por Isaac?

–No. Estoy accediendo a hacerlo por ti.

Capítulo Ocho

De pronto estaba haciéndole una oferta que ni él se había esperado y al segundo la tenía encima.

Kendall lo abrazó por el cuello y gritó lo agradecida que estaba.

–¡Ay, Dios mío! ¡Si esto funciona, te voy a deber una bien grande!

Volvió a apretujarle el cuello y lo soltó, aunque no se apartó del todo. Sus pechos cubiertos de licra le rozaban el torso bajo el agua y tenía la boca lista para un beso.

Así que… la besó.

Le rozó los labios con suavidad y dándole espacio suficiente para apartarse en caso de que la hubiera interpretado mal. Pero resultó que no había sido así. Kendall lo besó con ímpetu mientras lo rodeaba por el cuello con más fuerza; su boca, cálida y acogedora, lo invadió con su aroma a menta. Y cuando le puso fin al beso, no lo soltó.

Él la rodeaba por las costillas y sus pulgares rozaban el lazo que caía entre sus pechos. Aún había espacio para retroceder si habían cometido un error.

–Perdona –dijo Kendall.

–Me alegro de que lo hayas hecho –respondió él acariciándole la cintura y viendo un intenso calor en su mirada–. Repítelo. A ver si la segunda vez es aún mejor –añadió rozándole los labios con los suyos y, de nuevo, ella no se apartó.

Esa mujer sabía besar. Movía la boca sobre la suya con seguridad y deseo, aunque contenía su cuerpo con cierta timidez. Aunque sus pechos le rozaban el torso en algún momento, no se estaba frotando contra él como a Max le gustaría.

No, no era un santo, y no le haría ascos a un encuentro apasionado. Y si encima era con una mujer que vivía al otro lado del país, aún mejor. Las relaciones mermaban la paz y la privacidad que se había esforzado tanto por lograr.

Kendall se apartó con los ojos cerrados y susurró:

—Tienes razón. Mucho mejor la segunda vez.

Él se rio y ella abrió los ojos. Ahora en esas profundidades oscuras solo había esperanza; ni la desesperación ni el sentimiento de derrota de antes. Y aunque no sabía por qué, eso lo hacía sentirse muy bien.

Kendall fue hasta el otro extremo del yacusi y Max, en plena erección, se contuvo para no seguirla y arrancarle el top del biquini con los dientes.

—Bueno, entonces, ¿qué hago ahora?

Aún con el sexo en la cabeza, a Max se le ocurrieron muchas ideas.

—¿Grabo el anuncio con mi iPhone? ¿Convenzo a Citizen para producir un anuncio vanguardista en formato selfi?

—¡Ah, no! Nada de selfies.

Ella sonrió.

—Sabía que los odiarías.

Kendall se rio y eso calmó un poco la tensión sexual.

—Tengo equipo de grabación de primerísima calidad.

—¿En serio? ¿Y para qué quiere un equipo de grabación un hombre que se ha alejado de Hollywood y ha jurado no volver nunca?

Era una pregunta que no quería responder, pero sospechaba que sería inútil intentar engañar a Kendall.

—Estoy grabando un documental —respondió nervioso.

Ella sonrió y dijo interesada:

—Cuéntame.

Nada acostumbrado a hablar de su pasión, cambió de postura, incómodo. Seguía formando parte de Danny Brooks y sabía que la gente se mostraría tan escéptica ante su intento de hacer algo profundo y serio, como cuando Jim Carrey se desvió de sus raíces cómicas para hacer *El show de Truman*.

—Es un documental sobre naturaleza. Estoy grabando la fauna de mi propiedad, aprendiendo sobre ella y sobre su ciclo vital. Es una crónica sobre la belleza que nos rodea y que rara vez nos detenemos a mirar. Tenemos que mirarla, valorarla, y dejar de destruir bosques para construir bloques de apartamentos.

—¡Vaya! —exclamó ella asombrada de verdad—. ¿A quién se lo vas a vender?

—Todavía a nadie.

—Estoy intentando contenerme con todas mis fuerzas para no ponerme en modo representante y asegurarme de que le vendamos este documental al mejor postor.

—¿«Vendamos»?

—Ha sido un lapsus. Se me ha soltado la lengua —dijo ella agachando la mirada.

—Hablando de lengua... —ahí estaba otra vez, esa tensión sexual que flotaba en el agua y aumentaba su temperatura corporal—. ¿Te apetece repetirlo?

—¿Y perderme la oportunidad de convencerte para

que firmes un contrato conmigo y me dejes ver las imágenes y se las envíe a un estudio en cuanto vuelva el wifi? –su sonrisa era de una humildad adorable–. Sin duda preferiría besarte.

Esas palabras fueron como el disparo marcando el inicio de una carrera. Al segundo, Max ya estaba a su lado, llevándola contra él. Ella respondió tal como había deseado, gimiendo contra su boca antes de que él le rozara la lengua con la suya. Kendall le hundió las uñas en los hombros mientras él se sentaba agarrándola por las nalgas. Se acomodó sobre su erección, que ahí seguía, y lo prendió en llamas con su habilidosa boca. Y cuando metió las manos bajo el agua para tocarle el abdomen, él tuvo que apartarse para tomar aire.

–¿Estás bien? –le preguntó Kendall deslizando los dedos sobre sus abdominales.

–Sí, sí. Más que bien. No pares.

Kendall echó la cabeza atrás y soltó una carcajada, y él aprovechó esa postura para lamerla desde el cuello a la oreja.

El agua parecía seda entre ellos, pero Max quería sentir lo sedosa que estaba Kendall sin el biquini. La quería desnuda.

–Te quiero desnuda, California –le dijo pellizcándole una nalga que esperaba poder mordisquear una vez salieran del yacusi.

Ella lo miraba con cierta inseguridad y eso lo instó a calmarse y dejar que la sensatez interviniera en la conversación.

–¿Tenías otra cosa en mente?

–Feeh… no. O sea, sí. O sea, no. También me apetece, pero no pensaba que quisieras… conmigo.

–¿Estás de coña? –preguntó él riéndose.

–Me pareces superatractivo, Max. Pero hace mucho tiempo que no me han… deleitado en un dormitorio, por así decirlo.

–¿Deleitado? –preguntó él con diversión.

–¡Ya sabes lo que quiero decir! –respondió ella sonriendo y dándole una palmada en el hombro.

–Me resultas tremendamente atractiva. Y si temes que no vaya a deleitarte en el dormitorio, te suplico que me des una oportunidad de demostrarte que te equivocas.

–¿Solo una? –preguntó ella jugueteando con los mechones más largos del pelo de Max.

–Vamos a empezar con una –dijo él acercándosele. Esta vez el contacto fue igual de ardiente y sensual que antes, pero más lento e intenso.

La levantó de su regazo.

–Ve yendo. Yo voy a cerrar el yacusi.

–Vale –respondió Kendall con la respiración entrecortada.

Tenía un cuerpo precioso, por lo que había podido ver. Pechos más bien pequeños, caderas anchas, cintura delgada. Estaba deseando ver ese cabello caramelo desatado sobre su almohada.

–Ve a mi habitación –le dijo cuando ella agarró la toalla–. Puedes colgar la toalla y el biquini en la ducha.

–¿Te refieres a mi habitación? –preguntó Kendall con una sonrisa pícara.

Él se la devolvió y sintió una sensación extraña que hacía mucho tiempo que no sentía. Como la sensación de toparte de pronto con una vieja amiga y recibirla con los brazos abiertos.

Si no se equivocaba, esa vieja amiga tenía un nombre: Felicidad.

Capítulo Nueve

Al subir, Max la había encontrado duchándose y se había unido a ella para continuar lo que habían empezado en el yacusi. La ducha era mejor porque ahí estaban desnudos. Kendall lo había enjabonado y le había rodeado con la mano su considerable miembro mientras él había colado los dedos entre sus pliegues.

Para cuando él había gemido su nombre contra su boca, ella ya se había estado desintegrando bajo sus caricias.

Ahora, un orgasmo después, estaba tumbada en la cama, adormilada y relajada.

–No te duermas –dijo él frotándose el pelo con una toalla–. Aún no hemos terminado.

Max empezó besándole la boca, lo cual se le daba muy bien, y después pasó a mordisquearla desde los lóbulos de las orejas hasta el cuello. Y cuando entrelazó las manos con las suyas y se las sujetó contra la cama, a ella se le escapó un pequeño grito de sorpresa.

–¿Cuánto tiempo hace que no te deleitan, Kendall?

–Una eternidad –susurró.

–A mí también –la besó dejando caer su peso y su calor sobre ella, aplastándola contra el colchón de un modo de lo más placentero–. ¿Necesito preservativo o estás protegida?

–¿Protegida de tener un bebé contigo? Sí. Puedes ir a pelo si quieres.

–A pelo.

Después de besarla en la boca con intensidad, le acarició un pezón con la lengua y luego pasó al otro pecho mientras ella se retorcía bajo su cuerpo. Le sujetó las manos con más ímpetu y en ese instante otro orgasmo empezó a cobrar fuerza.

–Max.

–Aquí estoy –le dijo él con esa mirada azul hipnotizante–. ¿Lista?

Su «sí» fue un suspiro apenas audible.

Max se hundió en ella con delicadeza, primero deslizando la punta de su pene entre sus pliegues y luego ladeándose y embistiéndola hasta el fondo.

Ella gritó su nombre y él sonrió.

–Vas a tener otro orgasmo y luego probaré una tercera vez. Aunque no te prometo nada. Estás buenísima y yo ya estoy casi.

Kendall fue procesando toda esa información: Max quería darle no solo dos, sino tres orgasmos, aunque tal vez no aguantara tanto gracias a lo atractiva que la encontraba. Se sentía de lo más halagada.

Él le soltó las manos, aunque habría dado igual porque de todos modos ella no podía moverse. Con la boca aún contra su pecho, seguía hundiéndose en ella, haciéndole desear más con cada sensual roce. Estaba demasiado cansada para repetirlo, pero el cuerpo de Max no permitiría que el suyo negara sus impulsos más primarios.

Rodeó su miembro con sus músculos internos y tuvo otro orgasmo. Él la siguió, prácticamente gritando y tensando el cuerpo. Kendall le acariciaba la espalda mientras se deleitaba con cómo se movía dentro de ella, con el peso de su cuerpo y su calor. Entonces Max se relajó y le besó el cuello soltando un profundo suspiro. Con los ojos cerrados, Kendall le acarició el pelo y disfrutó de ese momento con su hombre de la montaña, que había accedido a hacer el anuncio no por su hermano, sino por ella.

Porque, por mucho que Max quisiera aparentar que no se preocupaba por nadie, no era así.

Lo abrazó con fuerza y lo besó en la mejilla. Él giró la cabeza y se besaron durante un largo rato.

Lo suyo con Max tenía fecha de caducidad. En cuanto se derritiera la nieve y grabaran el anuncio, volvería a California. Ella no dejaría Los Ángeles y él no se iría del pueblo que llevaba su apellido. Era algo temporal, pero, aun así, no podía lamentar lo que acababa de pasar.

—¿Y bien? —le preguntó Max en la habitación salpicada por la luz de la luna.

—Qué deleite.

Él sonrió y soltó una carcajada. Tal vez fuera el sonido más delicioso que Kendall había oído nunca.

—Totalmente de acuerdo —Max se levantó de la cama y le agarró la mano—. Otra ducha.

—¿Otra?

Lo siguió y juntos entraron en la ducha.

Sí, mientras estuviera en Dunn, no pensaría en el futuro y disfrutaría de esa relación día a día. O, mejor dicho, ya que estaba allí por tiempo limitado, la disfrutaría hora a hora.

Como cada mañana, Max abrió los ojos justo antes de que dieran las cinco. Pero a diferencia de cada mañana, esta vez no había ido directo a la cafetera.

¿Por qué no? Porque tenía una mujer tendida sobre su pecho.

Una criatura delicada, luminiscente, asombrosa… que roncaba. En serio, parecía como si un helicóptero estuviera sobrevolando la casa.

Kendall emitió un sonido similar al de una bocina y se despertó sobresaltada. Miró a su alrededor parpadeando despacio hasta que finalmente posó la mirada en él. Después esbozó media sonrisa y, con los ojos entrecerrados, le acarició los pezones y el abdomen.

El miembro de Max cobró vida al instante.

—¿Estaba roncando?

—Como una aspiradora industrial.

Ella le dio un golpecito en el pecho y se cubrió la cara con las manos.

—¡Odio el frío! En casa esto no me pasa, te lo juro.

—Tranquila —le dijo muy en serio—. Tengo el sueño profundo. Me he dado cuenta solo al despertarme. ¿Quieres café?

—Qué oscuro está todo. ¿Qué hora es?

Cuando se lo dijo, Kendall por poco se desmaya.

—No puedo levantarme a las cinco de la mañana.

—No tienes por qué levantarte.

La besó y ella, adormilada, gimió cuando Max comenzó a descender hacia sus muslos. Al instante, se le endurecieron los pezones y hundió los dedos en su pelo. Él le separó las piernas y le besó la cara interna de los muslos. Despacio, le rozó la piel con la barba y pasó a besarle el otro muslo. Se había estado conteniendo para controlar el ritmo, pero Kendall decidió que se había cansado de esperar. Le puso las manos en las orejas y lo dirigió hacia donde quería que fuera. Él le permitió que lo guiara, pero tomó el control cuando su boca rozó su delicioso objetivo.

Sabía muy bien qué hacer ahí abajo.

Mientras probaba distintos trucos, prestó atención a sus reacciones y al instante supo qué le gustaba. Manteniéndole las piernas abiertas con las manos y abriéndose paso con los dedos, ejerció una firme presión con la lengua. Ella enroscó los dedos en su pelo y arqueó la espalda, acercándose a su cara para luego apartarse con un gemido. Él no aflojó el ritmo ni un segundo. Ni siquiera cuando la sacudió un orgasmo y le pegó los muslos a las orejas. Por él, perfecto, no le importaba estar atrapado. Pero cuando arremetió de nuevo, ella le suplicó que parara.

—No puedo… —tenía el pelo alborotado sobre la almohada y los párpados entrecerrados tanto de placer como de sueño. Pero entonces le sonrió. Perfecto—. Te toca.

Eso sí que era perfecto.

Max pretendía prolongar un poco más el momento de placer, pero ella aceptó su miembro con un suspiro de gratitud que le hizo más difícil contenerse. Kendall se contoneaba bajo él y, cuando la embistió, dijo su nombre. Suplicó su nombre. Después intercambiaron posiciones y ella se situó encima, con las manos apoyadas en su torso y los pechos aplastados entre sí. Mientras se movía sobre él, frunció el ceño con gesto de placer. Y cuando se agotaron mutuamente, se dejaron caer sobre las sábanas, enredados el uno con el otro.

No mucho después Kendall volvió a cerrar los ojos.

—Es demasiado pronto para un café —murmuró girándose hacia un lado—, pero no para esto.

—Para esto nunca es demasiado pronto —respondió

Max, aunque Kendall ya estaba dormida–. Aún no he terminado contigo, California.

No era una mujer a la que poder olvidar después de haberse acostado con ella. Solo llevaba allí dos días y él ya se había descontrolado. Había accedido a grabar un anuncio. Él. Max Dunn, que odiaba los anuncios. Y le había hablado de su documental, que por cierto se negaría a vender al mejor postor. No porque no quisiera venderlo, sino porque quería tener control creativo absoluto.

Era como si Kendall hubiera liberado a una antigua versión suya, la versión más esperanzada y alegre en lugar de la hastiada y decepcionada.

La cubrió con las mantas y se vistió. Luego cerró la puerta del dormitorio y bajó a hacer café.

Una hora después estaba mirando la chimenea con los ojos entrecerrados. Estaba feliz. Relajado. Por primera vez en años se estaba cuestionando su versión de la utopía. Se había convencido de que estar solo era lo mejor para él. Y después de romper con Bunny, le había quedado claro que no debía intentar volver a meter a una mujer en su espacio.

Pero aun con Kendall ahí, en su espacio, se sentía mejor que en años. Qué curioso.

Se levantó para rellenarse la taza y vio la nieve caer.

Ella era demasiado hollywodiense para él, demasiado terca para lo terco que era él. Y roncaba.

Aun así, ni su presencia ni sus ronquidos le disgustaban lo más mínimo.

–¿Tienes uno para mí?

Kendall, con el pelo en una coleta, llevaba una camiseta larga, mallas y unos calcetines gruesos. Entró en la cocina con un aspecto demasiado sexy.

–Claro, toma –le dio una taza.

–Gracias –respondió Kendall poniéndose de puntillas para besarlo en la boca. Después abrió los ojos ilusionada y preguntó–: ¿Crees que habrá vuelto el wifi?

Mientras ella subió a por el portátil y bajó corriendo, él se recordó que prestarle su cama o cederle sus habilidades interpretativas era pasable, pero que entregarle más de su persona quedaba descartado del todo.

–¡Sigue sin funcionar! ¿Cómo puedes trabajar aquí? –le preguntó Kendall.

–No lo hago.

La rodeó y le besó la frente mientras ella seguía con su retahíla sobre lo complicado que era la coexistencia entre la vida moderna y la vida silvestre.

Cierto. Si había algo que había aprendido de su anterior matrimonio era que dos personas con objetivos radicalmente opuestos, al igual que la vida moderna y la vida silvestre, no podían coexistir.

Kendall era divertida. El sexo con ella era divertido. Pero cuando llegara el momento de que tuviera que volver a Los Ángeles, no tendría ningún problema en dejarla marchar.

Es más, él mismo la llevaría al aeropuerto.

Capítulo Diez

–Gracias –le dijo Kendall al mecánico y colgó.

–¿Y? –preguntó Max entrando en la habitación, con un aspecto delicioso y oliendo aún mejor.

–Dice que pueden arreglarlo sin problema, pero que tienen que encargar una pieza. Podría tardar entre tres días y dos semanas. ¿Crees que, ya que eres un hombre, habría más suerte si hablas tú con ellos?

–¿Con quién has hablado?

–Con Hank, creo.

Max la besó en la frente.

–Él no te mentiría, California. ¿Lista para irnos?

Iban a ir al pueblo.

Max estaba seguro de que su camioneta podría recorrer las carreteras nevadas gracias a su colega Luca, que se había encargado de echarles sal e incluso le había despejado la entrada al garaje de casa.

La tarde anterior, en cuanto había vuelto la conexión, Kendall había escrito a Citizen explicándoles que «Isaac» y ella estaban atrapados por la nieve en un pueblo de montaña pero, afortunadamente, con un equipo de grabación de buenísima calidad. Había adjuntado unas fotos del interior de la cabaña de Max para enseñarles lo preciosa que era. No compartió más detalles de los necesarios y estuvo esperando la respuesta nerviosa e impaciente. Había convencido a Max. ¿Podría convencer a Citizen?

Esa misma tarde recibió un correo y gritó de alegría. A todo el mundo le había gustado más esa idea que la original y ya habían hablado con la productora para informarlos. Solo había un problema: debido a la tormenta, no podrían enviar a la modelo que ya había pasado la prueba de cámara. Kendall les había respondido que ella tenía experiencia en interpretación y que estaba más que dispuesta a asumir el papel por el bien de la marca y del contrato de Isaac. Les aseguró que podía ocuparse y les envió varios selfis.

Durante dos horas había esperado preocupada la respuesta. En primer lugar, no era modelo. Ser Miss Carolina del Norte en un desfile no era lo mismo que actuar en un anuncio. Además, le preocupaba que aparecer en un anuncio con Isaac la perjudicara como representante en el futuro. ¿La tomarían en serio otros patrocinadores si creían que Isaac y ella estaban juntos?

Pero poco a poco la preocupación fue disminuyendo. Sabía que todas las miradas estarían puestas solo en Max… o en Isaac, como harían creer al público.

Resultó que a Citizen le encantó la idea de que saliera en el anuncio y le mandó una lista muy detallada del tipo de imágenes que necesitaban y de los requisitos de vestuario, si no había inconveniente. Ella les aseguró que no lo había y que su cliente y ella podían llegar al pueblo, donde había todo tipo de tiendas para comprar lo que hiciera falta.

–Estoy lista –respondió poniéndose unos tacones.

–Hoy vamos a comprar unas botas. Unas botas de verdad.

Dunn se encontraba en una zona rural, pero el pueblo, al igual que la cabaña, era bastante exclusivo.

Maniobrando entre montículos helados de nieve,

que parecían montañas en sí mismos, Max aparcó en la calle y ella se sorprendió al ver a los vecinos de un lado para otro, como si no estuvieran en plena tormenta.

–Parece que estáis todos muy acostumbrados a este clima.

–Vivimos en la Montaña del Millón de Dólares para vivir la naturaleza. Y encima –dijo Max bajando de la camioneta–, aquí tenemos todo lo que necesitamos.

Kendall miró a su alrededor y comprobó que tenía razón. Vio una cafetería, una librería y una zapatería. Al otro lado un supermercado ocupaba gran parte de la calle y había una tienda de trajes y corbatas.

–Primero las botas –dijo Max al abrirle la puerta. Después se giró y añadió–: Sube.

–¿En serio?

Iba en serio, y se lo hizo saber mirando por encima del hombro, enarcando una ceja y diciendo:

–California…

Ella lo agarró de los hombros y se subió encima, tal como le había indicado. Max le agarró los muslos con las manos, cerró la puerta de la camioneta con el pie y bordeó montículos de nieve hasta llegar a la acera y dejarla en el suelo.

–Será interesante volver a verte emperifollado, Max Dunn. Ya me he acostumbrado a tu rollo de hombre de montaña.

–Supongo que Citizen no quiere un hombre de montaña.

«No, pero yo sí», pensó Kendall.

Entraron en la zapatería y se quedó impresionada con la amplia variedad que tenía. Tocó unos Jimmy Choo, pero él le agarró la mano y la llevó dos pasillos más allá.

–Botas –le recordó.

Treinta minutos y dos pares de zapatos después… porque, ¡venga!, ¿quién podía resistirse a unos Jimmy Choo rosa chicle?…, Max metió las bolsas en la camioneta y fueron a comprar un traje.

–¿Qué ha dicho Citizen que quiere?

–Gris carbón, lo más oscuro posible.

–¡Max! –exclamó el dueño de la tienda cuando entraron.

Max le estrechó la mano y le sonrió con una simpatía que la asombró.

–Hola, Darnell. Te presento a Kendall Squire. Ella te dirá lo que necesito. Yo no puedo ni de coña.

Primero Luca, luego Hank y ahora Darnell. Su solitario hombre de la montaña parecía tener una barbaridad de amigos.

–Parece que estamos juntos en esto, Kendall –dijo Darnell riéndose mientras la agarraba del brazo y la llevaba hacia la zona de las chaquetas–. ¿Qué te gusta?

Max cooperó, lo cual también la sorprendió. Se probó chaquetas y pantalones y algunas corbatas. Cuando ella comentó lo sumiso que estaba, él le lanzó una mirada medio de deseo medio de broma que la tentó a arrastrarlo hasta el probador más cercano y devorarlo.

Por desgracia, Darnell estaba muy pendiente de ellos. Kendall insistió en pagar y pasarle la factura a Citizen, pero Max se negó y al final ella cedió.

Era algo que estaba asumiendo: Max hacía lo que quería. Y ella también, aunque él llevaba la terquedad a un nivel avanzado.

Darnell les dio las gracias por la compra y Max le dijo que le diera recuerdos a Lisa.

–Es su mujer –le explicó mientras le abría la puerta.

–¿Lo ves? –dijo Kendall agarrándolo del brazo–. No ha sido tan horrible. Seguro que creías…

–¡Max!

Kendall se detuvo en seco y vio a una rubia sonriente y menuda con unos pómulos fantásticos y unos ojos azules cautivadores; unos ojos que la escudriñaron para luego volver a posarse en Max.

–¿Qué te ha hecho enfrentarte al hielo y a la nieve para comprar en Stockwood's? ¿Necesitas un traje para una cena elegante o algo así? –añadió guiñándole un ojo de forma exagerada.

La mujer se rio, pero Max ni se inmutó. Y cuando quedó claro que no iba a presentársela, Kendall alargó la mano y le dijo su nombre.

–Bunny Chambers –respondió la rubia estrechándole la mano–. Max y yo estuvimos casados.

–Ah… aaah –dijo Kendall tartamudeando e incapaz de ocultar su sorpresa. Sabía que había estado casado, pero no había logrado encontrar ningún foto de la señora Dunn.

–Necesitas un corte de pelo –le dijo Bunny a Max–. Soy peluquera –añadió mirando a Kendall–, y la mujer del alcalde. Pronto se presentará para la reelección –de nuevo dirigiéndose a Max dijo–: ¿Te has pensado ya lo de hablar con Isaac? –en lugar de esperar a la respuesta, que Max tampoco parecía dispuesto a darle, le dijo a Kendall–: Corto el pelo, pero siempre he querido ser actriz. Y si aquí mi amigo Max me consiguiera una llamadita, podría ponerme a ello –atravesó a Max con una mirada que endureció sus bonitos rasgos–. ¿A qué te dedicas tú, Kendall?

–Soy…

–También es peluquera. Estaba pasando por Dunn

cuando su coche se quedó atrapado en la tormenta. Le estoy enseñando el pueblo –interrumpió Max.

Un brillo de celos iluminó los ojos de la mujer, pero entonces pareció recordar sus modales y esbozó una rígida sonrisa.

–Qué divertido. Bueno, tengo que irme. Llego tarde al trabajo –se despidió con la mano y entró en la peluquería situada un poco más abajo.

–¿Soy peluquera?

–Lo serás cuando me cortes el pelo –Max se giró–. Sube.

–Primero tengo que ir al supermercado a comprar algunas cosas para el rodaje. Por cierto, ¿almorzarnos? ¿Qué está bueno por aquí?

–Rocky's es el mejor sitio, aunque está cerrado durante la tormenta. Pero la cafetería hace sándwiches, por si estás cansada de comida casera.

–Tu comida casera es deliciosa, aunque un poco escasa en verduras –le agarró la mano–. Vamos, Hombre de la Montaña. A ver si podemos encontrar una ensalada en este pueblo.

No solo encontraron ensalada, sino una California Cobb aunque sin aguacate, por culpa de los problemas de abastecimiento generados por la tormenta. Estaba empezando a echar de menos su casa. Por suerte encontró un tarro de guacamole y, aunque no era un aguacate fresco, sí era mejor que nada. Después de hacer la compra, pasó por una droguería y compró unas tijeras de peluquero.

Ya en la cabaña Max encendió el fuego. Mientras, ella subió a quitarse los tacones y ponerse unos calcetines gordos. Al bajar lo encontró guardando la compra.

Se apoyó en la encimera y lo vio moverse por la cocina mientras lo imaginaba con otra mujer. Una rubia delgada con rasgos duros pero bonitos que quería ser actriz. Le costó imaginarlos casados. ¿La habría querido? ¿La habría llevado en brazos al dormitorio para hacerle el amor o la habría besado en el yacusi? Seguro que sí, ¿no?

–¿Por qué le has dicho a Bunny que soy peluquera?

–Porque si le hubieras dicho que eres representante de actores, no me habría dejado en paz –puso la tetera en el fuego y se apoyó en la encimera cruzándose de brazos–. El día que apareciste en mi puerta, Bunny había estado aquí diciéndome que necesitaba triunfar antes de que Greg Chambers saliera reelegido para la alcaldía. No quiere acabar metida en este pueblo. Sueña con una vida en Hollywood.

Kendall se quedó atónita. Eso hacía de Max y Bunny una pareja de lo más discordante.

–No siempre fue así. Cuando nos casamos me dijo que quería una vida sencilla y una familia. Tres meses después, cambió de idea. Después de dos años turbulentos, nos divorciamos. De eso hace tres años. Ahora está felizmente casada, o eso creo, y me ha olvidado, aunque no ha perdido las ganas de triunfar en el cine.

–Me ha parecido… –«celosa, sagaz, dura»– simpática.

–Eres muy dulce al decir eso, California, pero Bunny nunca ha sido simpática. ¿Té?

–Claro. ¿Suele mencionarlo mucho? ¿Lo de actuar?

–Solo cada vez que tiene oportunidad. Cuando se enteró de que la serie volvía, vino aquí corriendo para preguntarme si iba a participar. Y cuando le dije que no, intentó convencerme de que lo hiciera.

–¿Es buena? –al darse cuenta de que podía parecer que se refería al sexo, Kendall reformuló la pregunta–: ¿Es buena actriz?

–No –dijo él con un brillo en la mirada–. En ninguno de los dos aspectos.

Capítulo Once

Kendall se mordía el labio mientras lo observaba. Max le dio un té y se sentó a su lado en el sofá.

Le gustaba tenerla cerca, no podía negarlo. Pero Kendall estaba mirando al fuego, distraída, y eso era un signo claro de que estaba maquinando algo… y hasta ahora a él no le habían gustado casi ninguna de sus ideas.

—Tengo una idea —dijo Kendall demostrando que tenía razón.

—A menos que tengamos que desnudarnos, la respuesta es no.

Max sonrió cuando ella se acercó y lo besó. Podía pasarse el puñetero día besándola. Era sexy y divertida, incluso cuando se quejaba de la falta de aguacate fresco, pero resultaba más divertido aún besarla.

—Resulta que estudié en la Escuela de Belleza y lo dejé, aunque sé cortar el pelo. Así que en cierto modo le has dicho la verdad a Bunny.

—Ay, qué bien, ahora ya podré dormir tranquilo —contestó él con tono socarrón.

—¿Y si le consigo un papel en la serie?

Él se tensó al instante.

—Escúchame —se apresuró a decir ella—, si es lo bastante buena para un papel pequeño, ya no tendrás que preocuparte por que te dé más la lata.

—Ya, pero tú sí. Será tu cliente. ¿Estás segura de que quieres meterte en eso?

Kendall le parecía una criatura de lo más curiosa. No sabía si intentaba ayudar a todo el mundo por generosidad o si era un subterfugio para ayudarse a sí misma.

–Admito que tener un solo cliente me desespera un poco. A menos que quieras firmar conmigo. A lo mejor después de este anuncio de relojes puedes grabar uno de colonias.

Max se tensó aún más y se apartó un poco de ella.

–Explícame por qué te parece tan espantoso hacer lo que estuviste haciendo años.

–Porque he visto lo que hay detrás –se levantó– y ese mundo es retorcido.

–Pues te equivocas –dijo ella no muy convencida de sus propias palabras.

–Eres nueva en esto, no llevas suficiente tiempo en la industria. Cuando el talento se intercambia por dinero, se degrada.

Ahora fue ella la que se levantó.

–Yo hago realidad los sueños de la gente.

–Tú sigue creyéndote eso todo lo que quieras.

Kendall se quedó boquiabierta y los ojos se le iluminaron con un fuego intenso. A Max le gustaba ver ese fuego, pero no si era de enfado. Se había pasado.

Ella estaba subiendo las escaleras cuando la detuvo. Max no quería discutir, y menos por Bunny o por Hollywood.

–No quería tener familia. Por eso rompimos –en lugar de pedirle perdón, acabó confesando.

Kendall se giró y bajó un escalón hacia él. Su mirada había pasado del dolor a una profunda preocupación.

–Sé que ahora es una bendición no haber tenido

familia con ella. Habríamos acabado divorciados de todos modos y yo no habría querido hacer pasar por eso a un hijo mío. Empezó a hablar de Hollywood y lo cambió todo –se encogió de hombros.

–Lo siento. ¿Puedo ver algo de lo que has grabado?

Max no se había esperado esa pregunta.

–Tampoco es que sea un secreto de estado.

–Pareces muy protector con tu documental.

–¿Aún no te has dado cuenta de que soy muy protector? –le dijo subiendo a mitad de la escalera para reunirse con ella.

Kendall subió unos escalones más poniendo distancia entre los dos.

–Puedo protegerme a mí misma. Por cierto, esta noche hago yo la cena. No toques mis vieiras.

Subió al dormitorio y cerró la puerta con suavidad. Max se preguntó si «vieiras» era un doble sentido de algo pervertido, pero supuso que no.

La taza de Kendall seguía en la mesita de café, frente al fuego y junto al sofá donde habían estado sentados juntos hacía un momento. Ojalá siguieran ahí.

Kendall le gustaba demasiado como para acabar discutiendo y en habitaciones separadas. Además, iba a sostener unas tijeras muy afiladas junto a su cara de un momento a otro. Mejor no hacerla enfadar. Aun así, confiaba en ella con un objeto punzante en la mano más de lo que confiaba en su exmujer.

No sabía qué lo había llevado a confesar la verdadera razón por la que había roto con Bunny. Tal vez enajenación temporal. O tal vez Kendall tenía el poder de ablandarlo y manipularlo a su antojo. Si era así, más le valía tener cuidado antes de acabar convertido en un puñetero pájaro cantor.

Por cierto, tenía que encontrar y grabar a un pi-cogordo antes de que acabara el invierno. Había sido complicado avistarlos esa temporada a pesar de su llamativo color amarillo y las alas negras y blancas. Su documental no estaría completo sin él.

Subió a por el equipo de grabación y se detuvo en la puerta del dormitorio dudando si decirle o no a Kendall que se marchaba. Al oír el aporreo del teclado optó por dejarla trabajar. Al fin y al cabo, eso era lo que él significaba para ella, ¿no? Otro cliente, otro sueldo.

Kendall estaba cortando verduras para una ensalada cuando Max entró por la puerta principal. Al verlo se detuvo con el cuchillo sobre un pimiento rojo. Un intenso alivio la recorrió a la vez que el aire de fuera le rodeaba los brazos y le producía un escalofrío. Había tenido demasiado calor moviéndose por la cocina y se había quitado el jersey para dejarse solo la camiseta que llevaba debajo.

Había dado por hecho que Max estaba enfadado con ella por haberlo dejado plantado en la escalera, y le parecía normal ya que ella también estaba enfadada consigo misma. Tendría que haberlo agarrado por la camisa y haberlo besado hasta que hubieran acabado desnudos y haciendo el amor en las escaleras.

—Hola —dijo soltando el cuchillo—. No sabía dónde estabas.

Él levantó una cámara de vídeo con su mano enguantada. Llevaba una cazadora más gruesa que la que se había puesto antes y tenía las mejillas rojas de frío.

—Tenía que grabar unas imágenes.

–Me gustaría ver el documental, pero no para intentar convencerte de que lo envíes a un estudio.

Max soltó la cámara y se quitó la cazadora. Ella fue hacia él. Le debía una disculpa, así que cuanto antes lo hiciera, mejor.

–Soy ambiciosa.

–No me digas.

–No seas tan listillo –respondió sin poder evitar sonreír–. No debería haberte mencionado que firmaras conmigo. No lo volveré a hacer. No he respetado tus límites, pero eso va a cambiar esta noche.

Dicho eso, siguió partiendo pimientos para la ensalada y un momento después sintió el calor de Max en la espalda. La besó en la mejilla.

–Siento haberte hablado como si fueras una jovencita inexperta –le rodeó la cintura y se llevó sus nalgas hacia las caderas–. Llevas un ritmo distinto al mío y me cuesta acostumbrarme.

–¿Lo dices porque trabajo para ganarme la vida y tú te dedicas a mirar pájaros?

Max la giró hacia él y la miró como si estuviera imaginándola desnuda.

–¿Te crees un encanto, no?

Ella sonrió al detectar su tono juguetón.

–Sí.

–Pues tienes razón.

Max le rodeó el trasero con las manos y la levantó. Primero la llevó a una encimera y luego a la otra, pero desistió al ver que estaban llenas de ingredientes para la cena–. Madre mía, ¿no sabes lo que es ir recogiendo lo que se va usando?

–Lo siento mucho, Mary Poppins. No estoy al tanto de tus normas domésticas.

Al instante, Max la llevó al sofá, la tendió allí y empezó a desabrocharle los vaqueros.

–Estoy cocinando.

–Pues tendrá que esperar.

–¿Ah, sí? –preguntó Kendall mientras él le bajaba los pantalones.

–Sí. Tengo frío y estoy cansado. Lo único que hay en el menú es sexo para hacer las paces.

Le metió la mano bajo la camiseta. Kendall se esperaba que estuvieran frías, pero los guantes se las habían mantenido calientes. O tal vez era por la propia temperatura corporal de Max, claramente elevada.

El siguiente beso la removió por dentro y al momento sus pantalones y su camiseta estaban en el suelo. Hacía mucho tiempo que no había practicado sexo de reconciliación. No podía recordar la última vez que había estado con un hombre con el que mereciera la pena discutir.

Pero ahora se estaba dando cuenta de que lo había echado de menos; tanto la discusión en sí como la reconciliación.

Y Max era buenísimo en lo de la reconciliación.

Capítulo Doce

¡Cómo comía ese hombre!

Kendall partió en dos una vieira y tomó un bocado con delicadeza mientras Max se comía dos de golpe. Aunque no la estuviera saboreando, estaba claro que le gustaba la cena.

Y ella había comprobado que cocinar para él la hacía feliz.

—Es oficial —dijo Max llevándose una mano al estómago—. No te puedes ir si vas a seguir cocinando así. ¿Dónde has aprendido?

—Aprendí por necesidad. Me gusta la buena comida y en Los Ángeles los restaurantes tienen precios exorbitantes. Aunque no hace falta que te lo diga. Tú lo sabes bien.

—No tanto —Max se sirvió otra cucharada de judías verdes y más vieiras en salsa de mantequilla y limón—. Casi todas las comidas me salían gratis. Comía como un rey.

—Y lo dejaste por esto —dijo Kendall señalando a la ventana. Fuera solo había nieve, nieve y más nieve—. ¿No es duro mirar por la ventana y no ver nada más que un frío azulado y desapacible?

—¿No es aburrido mirar por la ventana y no ver nada más que el mismo clima cada puñetero día?

—Ahí tienes razón.

—Esto es más bonito de lo que crees, sobre todo

cuando la nieve se derrite y las flores silvestres empiezan a cubrir la ladera.

¿Cómo lo hacía? ¿Cómo pasaba de refunfuñar a resultar casi poético?

—No me crees.

—Sí. Es solo que no estoy acostumbrada a esto.

—¿A la sinceridad?

Ella asintió. Él terminó de masticar y agarró una copa de vino blanco.

—A mí también me llevó tiempo hacerme a este lugar.

—Bueno, ya que estamos confesando nuestros secretos —bromeó ella guiñándole un ojo—, te voy a decir que fui camarera en un restaurante de lujo cuando me mudé a Los Ángeles. Le caí bien a la chef y me enseñó a preparar algunos platos.

—¿Sabes? Eres cautivadora, Kendall. No entiendo que ningún hombre te haya convencido para casarte con él.

—Los hombres con los que he salido no tenían ninguna intención de sentar la cabeza.

—¿Actores?

—Nunca. Eres mi primer actor.

—Qué honor. ¿Puedes saber si estoy fingiendo o no? Ella se rio.

—Puedo. Eres tan transparente como el celofán.

—Dios, espero que no.

—¿Bunny no cocinaba?

—Mi exmujer no es una persona muy «casera».

—¿A qué se refería con eso de «una cena elegante»?

—¿Te has dado cuenta, eh?

—Sí. ¿Tenéis algún gran evento pendiente? ¿Entrega de premios?

–Más o menos.

–¿Para quién es el premio?

–Para mí –respondió él apretando los labios.

Ella se quedó atónita.

–No te sorprendas tanto. ¿Sabes cuántos premios tengo?

–¿Pero aún te los dan?

–Es una especie de premio honorario que creo que me dan los vecinos.

–No seas tan humilde. Por algo le han puesto tu apellido al pueblo.

–Alguien tiene que ser humilde. Isaac desde luego no lo es.

No hubo rencor en su comentario; fue una simple observación.

–¿Y… tu ex…?

–¿No hemos terminado de hablar de ella?

–Casi. ¿«Bunny» es un nombre artístico?

–Un apodo. Se llama Brenda. Su padre la llamaba «Bunny» de pequeña.

–Qué dulce.

–Es de buena familia.

–Como tú. Isaac es buena persona.

–Sí que lo es –dijo Max asintiendo despacio.

–Y tú eres una buena persona. Los dos crecisteis en la industria. Sé que tus padres no son tan famosos como vosotros, pero son conocidos.

–Mis padres son buena gente, aunque adoran Los Ángeles. Es la única pega que les pongo. Celebran unas fiestas alucinantes con muchos famosos, siempre lo han hecho.

–Hablas como si todo eso te aburriera.

–Me quedo con la gente de la Montaña del Millón

de Dólares –la miró a los ojos–. Mejorando lo presente.

–Ya has cantado alabanzas sobre mi espectacular cena.

–Sí, pero aún tengo que felicitarte por lo fantástica que eres en la cama –él se levantó y le tendió una mano–. Y prometo que habrá muchos más cumplidos.

Ella aceptó su mano.

¿Cómo podía un hombre ser tan irritante y al segundo resultar tan irresistible?

–¿Se te da bien esto? –preguntó Max, a la altura de su abdomen.

No le importaban esas vistas cuando estaban desnudos, pero ahora, vestidos y con ella sujetando unas tijeras, tenía sus dudas.

–Por norma se me da muy bien, pero esta mañana he tomado un montón de cafeína –dijo Kendall haciendo como si perdiera el control de las tijeras.

Él le lanzó una mirada de advertencia y ella sonrió.

Si había una sonrisa que podía matarlo, esa era la de Kendall Squire. Y si la sonrisa no lo mataba, lo mataría el sexo. Pero aún no. Tal vez en cincuenta o sesenta años.

De pronto una imagen de los dos juntos sentados en unas mecedoras le atravesó la mente y lo alarmó. No era dado a imaginar su futuro con una mujer, y menos con una mujer con la que no había futuro posible. Se frotó las rodillas mientras ella se situaba entre sus piernas.

No estés tan nervioso.

Estaba nervioso, pero no por el corte de pelo. Aun así, le siguió el juego.

—Tú solo ten cuidado de no cortarme las orejas. Tengo unas orejas muy bonitas.

«Sí que tiene unas orejas muy bonitas».

Max estaba sentado de una forma muy sexy y masculina, con las piernas abiertas para dejarla acomodarse entre sus muslos. Ya se había mojado el pelo y llevaba una toalla alrededor del cuello.

Kendall le peinó los mechones hacia atrás y cada vez que tomaba su pelo entre los dedos pensaba en lo íntimo que podía resultar cortarle el pelo a alguien; por supuesto, a alguien con quien te estuvieras acostando y que estuviera sentado frente a tus pechos. Nunca le había cortado el pelo a nadie, solo a sí misma.

El anuncio pedía que Max llevara un «peinado despeinado» y suponía que para ello tendría que dejarle algunas ondas más largas y cargarle el pelo de productos de peinado.

—Así debería servir —dijo retocando un mechón.

Estaba satisfecha con su trabajo, y quedó más satisfecha aún cuando él le rodeó la parte trasera de los muslos con las manos; unas manos cálidas y grandes que la estrujaron con delicadeza.

—Nunca un corte de pelo me había tenido tan inquieto —murmuró él acariciándole las piernas.

El temblor que sentía Kendall no era por el café, sino por el deseo que le bullía por dentro.

—Estar tan cerca de tu delicioso cuerpo y tener que quedarme sentado y quieto ha sido una tortura —le dijo sentándola en su regazo.

Ella soltó las tijeras y se giró para mirarlo. Aún tenía la toalla alrededor del cuello.

–Pareces un superhéroe con una capa de felpa –dijo riéndose.

Él le regaló una muestra de sus dotes interpretativas sacando pecho, arqueando una ceja y alzando la cabeza. Después se levantó con ella en brazos y miró arriba y a lo lejos.

–Ahora que te he salvado del edificio en llamas y que conoces mi verdadera identidad, ¿puedo confiar en que me guardarás el secreto? –le preguntó mirándola aún con la ceja levantada.

Kendall lo miró a los ojos y no le costó imaginarse en los brazos de un héroe de cómic, con su capa de verdad ondeando en el aire mientras el sol se ponía en una bulliciosa metrópolis.

–Tu secreto está a salvo conmigo –lo agarró con fuerza–. No les diré a ninguno de tus amigos del pueblo lo divertido y alegre que eres.

–No soy así con todo el mundo. Solo con las mujeres preciosas que se presentan en mi cabaña y me exigen que protagonice un anuncio –se inclinó y la besó, y a ella, literalmente, se le encogieron los dedos de los pies.

Iba a echarlo de menos cuando volviera a Los Ángeles, eso seguro. Se quitó ese desagradable pensamiento de la cabeza y cambió de tema.

–¿Cuánto tendrás listo el traje?

–Darnell me prometió que mañana, pero que me avisaría si terminaba antes con los arreglos.

–Venga, ve a quitarte los pelillos sueltos que te han caído. Si no, más que un superhéroe que ha salvado una ciudad vas a parecer un superhéroe con sarna.

–Sí, señora –la besó mientras ella sonreía y la dejó en el suelo.

Cuando fue hacia la ducha, Kendall seguía sonriendo.

Para la gente de Dunn, Max era un superhéroe. Iban a darle un premio. Lo adoraban. Y ahora que había conocido esa faceta que se alejaba del exactor gruñón y barbudo, entendía por qué.

Capítulo Trece

Darnell había llamado esa misma tarde para decirle que podía pasar a recoger el traje cuando quisiera. Max había ido al pueblo y había vuelto con el traje y también con un regalo para Kendall. Sin embargo, no la encontró ni en el sofá con el portátil pegado a las piernas, como de costumbre, ni en la cocina preparando una cena que podría hacerlo llorar de alegría.

–¿California? –dijo quitándose las botas.

–¡Aquí! –gritó ella desde arriba–. Perdona. Estaba fisgoneando.

Él contuvo una carcajada. «Claro, cómo no».

Kendall lo esperaba en el penúltimo escalón de la escalera, preparada para recibir el beso que sabía que le daría. Max había pasado de vivir en soledad al «¡Cariño, ya estoy en casa!» en un corto espacio de tiempo.

Se besaron.

–Nunca me habían respondido así de bien después de admitir que estaba fisgoneando –dijo Kendall, que llevaba suelta su melena oscura con reflejos miel. Algunos mechones le rozaban las mejillas.

–La sinceridad me pone.

–Es bueno saberlo. ¿Por qué traes dos bolsas?

–Preciosa y observadora –Max le dio la más pequeña de las dos–. Esta es para ti.

A ella se le iluminaron los ojos y, sonriendo, bajó la cremallera de la bolsa ahí mismo, en la escalera.

–¡Un abrigo! –tiró la bolsa al suelo y se acercó el plumífero naranja al pecho–. ¡Me encanta! ¿Lo has elegido tú?

–Sí. Bueno, más o menos.

Kendall lo rodeó por el cuello y lo besó otra vez.

–Si hubiera sabido que ibas a reaccionar así, te habría comprado otros Jimmy Choo también.

–Eres un encanto –lo besó una última vez–. Por fin podré salir más de tres minutos. He intentado ver la nieve caer desde el porche, pero la cazadora de piel se me quedaba corta. Ahora podré salir con mis botas nuevas y mi abrigo nuevo.

–Y tanto que vas a salir.

Su curiosidad y su ilusión por todo resultaban deliciosas y a Max se le ocurrieron muchas ideas para sorprenderla con más regalos: aguacates, en cuanto el supermercado volviera a recibirlos; otro par de zapatos; flores de la ladera… Pero entonces recordó que Kendall no debería seguir allí cuando llegara la primavera. Por mucho que hubiera imaginado un futuro juntos, ese futuro con ella no existía.

–¿Es que me vas a echar o algo? –dijo Kendall dándole un golpecito en el pecho que lo llevó de vuelta al presente.

–Te voy a enseñar lo que estoy grabando. Vamos a salir a dar un paseíto por la naturaleza. ¿Te apetece?

–Muchísimo. Voy a preparar algo para picar.

Max, complacido por su entusiasmo, sonrió. Fue una sonrisa bien amplia con la que quería demostrarle lo mucho que le agradaba que le hiciera tanta ilusión. Quería que con ese gesto Kendall viera el interior de su alma.

–¡Cómo no! Vas a preparar comida. Voy a colgar esto.

Subió al dormitorio y abrió el vestidor. Era grande, con mucho espacio para todo lo que necesitaba. Y para más, al parecer. De una barra a la izquierda colgaban camisas de volantes y vaqueros estrechos, un vestido negro y el resto de las pertenencias de Kendall. Sus nuevos Jimmy Choo y las botas de puntera abierta estaban en una balda abajo.

Colgó el traje y se detuvo para asimilar la sensación de ver ropa de mujer colgada con la suya.

No le importaba que Kendall estuviese ahí, compartiendo su cama o cortándole el pelo. No le importaba que guardara la ropa en su armario, que se sentara en su lado del sofá o que colocara los botes de especias en los armarios equivocados.

Después del divorcio se había convencido de que prefería la soledad a la compañía. Ahora no estaba seguro de si lo único que había necesitado era alejarse de Bunny.

Con Kendall era todo lo contrario. Quería complacerla, quería ayudarla a hacer realidad sus sueños.

–Perdona –la oyó decir–. Se me estaba empezando a arrugar en la maleta. Puedo quitarla si…

Él la llevó hacia sí y la besó con fuerza. Le metió la lengua en la boca, despacio, tomándoselo con calma, a la vez que le colaba una mano debajo de la camiseta y posaba la otra en sus nalgas. Mientras, ella gemía, suplicaba y susurraba su nombre.

–Supongo que estoy perdonada –añadió Kendall con los labios enrojecidos por el roce de su barba.

–No tienes que disculparte por sentirte cómoda en casa –y cuando eso sonó demasiado sensiblero, corrió a decir–: Quítate esta ropa y ponte extracómoda.

–Tú primero –Kendall le desabrochó el cinturón y

luego pasó a los botones de la camisa–. Pruébate el traje para mí.

–¿Mi traje de los cumpleaños?

–Ya sabes a qué traje me refiero.

–No voy a probármelo otra vez. No hasta que grabemos el anuncio.

–Pero quiero verlo.

La besó en los labios.

–No.

–Me gustas más cuando eres simpático. Como cuando te estaba cortando el pelo.

–Tenías un objeto punzante cerca de mi cabeza.

–Y tú tienes un objeto punzante debajo de los pantalones –ella le rodeó el miembro y lo acarició a través de los pantalones–. Unos pantalones que te voy a quitar.

Y cumplió su palabra. Al momento Max estaba sin vaqueros y quitándose la camisa.

Kendall se puso de rodillas y lo miró, rodeándole con la mano la parte favorita de su anatomía.

–Estaba deseando hacer esto –le dijo sonriendo.

–Pues adelante, California.

–Parece que te gusta.

Él soltó una carcajada.

–¿Hay algún hombre al que no le guste?

–Probablemente no.

Le besó la punta con su boca cálida y húmeda, y él cerró los ojos cuando el beso se convirtió en lametazo y el lametazo en succión. Pronto se vio invadido por su boca; por la succión de sus mejillas y por eso que acababa de hacerle con la lengua. Le puso una mano en la cabeza y enredó los dedos en su pelo cuando Kendall volvió a hacerlo. Intentó decirle que le gustaba, pero lo único que salió de su boca fue un suspiro. Por suerte, ella supo interpretarlo y no se detuvo. Acabó medio en-terrado entre sus camisas, con una mano en la cabeza y agarrándose a los estantes con la otra. La imagen de Kendall tomándolo en la boca se le quedaría grabada en la memoria para siempre.

–Para –dijo incapaz de decir más, y memorizando la imagen Kendall retirando la boca de su miembro.

Kendall se levantó y él la desnudó. Jersey, fuera. Camiseta, fuera. Cinturón, fuera. Vaqueros. Calcetines. Todo fuera. Una vez la tuvo desnuda ante sí, la tendió en la moqueta del vestidor y se adentró en su cuerpo con suavidad.

Ella, mirándolo, abrió la boca. Levantó las manos para enredarlas en su pelo, pero frunció el ceño al ver que ya no había tanto que agarrar.

–Me gustabas greñudo –y cuando él giró las caderas y la embistió añadió–: Qué bien.

–El pelo me crecerá.

Aunque para entonces ella ya no estaría allí. Se sacó ese pensamiento de la cabeza y se centró en las manos de Kendall, que ahora se deslizaban sobre sus hombros y su torso. Hacía tiempo que nadie lo tocaba con tanto afecto.

En Kendall había encontrado algo nuevo. Kendall lo hacía sentirse nuevo.

Le agarró una pierna y se la puso sobre la cade-ra para adentrarse más en ella. Kendall echó la cabeza atrás y gritó cuando la recorrió un orgasmo. Él absorbió el impacto y llegó también al orgasmo, con fuerza, an-tes de dejarse caer sobre los codos para no aplastarla. Tenía los dedos hundidos en su pelo. Ese pelo tan sua-ve. Y los labios posados en su mejilla. Esa mejilla tan suave.

Se concentró en su suavidad. En su respiración lenta y en sus caricias tiernas y delicadas.

–Gracias por el abrigo –dijo Kendall con la respiración entrecortada. Estaba sonrojada y sonriendo, con el pelo alborotado y los ojos medio abiertos.

–Recuérdame que te compre regalos más a menudo.

–Recuérdame que fisgonee más a menudo.

–Eso no hace falta que te lo recuerde.

No importaba que desde fuera pudiera parecer solo un encuentro sexual apresurado en un armario; la realidad era que Kendall y él habían conectado. Esa mujer lo había abierto en canal y había dado con su yo más sensiblero. Y eso era peligroso. Era una estupidez. Era…

Kendall lo besó en los labios con suavidad mientras le acariciaba la mejilla. Los ojos le centelleaban como si escondieran millones de galaxias secretas.

–Ha… –empezó diciendo ella.

–Merecido la pena –dijo Max.

Ella sonrió.

Daba igual el coste personal que le supusiera hacer el anuncio o tenerla en su vida por tiempo limitado; daba igual despertar esa parte de él que había creído enterrada para siempre.

Porque en el fondo sabía que el tiempo que pasara con Kendall lo compensaría todo.

Capítulo Catorce

–Bueno, cuéntame –fueron las primeras palabras de Meghan cuando Kendall descolgó–. ¿Qué tal el viaje a Virginia? No me has llamado ni una vez y ha pasado casi una semana. Me tienes abandonada.

Kendall, que se estaba poniendo las botas de nieve para dar un paseo con Max, se puso nerviosa. No había sido su intención mantener a su hermana al margen, pero le había preocupado llamarla y decirle lo que había estado haciendo... y con quien lo había estado haciendo. Aun así, le vendría bien tener a alguien con quien hablar, aunque eso supusiera admitir que había distorsionado un poco la verdad por el bien de la carrera de Isaac y de la suya.

Luego estaba la cuestión de la línea que había cruzado con Max. Lo que había empezado como un beso divertido en el yacusi, y había continuado en el dormitorio y más allá, no debería y no podía convertirse en nada más.

–Es una historia interesante –no sabía por dónde empezar.

–¡Me encantan las historias interesantes! ¿Puedo grabarla? Quería entrevistarte para que hablaras de lo que ha sido conocer a Max Dunn. No hace falta que compartas detalles de su vida privada, obviamente... O, bueno, ¿podrías contar un poquito de su vida privada? –dijo Meghan riéndose–. Me muero por saber cómo es. ¿Es tan atractivo como Isaac?

–Sí, sí –respondió Kendall sin vacilar. Max estaba abajo preparando el equipo de grabación, pero para asegurarse de que no la oyera, cerró la puerta del dormitorio, se sentó en la cama y bajó la voz–. Resulta que… aún… no me he ido.

–¿Sigues en Dunn?

–El coche se me quedó atrapado en la nieve en un pequeño accidente…

–¡Un accidente!

–Estoy bien, te lo prometo. Acabé volviendo a casa de Max andando por la nieve porque estaba más cerca que el pueblo –se sonrojó–. Estoy en su cabaña.

Meghan soltó un grito ahogado y una carcajada de emoción.

–¡No me lo puedo creer! ¡Te estás acostando con Max Dunn!

Meghan empezó a lanzarle preguntas con su estilo metralleta. Le preguntó quién había besado primero, si el sexo era bueno y si tenía pensado mudarse a Virginia. Terminó diciendo:

–Me encantaría que vivieras más cerca de mí.

Kendall sintió cada palabra de su hermana en lo más profundo de su pecho.

Echaba de menos a Meghan. Echaba de menos a sus padres. Y si su hermano siguiera en este planeta, le echaría de menos más incluso que ahora. Había días en los que California parecía estar a un mundo de distancia, pero…

–Para el carro, Meg –dijo sonriendo–. Esto es tan temporal como la tormenta de nieve. Cuando pase, yo también me iré –ignoró la punzada de pesar que le atravesó el pecho.

–¿Entonces el sexo no es tan bueno? –preguntó Meghan con clara decepción.

–¿Estás de coña? Si fuera mejor, estaría en coma. Lo que más voy a echar de menos es el sexo.

Meghan se rio, que era lo que Kendall había pretendido, pero no era verdad. Lo que más echaría de menos sería a Max. Se había acostumbrado a su tranquilizadora presencia, tanto si estaba encendiendo la chimenea, cortando leña… que era lo más sexy que había visto nunca…, halagándola por la comida que había cocinado o regañándola por trabajar demasiado y diciéndole que se tomara un descanso.

–Renunciaría a toda mi carrera por conocer a los hermanos Dunn y tú te estás acostando con uno.

–Conocerás a Isaac. En algún momento. Ahora mismo no está en el país.

–¡Llevas años trabajando para su agencia de talentos y aún no lo conozco!

–Ya, pero ahora soy su representante en lugar de una ayudante, así que vas a tener la oportunidad de conocerlo.

–Además, ahora tienes enchufe con Max. ¿Cuándo vuelves a casa?

–Las carreteras de montaña están bloqueadas, aunque sí que podemos ir al pueblo y volver sin problema.

–¿Entonces has perdido la oportunidad del anuncio de Citizen?

–Pues resulta que… –le contó todo lo que había pasado con el anuncio, obviando por supuesto el nombre de la isla privada de Isaac y concluyendo con que al final Max se había ofrecido a ayudar.

–¿Y por qué cambió de idea? ¿Por el sexo fantástico?

–No, esto fue antes. Le hablé de Quin y de mis metas y supongo que quiso ayudarme.

Igual que había querido ayudarla en todo: con el coche, comprándole un abrigo para que no se enfriara, con su interminable necesidad de deleitarla en el dormitorio…

–Hoy vamos a dar un paseo por la montaña. Me ha comprado un abrigo para que podamos…

–¿Te ha comprado un abrigo? –el tono de Meghan adoptó la consistencia del chocolate fundido–. Lo sabía. Sabía que Internet mentía sobre Max. Las páginas de cotilleos dicen que es un borde porque se niega a dar entrevistas y que es difícil trabajar con él. Aunque también puede que sea todas esas cosas y que tú tengas el toque mágico.

–No, no es por eso. Y respondiendo a tu pregunta de antes, no voy a mudarme a Virginia. Mi casa está en Los Ángeles y la casa de Max está aquí. Ya sabes que no me interesa comprometerme con nadie.

–Por Quinton.

–¿Por Quinton?

–Nos dejó a todos, Kendall, pero tú fuiste la única que se puso un muro alrededor para que nadie volviera a dejarte.

–No me he puesto ningún muro.

–Respeto que quieras protegerte, Ken, pero Quin habría querido que disfrutaras de la vida.

–Me mudé a California para hacer lo que quiero hacer y poder disfrutar de mi vida, que es a lo que me animó él. Esto no tiene nada que ver con nuestro hermano. Mi visita a Dunn sigue siendo tan temporal como al principio. Y, además, ¿qué te hace pensar que Max querría que me quedase más tiempo? En cuanto rodemos el anuncio, me voy a casa. Y lo sabe. No todo el mundo tiene por qué tener pareja.

–Vale, vale. No quería que te pusieras así. Yo estoy tan soltera como tú, aunque aceptaría acostarme con un Dunn de forma temporal.

Diciéndole que tenía que irse con Max, se despidió de su hermana con cariño y colgó. Y justo cuando abrió la puerta del dormitorio, ahí estaba él.

–Me has asustado –le dijo, inquieta por la conversación que acababa de tener con Meghan.

–Perdona. ¿Estás lista?

–¡Sí! Estaba hablando con mi hermana. Pero nos vamos cuando quieras.

Así que era su hermana con quien había estado hablando… Max no había pretendido escuchar la conversación, pero al llegar a la puerta del dormitorio no había podido evitar oír a Kendall decir que se marcharía de allí lo antes posible.

Y era lo mejor, aunque había esperado que se quedara una semana más o así. Pero no le pediría que se quedara, y menos después de haber oído que estaba decidida a marcharse.

Una vez estuvieron abrigados, salieron; él con la bolsa de la cámara al hombro y ella con el móvil en el bolsillo. A Kendall la nieve le llegaba por la rodilla y a él por la pantorrilla.

Había instalado comederos detrás de su casa para ciervos, ardillas, zorros y osos negros, y así se lo explicó mientras grababa imágenes para el anuncio.

–¿Osos negros? –preguntó Kendall. La nieve crujió bajo sus pies cuando se acercó a él.

–No se ven con frecuencia. Son tímidos. Como yo en el instituto.

–Tú no fuiste al instituto.

–Es verdad. Pero era tímido.

–¿Cuál de los dos besó a Rachael en la pantalla? Es algo que siempre me he preguntado.

Rachael era un personaje que había entrado cerca del final de la serie. Por entonces Isaac y Max tenían quince años, lo bastante mayores para estar en el plató hasta diez horas al día cuando no estaban estudiando. También por entonces Max había estado contando los minutos para poder volver a tener lo más parecido a una vida normal. Aunque después de haber trabajado en un plató de televisión desde los cinco años, ya no tenía ni idea de qué era la normalidad.

–Fue Isaac.

–¿Lo echasteis a cara o cruz?

–No. Se presentó voluntario con mucho entusiasmo.

Kendall se rio.

–Es el más extrovertido de los dos, ¿no?

–Sí, pero yo beso mejor.

–Pobre Rachael –Kendall alzó la barbilla y frunció los labios. Él la besó. Tenía las mejillas y la nariz frías, pero la boca cálida y acogedora. Después del beso abrió los ojos como aturdida–. Esto me gusta.

–¿Pasear por la naturaleza? –bromeó Max.

–Claro –respondió ella, aunque el brillo de su mirada decía que se refería a estar cerca de él.

–Estaba pensando… –dijo Max tocando los ajustes de la cámara en lugar de mirarla– que necesito acompañante para la cena de la entrega del premio. ¿Te apetece venir conmigo?

A Kendall se le subieron las cejas de golpe y casi

desaparecieron bajo el pelo de su capucha. La había dejado impactada.

—Me estoy quedando sin ropa, Max —dijo sonriendo nerviosa.

«Qué encanto de mujer».

—¿Para qué necesitas ropa?

—Así que quieres que me quede por el sexo.

—Quiero que te quedes y me acompañes a la cena, pero el sexo es un beneficio adicional de lo más agradable.

—¿Qué va a decir tu gente?

—Esa gente no es mía.

—Viven en un pueblo que se llama «Dunn» en tu honor. Hazme caso, son tuyos —dijo Kendall antes de mirar a lo lejos. Habían subido hasta el mirador, que estaba rodeado de pinos altos y metido en un valle con un arroyo ahora congelado—. Esto es precioso.

—En Los Ángeles no hay vistas como estas —dijo Max dejándole cambiar de tema.

No iba a intentar convencerla de que se quedara. Kendall no vivía allí, era la representante de su hermano y, como había dicho en repetidas ocasiones, no estaba hecha para la vida de montaña. Sin embargo, cuando la veía acurrucada junto al fuego en pijama tomándose un té caliente o en el yacusi admirando el paisaje, sí que parecía encajar muy bien en su mundo.

Al menos, de momento.

—¿Por qué no? —dijo Kendall de pronto.

—¿Por qué no qué?

—Es mi forma de aceptar tu invitación. No tiene sentido irme de aquí tan corriendo, ¿no? Sobre todo cuando el sexo es tan bueno.

—¿Así que accedes a la cena y a que sigamos teniendo más sexo increíble juntos? –era imposible que pudiera tener tanta suerte.

–Lo de la cena es lo mínimo que puedo hacer para darte las gracias por lo del anuncio. Y por el abrigo. Como has dicho, el sexo es un beneficio adicional.

–No tienes que darme nada a cambio del abrigo –le dio otro beso–, aunque acepto tu «sí» a la cena y al sexo.

Capítulo Quince

–Y entonces tengo que quitarte la camisa –dijo Kendall leyendo el correo electrónico.

–¿Quitarme la camisa?

Max, que estaba haciéndose el nudo de la corbata, se detuvo en seco. Llevaba el traje que habían elegido y, ¡madre mía!, qué guapísimo estaba. Para comérselo.

–«Desabrochar la camisa de Isaac y deslizar las manos sobre su torso» –leyó en alto–. Qué corte, ¿no?

–Pues imagínate si yo fuera Isaac.

Max se había arreglado la barba a la perfección. Ella se había ofrecido a hacerlo, pero no la había dejado.

–Uy, mejor no.

–Me alegra que digas eso. Cuando llegaste aquí, tu intención era volar hasta su isla para esto.

–Pero no conmigo. Lo habría hecho con Natasha Tovar, la modelo.

Porque ella, por mucho que hubiera sido Miss Carolina del Norte, no era Natasha Tovar.

Al volver del paseo, se había duchado y se había puesto el vestido negro que se había llevado en la maleta y los Jimmy Choo nuevos. Después de maquillarse y hacerse unas ondas grandes con un rizador, estaba aún más nerviosa. En un principio había creído que su presencia pasaría desapercibida, pero no parecía que fuera a ser el caso. Revolcarse por el sofá con Max fuera de

cámara era una cosa. Esto… esto era otra cosa totalmente distinta.

Se giró y lo vio ajustando el trípode.

–¿Estás nerviosa, California?

–Un poco.

Max se le acercó y le acarició los brazos desnudos.
Ella lo miró y sacó fuerzas de su poderosa presencia.

–Lo único que tienes que hacer es fingir que te gusta
tocarme.

Ella le agarró de la cortaba y tiró.

–Eres un listillo.

–El truco está en «casi» besarme –le susurró con
los labios pegados a los suyos–. Podemos practicar si
quieres.

Ahora mismo lo único que Kendall quería hacer era
besarlo de verdad y olvidarse del anuncio. Pero tenía
que hacerlo por Citizen y por el bien de la carrera de
Isaac y de la suya.

–Vale –susurró–. ¿Debería mirarte?

–El único momento en el que no deberías hacerlo
es cuando tengas los ojos cerrados disfrutando de lo
que te estoy haciendo. O lo que «casi» te estoy haciendo –añadió bajando la voz y lanzándole una sonrisa pícara.

–Puedo hacerlo.

–Claro que puedes.

Ella asintió, se ajustó el reloj y rotó los hombros.

Max, de espaldas y fuera de encuadre, movió el
cuello de izquierda a derecha. Después se giró y clavó en ella sus ojos azules mientras avanzaba con gesto
serio. Fue maravilloso verlo transformarse en Max el
actor. Se cruzó de brazos manteniendo el reloj visible.
Ella se atusó el pelo, dejando ver también el reloj. En-

tonces Max, emanando furia, la agarró por la cintura. Fue tan real que Kendall tuvo que recordarse que no estaba enfadado con ella. Era una actuación.

Ella lo agarró de la corbata, ladeó la cabeza y lo miró a la boca. Se le encogió el corazón cuando esa boca que tanto deseaba besar evitó sus labios y fue directa a su cuello. Los labios de Max le rozaron la piel, pero no como habría querido. Aun así, no pudo evitar cerrar los ojos. Y cuando él pasó del cuello a la mandíbula y de ahí a la mejilla para finalmente rozarle las pestañas, ya estaba perdida. Podría levantarla en brazos y llevarla adonde quisiera y ella no se resistiría.

—Lo has hecho muy bien —le susurró Max al oído.

Cuando abrió los ojos, lo encontró sonriéndole. Aún estaba medio perdida en una neblina de lujuria. Y todo por unos cuantos «casi» besos.

—Guau, qué bueno eres —dijo con auténtico asombro.

—Gracias, California —Max se acercó a la cámara y la apagó—. Creo que lo has clavado, pero podemos verlo para asegurarnos.

Kendall se acercó a la cámara. Intentó ser objetiva, pero era imposible separar lo que se reflejaba en la pantalla de lo que sentía por dentro… más que nada, porque eran sentimientos idénticos.

—Qué… creíble —dijo con un nudo en la garganta.

—Hacer creer a la gente lo que quieres que crean es actuar. Nada más —dijo Max.

—¿Y se creerán que eres Isaac?

—Se creerán lo que les digas.

Ella asintió, nerviosa otra vez. ¿Pensaría la gente que se sentía atraída por Isaac después de ver el anuncio? Porque era lo que parecía.

–Pero nosotros siempre sabremos la verdad –dijo Max rodeándola con el brazo–. ¿Lista para pasar al sofá? ¿Y para quitarme la camisa?

Ella se rio.

–¿Estás seguro de que quieres hacer esto?

–Demasiado tarde para echarse atrás. Venga, pero asegúrate de parar antes de hacer algo que no quieras que quede grabado.

Max sonrió, preparó la cámara y pulsó el botón de Grabar. Cuando se acomodó en la esquina del sofá, sin chaqueta, Kendall decidió ir a por ello.

¿Cuándo volvería a tener una oportunidad así? Nunca. Porque nunca volvería a salir en un anuncio, y menos con Max.

Era momento de disfrutar. Durante el anuncio y durante la semana que quedaba hasta la cena de gala.

Kendall se acercó al sofá, se situó entre las piernas de Max y le soltó la corbata. Después le desabrochó la camisa con una mirada cargada de deseo.

–Mantén la cabeza fría –dijo Max cuando ella le puso una mano en su torso desnudo.

Se le había puesto encima y por suerte estaba tapándole la erección.

Deslizándose con ella, Max salió del encuadre y luego se levantó. La camisa, desabrochada, le colgaba a ambos lados del pecho, que le palpitaba con fuerza. Ella, sentada, sonrió mientras jugueteaba con la corbata que le había quitado y después cruzó esas piernas largas que lo estaban excitando tantísimo.

Max apagó la cámara y, por si acaso, tapó la lente. Volvió al sofá y le quitó los zapatos.

–¿Qué pasa? –preguntó Kendall riéndose–. ¿Te cuesta controlarte por el bien del anuncio?

Kendall soltó un gritito cuando él le agarró los tobillos y tiró. Una vez estuvo tumbada, Max le subió el vestido por los muslos y su gemido de excitación lo estimuló aún más.

Nunca se le había puesto dura grabando. Los besos en cámara eran incómodos, raros, y encima tenías a un equipo entero observándote. En ese caso, en cambio, estaban los dos solos y le estaba costando mucho recordar que estaban actuando.

Kendall pegada a él con ese vestido ajustado. Kendall acariciándole el pecho con delicadeza. Kendall, situada a la perfección y esperando a que la guiara para poder reaccionar a su siguiente movimiento.

Cuanto más interactuaba con ella, más compatibles parecían.

En un principio había dado por hecho que era como Bunny: una egoísta e interesada que anteponía sus necesidades a todo lo demás sin pensar en las consecuencias. Pero Kendall no era como su exmujer. Ella era amable y generosa y se preocupaba por todo el mundo. Incluso su ambición estaba relacionada con otra persona, con su hermano, que había creído en ella y la había animado a perseguir sus sueños.

La besó en el muslo con la boca abierta y decidió dejar de pensar y centrarse solo en hacerle gemir su nombre.

–Creía que estabas fingiendo estar excitado –dijo ella con la respiración entrecortada y la mano en su cabello.

–Nadie puede fingir tan bien –susurró él contra la suave piel de su muslo interno.

La deseaba. Muchísimo. Pero primero le arrancaría un orgasmo a ese exuberante cuerpo.

—Eres un profesional —dijo Kendall despeinándolo.

Él la besó hasta el vértice de los muslos.

—Pues aún no has visto nada.

Kendall se rio, pero el sonido se perdió al instante en un suspiro. Justo lo que él quería oír.

Sujetándole los muslos con las manos, se dispuso a darse un banquete con ella y empezó a lamerla. Notó que no podía mantener las caderas quietas y se detuvo en un punto concreto al oírle gritar la palabra «Sí». Y cuando pasó del «Sí» al «Sí, Max», supo que estaba cerca.

El orgasmo la sacudió. Kendall alzó el cuerpo hacia su boca y volvió a bajarlo. Y solo en ese momento él se desabrochó los pantalones. Ella, rozándose el labio con los dientes, con los ojos medio abiertos y su melena rizada sobre el cojín que tenía debajo, alargó la mano hacia él.

—Eres una belleza, Kendall Squire —le dijo mientras se adentraba en ella.

Kendall alzó las caderas y lo rodeó con las piernas.

—Voy a echar esto de menos cuando vuelva a casa —dijo Kendall, que abrió los ojos asombrada como si no hubiera pretendido confesar esa verdad.

Pero era imposible negarlo. Lo que habían construido juntos, por mucho que no estuviera destinado a durar, por mucho que fuera solo físico, sin duda sería inolvidable.

Y por eso Max, al embestirla de nuevo, dijo:

—Yo también.

Capítulo Dieciséis

Kendall insistió en comprarse un vestido para la entrega del premio. Max accedió a dejarle la camioneta para ir de compras, pero no sin antes decirle en broma: «Intenta no estamparla contra un árbol».

Aún sonreía cuando se detuvo en Luxury Bean, la cafetería del pueblo. Gracias a que se habían pasado la noche haciendo el amor, el único café que se habían tomado juntos esa mañana no había bastado.

La nieve no se había derretido, aunque por fin había dejado de caer. Encontró un aparcamiento despejado justo delante de la cafetería.

—¿Qué te pongo? —le preguntó una mujer tras el mostrador.

—Cafeína, por favor —respondió Kendall sonriendo—. ¿Cuál es el mejor café que tienes?

—Mi tueste oscuro. A mí me gusta añadirle leche de avena emulsionada y sirope de caramelo. O puedes tomarte algún expreso de la carta. Puedo ponértelo doble si quieres.

—Me quedo con la primera propuesta…

—Helen

—Encantada. Soy Kendall. Gracias, Helen.

—De nada, encanto. Voy a prepararlo.

Kendall se apartó del mostrador y echó un ojo a los objetos que vendía el establecimiento. Desde tazas grabadas que decían «Brooks sí que sabe» y con el nombre del pueblo hasta bolsas de café con el logo de Luxury Bean. Antes de poder elegir qué taza comprarse, le sonó el móvil.

Al ver que era una videollamada, se atusó el pelo y respondió.

El rostro de Isaac llenaba la pantalla: estaba bronceado y con una barbita incipiente como si no se hubiera molestado en afeitarse. Se parecía tanto a Max que resultaba inquietante. Pero cuando abrió la boca, esa ilusión se esfumó. Hablando no se parecían lo más mínimo.

—¿Qué es esto que me cuentas de Max? —preguntó él dejándose de cortesías.

—Veo que por fin has leído mi correo. Te ha costado.

—Inmersión, Kendall —tras él, las olas rozaban la arena y las hojas de una palmera se sacudían con la brisa del océano—. ¿Cómo narices lo has convencido?

—No lo he hecho. Se ofreció a hacerse pasar por ti y grabar el anuncio. Deberías estar agradecido. Ha salvado el contrato de Citizen. Y lo ha hecho por ti —en realidad, Max había dicho que lo había hecho por ella, pero eso no se lo diría a Isaac—. ¿Puedo llamarte luego? Ahora estoy liada.

—¿Eso que tienes detrás es nieve? ¿Dónde estás? No seguirás en Dunn, ¿no?

—Sí, estoy aquí atrapada por la nieve hasta la semana que viene o así.

—Bueno, pues dile a Max que te lleve al aeropuerto en cuanto pase la tormenta. No tienes por qué quedarte ahí con ese cascarrabias solo porque haya accedido a hacer un anuncio por mí.

—Vale —dijo ella forzando una sonrisa.

–Estoy deseando ver el anuncio. ¿Cuándo estará acabado?

–Tenemos las imágenes que necesitamos, pero tardarán meses en editarlas y estrenarlo. A lo mejor estaría bien que para entonces te dejes crecer la barba. El mundo tendrá que creer que Max es tú.

–La gente cree lo que le dices que crea, Kendall. No lo olvides.

Literalmente lo que le había dicho Max.

Isaac le dijo que tuviese cuidado con el frío y colgó. Ella, con la cabeza agachada, guardó el teléfono en el bolso y por poco no se chocó con una rubia que estaba muy pero que muy cerca.

–¿Bunny?

–Hola. Kendall, ¿verdad? Estabas hablando con Isaac.

«¡Mierda!».

–¿Cómo narices has convencido a Max para hacer el anuncio? –preguntó Bunny mientras levantaba una taza para mirar el precio–. Odia actuar. Odia Hollywood. Hasta me sorprende que te deje alojarte en su casa.

–Eh,…

–No tienes que darme explicaciones. Sé muy bien cómo es Max. Al fin y al cabo, estuvimos casados.

–Kendall –Helen las interrumpió y, al parecer, fue deliberado–. Tu café, cariño.

–Gracias –respondió Kendall ansiosa por huir de ahí.

Pero antes de que pudiera escapar, Bunny bloqueó la salida con su diminuto cuerpo.

–Tómate un café conmigo. Te prometo que seré amable –y dirigiéndose a Helen, añadió–: Lo de siempre.

Helen asintió con los labios apretados y Kendall miró la puerta con anhelo.

—Claro, ¿por qué no?

Dos horas después, Kendall entró en la cabaña con su vestido. Max, que estaba en la cocina cuchillo en mano, levantó la mirada.

—Estaba a punto de enviar una patrulla de búsqueda.

—Lo siento. Encontrar vestido me ha costado más de lo que pensaba.

—Sabía que estarías bien, California. Mi camioneta aguanta muy bien la nieve.

—¿Vamos a cenar bistec?

—Y puré de patatas. ¿Has encontrado lo que buscabas?

—Sí.

—Pues pareces decepcionada.

—Me he encontrado con Bunny.

Él soltó el cuchillo y apoyó las manos en la encimera.

—¿Quiero saberlo?

—Me ha oído hablando con Isaac en el Luxury Bean y puedo asegurarte que sabe que no soy peluquera. Quiere que la ayude a conseguir un papel en la serie. Ya le he explicado que yo no puedo decidir a quién contratan.

—Y…

—Y he accedido a ayudarla. Sabe que vas a suplantar a Isaac en el anuncio.

—Joder. ¿Te ha amenazado?

—No exactamente.

Él sacudió la cabeza y siguió fileteando la carne.

–Hablaré con ella.

–No pasa nada. Además, la otra razón por la que me he ofrecido a ayudarla es para quitártela de encima, ¿recuerdas?

–Kendall, no tienes por qué…

–Déjame ayudarte.

Se le acercó y lo besó. Él le devolvió el beso y decidió no decir más.

–Tengo que llamar a Isaac. Habré colgado para cuando tengas la cena terminada.

Kendall hablaba por videollamada con Isaac sobre la serie y otras oportunidades de futuro. Mientras, Max escuchaba. Era imposible no hacerlo cuando ella caminaba de un lado a otro del salón a solo unos metros de donde estaba cocinando. Salió un momento a encender la barbacoa, dispuesto a desafiar al frío por un bistec perfecto, y al volver a entrar oyó la voz de su hermano.

–Deja que hable con Max.

Para ahorrarle a Kendall tener que verse en medio de malentendidos hermanos, agarró el teléfono.

–Hola, Isaac. ¿Qué tal en la isla?

–Casi treinta grados y soleado. Deberías venir. No logro entender qué vives en la ladera de una montaña con las pelotas congeladas la mitad del año.

Kendall agarró la bolsa del vestido, que había dejado en el sofá, y subió las escaleras corriendo. Max supuso que quería dejarle hablar con su hermano en privado.

–¿Está escuchando? –preguntó Isaac leyéndole la mente.

–No –respondió al oír el grifo de la ducha.

–No es tu tipo.

Max enfureció por dentro. Solo él sabía cuál era su tipo.

–Solo le importa el negocio y su negocio es Hollywood, que por cierto odias, por si hace falta que te lo recuerde.

–Conozco a Kendall mejor que tú.

Isaac ignoró el comentario y cambió de tema.

–¿Qué tal la grabación del anuncio? Dime cómo ha sido interpretar el papel de tu vida… o sea, interpretarme a mí.

–Pues es curioso, pero no se te ha mencionado en ningún momento –le respondió, decidido a no contarle lo sensual que era el anuncio. Mejor que lo viera por sí mismo llegado el momento.

–¿Qué tal estuvo Kendall?

Con el sexo metido en la cabeza, Max tardó un segundo en darse cuenta de que su hermano le preguntaba por sus habilidades interpretativas.

–Tiene un don innato.

–Qué bien –Isaac carraspeó y miró a otro lado. De pronto se generó una situación incómoda, como siempre que hablaban. Antes tenían mucho en común, pero ahora era como si estuvieran en planetas distintos en lugar de en climas distintos. Por fin, Isaac dijo–: Mereces que se te pague por el trabajo, Max. No me voy a quedar un dinero que no me he ganado.

–No quiero el dinero. Lo he hecho por Kendall. Estaba en un apuro gracias a que decidiste largarte a tu isla privada y dejarte trabajo sin hacer.

–Dije que no al anuncio. No me he dejado nada sin hacer.

–Tampoco has vuelto corriendo para ayudarla.

–¡Estoy aquí y no puedo salir porque no tengo piloto! Y ya sabes por qué no quiero decirle a nadie dónde estoy. ¿Dónde más podría conseguir estar solo?

–En Dunn, Virginia. Pero tú no quieres estar solo. Los dos lo sabemos. Quieres atención constante.

–Este papel significa mucho para mí y no puedo permitirme distraerme con un puñetero anuncio para una puñetera empresa.

–Cuidado, hermano, ahora tienes que ceñirte a lo que quieran los anunciantes. Estás a punto de volver a ser muy importante.

–Podríamos haberlo sido los dos. Fuiste tú el que rechazó un papel en la serie por pequeño que fuera. Pero podrías haberlo aceptado y haber trabajado conmigo otra vez. ¿Te habría matado hacerlo?

No lo habría matado en un sentido literal, pero sí le habría arrebatado una parte de él que había jurado no volver a entregar nunca más. Una parte privada.

–¿Qué quieres que te diga? Yo también valoro mucho mi intimidad.

–La valoras tanto que has hecho un anuncio de relojes para volver a estar en el candelero.

–No, hermanito –le dijo Max a su gemelo, menor por setenta y dos segundos–. He hecho un anuncio de relojes para ponerte a ti otra vez en el candelero.

Capítulo Diecisiete

Kendall le dio la mano a Max para que la ayudara a bajar de la camioneta. El lugar de la cena era el M Hotel, donde había tenido pensado alojarse durante su estancia en Dunn. ¡Cuánto habían cambiado sus planes desde entonces!

Al entrar en el elegante vestíbulo se fijó en la lámpara de araña enorme y el suelo de mármol gris. Seguía asombrándole que el pueblo lograra ser tan chic y desenfadado a la vez.

Max llevaba muy callado desde el día anterior. Estaba claro que había discutido con Isaac, y ya que había sido ella la que se había presentado allí y lo había convencido para grabar el anuncio, no podía evitar sentirse culpable.

Aun así, no había parecido molesto con ella cuando se había acurrucado a él en el sofá y le había acariciado el pelo. Y luego le había demostrado aún más que no le guardaba rencor cuando la había sentado en su regazo y la había besado. Se habían besado y acariciado, despacio, durante un rato bien largo, perdiendo el aliento y la noción del tiempo. Y luego habían pasado el resto de la noche en el sofá viendo una película.

Se habían ido a la cama tarde, cansados. Demasiado cansados para acabar haciendo el amor después del beso de buenas noches. Ella se había quedado dormida en sus brazos y luego, por la mañana, Max la había

110

recompensado colándose debajo de las sábanas y despertándola con unos besos muy íntimos. Habían hecho el amor mientras amanecía y la luz de la mañana se colaba en la habitación.

Cuando había llegado el momento de arreglarse para la cena, Max parecía más animado. En el último momento había llamado a Darnell y le había pedido un esmoquin. Darnell se lo había llevado y había insistido en que se lo probara para asegurarse de que le quedaba bien.

No le quedaba bien. Le quedaba perfecto.

Con él parecía más alto y más imponente. Pero Kendall ya conocía sus gestos, y ese tic que tenía en la mejilla era un indicador de que estaba intentando disimular los nervios.

—Es un hotel precioso –dijo ella mientras se dirigían al salón principal.

—Debería haberme puesto el traje –murmuró él antes de devolverle el saludo a una pareja.

Kendall miró a su alrededor y vio que los hombres llevaban traje en lugar de esmoquin.

—Eres el invitado de honor. Tienes que llevar esmoquin –le dijo agarrándolo del brazo para reconfortarlo.

Max se detuvo justo antes de entrar a la sala y la miró.

—Cuando te has puesto este vestido, me he dado cuenta de que tenía que estar a la altura. Con un traje no bastaba.

Ella se pasó una mano por el cuerpo del vestido. Era de un morado intenso y unas piedrecitas centelleantes salpicaban la zona de la cintura y la cola corta. Había optado por unos pendientes de diamantes sencillos y se había recogido el pelo en un moño.

–Llevo toda la vida practicando para entregas de premios –le dijo sonriendo–. Y me muero por recibir una invitación para la grande algún día.

–Esto no tiene nada que ver con la Academia, cielo –y rodeándola por la cintura, añadió–: ¿Vamos?

La sala estaba llena de mesas redondas con manteles blancos, rosas blancas y velas doradas. Al ser invitados de honor, estaban sentados en primera fila.

–¿La comida la sirve Bash? –dijo Kendall agitando la tarjeta del menú y refiriéndose al chef, el único e incomparable Bash Brambleton.

Max sonrió al verla tan emocionada.

–Tiene una casa en Dunn y de vez en cuando viene aquí y nos deleita con su maestría culinaria. La tormenta de nieve ha debido de pillarlo aquí. Dudo que haya venido solo por esto.

–La modestia no es nada atractiva –dijo alguien tras él con acento francés.

Kendall se quedó boquiabierta al ver al chef, que le estrechó la mano a Max. Después le dio la mano a ella y le preguntó si le apetecía tomar algo especial. Kendall respondió que comería cualquier cosa que le preparara y, sin poder contenerse, se refirió a él como un dios gastronómico. Luego Max y Bash hablaron de la tormenta de nieve y resultó que él tenía razón: Bash también se había quedado atrapado.

El chef se despidió deseándole lo mejor y diciéndole que vería el discurso desde la cocina.

–Y encima conoces a chefs famosos.

–Solo a los que vienen a Dunn –contestó Max y Kendall tuvo claro que Bash se equivocaba: la modestia era superatractiva.

Una vez todos los invitados estuvieron sentados, se

sirvió la cena y resultó ser lo más exquisito que Kendall había probado en su vida. En su mesa había concejales y, por desgracia, también estaban el alcalde Chambers y Bunny. Menos mal que estaban sentados al otro lado de la mesa. Aunque podía fingir educación durante una noche, prefería no tener que hablar con Bunny más de lo necesario.

Después del postre Max se levantó.

–Es hora del discurso, California. ¿Estarás bien aquí?

–Yo cuido de ella –dijo Shelley Lipschultz, directora de Asuntos Públicos y una mujer estupenda con la que había conversado toda la noche. Bunny les había lanzado alguna miradita que otra, pero las dos la habían ignorado–. Tú solo céntrate en no olvidarte del discurso.

–Imposible –respondió Max mientras se abrochaba la chaqueta–. No he escrito ninguno.

Las dos se quedaron preguntándose si sería verdad.

El presentador habló de los logros de Max y mostró fotos de Max de pequeño, muchas de las cuales eran imágenes de la serie. A Kendall la invadió la nostalgia al ver a los niños Dunn. Recordó ver la serie con su hermana cuando eran pequeñas. Ella nunca había estado coladita por el personaje de Danny, al contrario que Meghan, pero parecía que ahora sí lo estaba.

El presentador pasó a mostrar imágenes del pueblo anteriores a que Max se mudara allí y habló de las distintas fases de construcción por las que había pasado hasta convertirse en lo que era ahora: un lugar precioso y acogedor donde turistas y residentes por igual compartían las calles en armonía. Terminó con una imagen actual de Max: era verano y el exactor barbudo y rudo estaba en su porche delantero, apoyado en una columna y con las manos metidas en los bolsillos. Parecía sacado de una portada de *Architectural Digest* o de un artículo de *People* con el título «El hombre vivo más sexy».

—Y ahora, por favor, recibamos con un aplauso a Max Dunn.

El salón estalló en aplausos mientras Max subía al escenario. Su sonrisa era sincera y su postura, relajada. Si seguía nervioso, desde luego no se notaba. Se frotó las manos y se acercó al micrófono con elegancia.

Kendall no entendía por qué quería alejarse de los focos. Se le daba genial. Incluso ahora, sin haber hablado siquiera, tenía al público fascinado. Y a ella también. Era demasiado guapo para no mirarlo, demasiado cautivador para ignorarlo.

—En primer lugar, me gustaría disculparme por traer turistas a vuestro pueblo —dijo y el público se echó a reír—. Y en segundo, gracias por dejarme vivir aquí. Por honrarme poniéndole mi apellido y por ser los mejores amigos y vecinos que un hombre puede pedir.

De ahí pasó a hablar de los años que había estado buscando un lugar donde encajar y de los planes que tenía para Dunn. En cierto momento, Shelley se inclinó hacia Kendall y le susurró que seguro que Max había preparado el discurso.

—Nadie puede saberse de memoria todos esos datos y tantas cifras.

Max terminó el discurso dándoles las gracias de nuevo y prometiéndoles que seguiría habiendo mejoras en el pueblo aunque eso atrajera «a gentuza de California». Le lanzó una pícara sonrisa a Kendall y al instante todos los ojos se clavaron en ella. Después volvió a la mesa entre aplausos efusivos y palmaditas en la espalda. Mientras, el presentador anunciaba que las formalidades de la noche habían llegado a su fin y que era el momento de disfrutar de la música.

–¿Ya ha terminado? –le preguntó Kendall–. ¿No va a subir nadie más a hablar de los grandes logros de Max Dunn?

–Espero que no –respondió él con tanta sinceridad que ella no pudo evitar reírse. En ese momento la banda empezó a tocar una pieza de *jazz* suave y él le tendió la mano–. ¿Bailas conmigo?

¡Vaya! Ese hombre estaba lleno de sorpresas.

–¿No llamaremos la atención?

–¿Con ese vestido que llevas puesto? Seguro. Pero mientras yo no sea el centro de atención, me vale –la llevó a la pista de baile.

Kendall notaba que la gente la miraba y el corazón le golpeteó contra el pecho cuando Max la rodeó por la cintura y comenzó a balancearse.

–No se te da nada mal –le dijo él–. ¿Has aprendido a bailar para prepararte para la gran ceremonia de premios a la que esperas que te inviten?

–Te estás burlando de mí.

–No. Estás preciosa con este vestido. También estás preciosa sin él, pero con él estás absolutamente impresionante.

Kendall sonrió.

–¿Te ha molestado Bunny?

–Solo me ha lanzado alguna que otra miradita.

–Aun así, voy a hablar con ella por lo que te dijo en la cafetería.

–No te preocupes. Para cuando salga el anuncio, le

habré conseguido una actuación en alguna parte y ya no tendremos que preocuparnos por ella.

–¿Le han gustado las imágenes a Citizen?

–Están encantados. Dicen que has hecho un trabajo de cámara magnífico. Bueno, tú no, Isaac. Espero que, si algún día le piden que dirija, sea tan bueno como tú.

–A él se le da mejor estar delante de la cámara. Es donde quiere estar.

–Siento haberte puesto en esta situación. No quiero entrometerme entre los dos.

–No es culpa tuya, California. El distanciamiento ya existía antes de que llegaras. Pero gracias por preocuparte. Además, ha valido la pena ahora que estás aquí conmigo. ¿Te has fijado en que todos nos están mirando?

–Sí.

–Si no estuvieras aquí, se estarían turnando para llevarme a la barra, felicitarme y darme ideas para mejorar el pueblo.

–¿En serio?

–En serio.

–Pobrecito –le dijo dándole una palmadita en la mejilla–. Yo te protegeré de estos vecinos malos que te quieren tanto.

Él la agarró con más fuerza.

–¿Te he dicho alguna vez lo atractiva que te pones cuando te burlas de mí? –y sin darle tiempo a responder, añadió–: Hacía mucho tiempo que no bailaba con una mujer en una pista.

–¿Desde tu boda?

–No bailamos. Cuando me marché de Los Ángeles juré que no volvería a ponerme unos zapatos brillantes y menos un esmoquin. Pero aquí estoy, intentando ser merecedor de la mujer que ha entrado en mi vida sin avisar.

Ella se quedó sin aliento mientras la multitud parecía desvanecerse.

—Kendall, haces que dejarme ver sea más llevadero. No lo olvidaré. No te olvidaré.

Capítulo Dieciocho

Kendall seguía disfrutando del halago cuando él bajó la cabeza para besarla.

Y cuando sus bocas conectaron, Max respondió la pregunta que se hacían todos los presentes: «¿Tenían Kendall y Max una relación sentimental?».

Nadie se creería que ella estaba allí por motivos profesionales. No después de que la hubiera devorado con los ojos toda la noche. Y, sobre todo, no después de que la hubiera besado y luego abrazado.

Y tampoco había forma de negar lo que había pasado en el breve tiempo que había estado en ese pueblo de montaña con ese hombre de montaña. Sí, claro, había intentado negarlo, e incluso había enviado un correo a la agencia detallando cuándo volvería a California para no verse tentada a prolongar su estancia, pero no había servido de nada.

Quería quedarse en Dunn con Max, a menos que hubiera oportunidad de llevárselo a él a Los Ángeles, lo cual dudaba mucho.

Había cometido muchas estupideces en su vida adulta, pero enamorarse de Max era la mayor de todas.

Y no porque Max no mereciera que lo quisiera. Todo lo contrario. No le importaba haber cometido el error de enamorarse del gemelo de su cliente, pero dudaba que él, al igual que ella, buscara más que una relación sexual.

Era una mujer práctica y había hablado en serio al decirle a Meghan que no le interesaba una relación seria y formal. Y por mucho que su corazón estuviera anunciando a bombo y platillo la llegada del amor, no estaba dispuesta a renunciar al sentido común.

Tenía que pensar en su carrera, y tener a Isaac Dunn como cliente era bueno para ella. De todos modos, por mucho que estuviera recreando su propia versión de *Jerry McGuire* al centrarse en un único cliente, se negaba a soltarle a Max un discurso que incluyera un «Tú me completas». Sería una locura.

La canción llegó a su fin y otras parejas abandonaron la pista, pero ellos siguieron allí, agarrados... hasta que una mujer, sacudiendo su teléfono en el aire, gritó el nombre de Max.

Helen, de la cafetería, se acercó y le puso el teléfono en la mano.

—No sabía que habías grabado un anuncio para Citizen, pero está claro que se ha filtrado. Les ocultas secretos a tus entregados vecinos, ¿eh? —y sonriendo añadió—: Y tú estás preciosa, cielo. Deslumbrante.

—No he grabado ningún anuncio —respondió Max—. Ha sido Isaac. Y, además, ese anuncio no saldrá hasta dentro de unos meses.

—Supongo que eso es lo que significa que se ha filtrado —murmuró Max mirando el teléfono.

—Bueno, ya sé que el artículo dice que es Isaac, pero no estoy ciega y sé que eres tú —dijo Helen—. ¡Tenéis una química innegable! Y esta es tu casa de aquí, ¿no?

Kendall contuvo el aliento. Iban a tener problemas serios. El mundo creería que el del vídeo era Isaac, pero la gente que mejor conocía a Max podría cuestionarlo.

–No es mi casa, pero ese sí que es Isaac –dijo devolviéndole el teléfono a la mujer.

–Isaac y yo lo grabamos hace meses en Los Ángeles –dijo Kendall aliviada de que por fin le hubiera salido la voz–. Lo creas o no, es un plató, aunque sí que nos inspiramos en la casa de Max –miró a su alrededor y vio a otros invitados mirando los móviles y murmurando.

–Estás muy creíble en este anuncio… con Isaac –dijo Helen–. Es idéntico a Max. Con la barba y todo.

–Es algo que no he podido cambiar desde que nacimos –murmuró Max molesto por la atención que estaba despertando.

–Isaac y yo grabamos el anuncio antes de que Max y yo nos conociéramos. Qué locura, ¿eh? Lo que es la vida –añadió Kendall agarrándolo del brazo.

Max miraba al otro extremo del salón y ella le siguió la mirada. Ahí estaba Bunny, atusándose el pelo y esbozando una sonrisa de lo más falsa.

–Si me disculpas… –dijo Kendall, pero Max la corrigió.

–Si nos disculpas… –la agarró de la mano y fue hacia donde estaba Bunny–. Tengo que hablar contigo. Shelley, ¿por qué no llevas al alcalde a tomar una copa? Yo voy en un momento.

–¿A qué viene esto? –preguntó Greg Chambers muy serio.

–Seguro que tiene que ver con mi futuro en Hollywood –respondió Bunny–. ¿A que sí, Kendall?

–Sí –dijo Kendall forzando una sonrisa–. Es confidencial. Max y yo hemos jurado mantener el secreto.

–Como tendrás que hacer tú cuando hablemos –dijo Max dirigiéndose a su exmujer.

–Si son cosas relacionadas con esa tontería de la interpretación, ni me molesto. Shelley, vamos a tomar algo.

Greg y Shelley se marcharon.

–No he filtrado el vídeo, así que no me eches la bronca –dijo Bunny cruzándose de brazos.

–No, pero podrías filtrar la verdad.

–Todos aquí ya saben la verdad –dijo Bunny con un brillo de celos en la mirada–. En esas imágenes se ve clarísimo que babeáis el uno por el otro.

–Te equivocas. Pensé que sabrías distinguirnos a mi hermano y a mí. Estuvimos casados dos años.

–Sí, lo recuerdo, créeme. Esta sala está llena de los votantes de mi marido. ¿Esperas que les mienta?

–Lo que yo espero es que hagas una prueba para un papel en *Brooks sí que sabe* y podamos cerrar un contrato –soltó Kendall–. ¿Podrás volar a Los Ángeles para hacerla?

En un instante su exmujer pasó de incriminarlo a ilusionarse con su futuro en Hollywood.

–¡Ay, Dios mío! ¡Ay, Dios mío! –gritó Bunny antes de abrazar a Kendall–. ¿Cuándo? ¿Dónde?

–Aún lo estoy gestionando, pero están interesados. Aunque te juro que si dices una sola palabra…

–No, no diré nada. Lo prometo –y susurrando añadió–: Me muero por conseguir esta oportunidad.

–No te puedo garantizar el papel.

Max miraba a Kendall preguntándose si estaría mintiendo.

–Estoy intentado conseguirte una prueba con Ashley Lee –continuó Kendall.

Ashley sería la directora del regreso de la serie. Max no la conocía en persona, pero había oído que estaba casada con el hijo del productor Cecil Fowler.

—¡Ay, Dios mío! —volvió a gritar Bunny.

—No puedes dejar que nadie piense que Max sale en el anuncio —le susurró Kendall.

—¿Entonces quieres que todos piensen que sois Isaac y tú?

Bunny puso el vídeo en el móvil. Con música y editado en blanco y negro, a excepción de los relojes, que aparecían en colores intensos, era el anuncio más sexy que Max había visto en su vida.

Y tendrían que vender la idea de que Kendall estaba revolcándose en el sofá con su hermano. Solo de pensarlo le hervía la sangre.

—¿Pasa algo, Max? —preguntó Bunny.

—El del vídeo es Isaac —dijo apretando los dientes—. Yo no conocía a Kendall cuando lo grabaron.

Bunny asintió como entendiendo que esa era la historia que debía repetir.

—Los comentarios que aparecen debajo del vídeo son totales. Todo el mundo está convencido de que Isaac y Kendall tienen algo. No me extraña que los paparazi estén buscando sus direcciones, tanto antiguas como actuales.

—Aquí no la encontrarán —dijo Max.

—No —dijo Bunny sacudiendo la cabeza—. No se lo diré a nadie, lo juro.

—Bien —dijo Kendall—. Para que te acepte como cliente, necesito confiar en ti.

Bunny sonrió con los ojos llenos de lágrimas.

—¿Me vas a aceptar como cliente?

—Sí. Mi trabajo consiste en hacer sueños realidad.

122

–¡Gracias! Max, gracias también a ti –sonrió.

En ese momento volvió Greg, copa en mano, y la agarró cuando ella se le lanzó a los brazos. Bunny le susurró algo al oído y él, con cara de auténtico asombro, miró a Max como diciendo «¿Te lo puedes creer?».

La verdad, Max no podía creerse nada. Ni que hubiera protagonizado un anuncio, ni que Bunny hubiera conseguido que Kendall la representara… ni tampoco que el pueblo entero pensara que el del anuncio era él y no Isaac.

Y sí, era él, pero el problema era que ellos no debían saber la verdad.

Max y Kendall se alejaron.

–Todo el pueblo sabe que odio actuar. ¿Por qué dan por hecho que salgo en el anuncio? Deberían creer lo que les decimos.

–Tus vecinos se creen lo que ven. Y nos han visto en la pista de baile, Max.

El corazón le dio un vuelco al pararse a pensar en lo que habían hecho juntos, tanto en privado como también un poco en público. Lo que habían dicho… y no dicho. Se la había jugado por Kendall, tanto en el anuncio como en su vida personal. Le había hablado de su documental secreto. Le había mostrado su mundo. Ella, a cambio, había hecho que su vida fuera mejor, y tal como le había prometido antes, él nunca lo olvidaría.

Lo que no había dicho era por qué no la olvidaría. No tendría que hacerlo porque no iba a dejarla marchar. Técnicamente sí, Kendall volvería a su casa. Pero el mundo estaba conectado por Internet. ¿Por qué tenía que vivir al otro lado del país para desempeñar su trabajo? Podía pasar temporadas con él. Además, su hermana vivía en la Costa Este. Tal vez eso bastaría para animarla a quedarse en Dunn.

Su casa, su mundo, estaba abierta para ella. Lo único que tenía que hacer era contarle lo que sentía. Habían iniciado algo juntos aunque hubiera sido de forma accidental. No sabía qué pasaría con sus vidas en un mes o un año, pero valía la pena arriesgarse y descubrirlo. De eso estaba seguro. Abrió la boca para decírselo, pero ella habló primero.

—Tengo que volver a Los Ángeles cuanto antes.

—¿Por qué?

—El mundo de Isaac va a estallar por los aires, si es que no lo ha hecho ya. Va a tener que volver a casa y yo tendré que estar allí para gestionar las ofertas que van a empezar a lloverle.

No le gustaba nada la idea de que Kendall se fuera corriendo para estar con su hermano.

—Pues llámalo por teléfono.

Ella le dio una palmadita en el pecho y esbozó una sonrisa cortés.

—Cuando el resto del mundo vea el anuncio, surgirán rumores sobre mi aventura con el hermano de Isaac y eso podría arruinarle la carrera.

De nuevo, la carrera de Isaac prevalecía sobre sus propias necesidades. Años atrás Max había querido una vida normal alejada de las luces de Hollywood, pero Isaac solo había tenido ojos para la fama. Parecía que nada había cambiado y ahora encima Kendall estaba mostrando su verdadera cara también. Solo le importaba Hollywood y prefería ponerse a su servicio antes que explorar lo que podrían haber tenido juntos.

—¿A quién le importa lo que diga la gente?

—A Isaac —dijo Kendall, y fue como si le estuviera

atravesando el estómago con un cuchillo–. Y a mí. Y a ti también debería importarte. ¿Quieres que la prensa te deje tranquilo? Pues que se conozca mi paradero no te va a ayudar en eso.

Capítulo Diecinueve

Con la mañana llegaron recuerdos de la noche anterior: Helen agitando el móvil y anunciando que Max era el protagonista del anuncio, y ella ofreciéndole representación profesional a Bunny para distraerla y diciéndole a Max que tenía que marcharse de su casa lo antes posible. No tenía que habérselo dicho, y menos en ese momento. Pero había entrado en pánico al enterarse de que se habían filtrado las imágenes.

De camino a casa había vuelto a sacar el tema de Bunny y había expresado su preocupación.

—Es como un grano en el culo, pero nunca me haría daño —le había dicho Max para luego quedarse callado el resto del trayecto.

Ya en la cabaña, Max la había ayudado a quitarse el abrigo.

—Me voy a la cama —había dicho ella dirigiéndose a las escaleras.

Le dolían los pies por los tacones y estaba agobiada por las tres mil cosas que tendría que hacer por la mañana.

—Me parece que no —había contestado Max situándose entre la escalera y ella—. Ya estoy harto de fingir. Aquí no puede vernos nadie, así que voy a hacer lo que me salga de las narices.

Nunca se había considerado la clase de mujer que le

permitiría a un hombre echársela al hombro, darle una palmada en el trasero y llevarla a la cama, pero eso era justo lo que le había permitido a Max esa noche.

¡Le gustaba tanto! Lo amaba. Pero no podía quedarse en Dunn como si los rumores sobre Isaac y ella fueran a esfumarse por sí solos.

A última hora de la mañana casi se había convencido de que tenía controlados su corazón y la pesadilla laboral que la esperaba cuando volviera a casa: en blogs, artículos y redes sociales hablaban de «Isaac y Kendall, la nueva pareja de moda». A Max no le iba a gustar. Ni un poco.

Se había levantado antes que ella diciéndole que iba a cortar a leña y no había vuelto. Ahora Kendall estaba delante del fuego con el portátil y el teléfono listos por si llegaban más malas noticias.

Todo el mundo sabía quién era, lo cual había sido su intención al mudarse a Los Ángeles. Pero había querido que la conocieran por sus increíbles aptitudes como representante, no porque fuera el supuesto interés romántico de un actor.

El teléfono sonó. Era Citizen. El corazón se le bajó a los pies de golpe.

—Hola, Ray —al notar timidez en su voz, carraspeó y probó de nuevo—: ¡Qué alegría!

—Kendall Squire —dijo el joven ejecutivo antes de soltar una carcajada—. ¡Dios, adoro Internet! La publicidad que hace es impagable. Y benditos también los *influencers*. Te equivocabas al pensar que nadie se iba a fijar en ti, ¿eh? A lo mejor podrías actualizar tu currículum y hacer unos cuantos anuncios más.

—Ah, no. No, no —respondió ella con risa nerviosa—. Solo lo he hecho por desesperación.

—El mundo os adora a los dos. Nosotros os adoramos. ¿Cuándo volveréis a casa?

—Pronto, pero…

—Bien. Dile a Isaac que en cuanto os instaléis, tenéis que venir directos a nuestras oficinas. Concierta una cita con mi asistente. Vamos a ganar mucho dinero con vuestra pareja.

—¿Nuestra… pareja?

—No te molestes en negarlo. La gente no habla de otra cosa. A mí me da igual si es verdad o no. Con toda la atención que ha despertado el anuncio, parece que vamos a triplicar nuestras ventas del trimestre pasado, sobre todo después de las fotos que han salido en una cena.

—¿Cómo dices? —el corazón ahora se le subió a la garganta.

—Isaac y tú. No sé cómo lo has hecho, pero que se hiciera pasar por Max en la cena ha sido una genialidad. Aunque, claro, supongo que tampoco tenías elección, teniendo en cuenta que Max Dunn es el hombre menos cooperativo del mundo. Todo el mundo sabe que preferiría morirse antes que dar un discurso en una cena en su honor.

Kendall aún seguía procesando lo primero que había dicho Ray.

—¿Hay fotos de anoche?

—Y tanto. Anda, seguro que lo sabías. Os estabais besuqueando en la pista de baile.

¡Ay, Dios!

No había estado pensando ni en fotógrafos ni en el anuncio cuando había estado enamorándose de Max Dunn en la pista de baile.

Y no podía decirle a Ray que el hombre al que estaba besando era Max; no podía decírselo a nadie.

Todos en Dunn sabían que había estado con Max y no con Isaac, pero después de ver lo leales que le eran a Max, imaginaba que no dirían nada. Y aunque lo dijeran, nadie los creería de todos modos. El público preferiría una mentira si era la opción más jugosa. Nada más interesante que una aventura secreta entre un actor y su representante pillados besuqueándose en una fiesta.

—No lo sabía —respondió mientras accedía a Internet.

—Bueno, da igual. Vosotros seguid haciendo lo que estáis haciendo. Es genial para el negocio. Para todos. Citizen quiere rodar más anuncios con Isaac en el futuro. Y contigo, claro.

—Como te he dicho, lo mío ha sido algo puntual.

—Sin ti no funcionará —Ray parecía feliz, como si estuviera viendo simbolitos de dólar por todas partes. Terminó la conversación diciéndole que le enviaría los contratos, uno para cada uno.

Relojes Citizen había pagado una cantidad importante para que Isaac participara en el anuncio. Con la atención que habían generado ahora, Kendall podría negociar una tarifa aún mayor. Pero bajo ningún concepto ella aparecería en otro anuncio con él, y menos si Ray esperaba que fuese tan sugerente como el primero.

Terminó de escribir «Isaac Dunn + Kendall Squire + entrega de premios» en el buscador y soltó un grito.

Max, que acababa de entrar por la puerta trasera, maldijo al ver la pantalla.

Fotos de los dos en la pista de baile, besándose y sonriéndose como si no hubiera nadie más allí.

–¿Habrá sido Bunny? –preguntó ella.

–No. Estaba al otro lado de la sala. Están tomadas desde la barra del bar.

–El camarero. ¿Cómo lo sabría?

–Debió de ver la filtración del anuncio como todos los demás y decidió sacarle provecho. Seguro que no es del pueblo –Max se sentó en el sofá a su lado y se inclinó para leer el artículo. Cuanto más leía, más enfurecía–. ¿Creen que Isaac está haciéndose pasar por mí?

Las razones que se daban en el artículo eran ridículas; desde que Max llevaba una vida miserable hasta que era adicto a las drogas.

–Qué de gilipolleces –dijo él cerrando el portátil.

Ella volvió a abrirlo.

–Tengo que sacar un billete ahora mismo –la nieve aún no se había derretido, pero las carreteras estaban despejadas. Ahora ya podría volver a Los Ángeles–. El mecánico puede devolver el coche por mí y pasarme la factura. Ahora que Citizen quiere otro anuncio, voy a tener dinero de sobra –añadió en voz baja.

–Con Isaac, supongo.

–¿Con quién si no? Somos un bombazo.

No parecía contenta, pero tampoco parecía que estuviera tan furiosa como él.

–Antes de que tú…

Alguien llamó a la puerta, interrumpiéndolo. Al abrir, se topó con la cara de su hermano.

–¿Isaac? –dijo Kendall tras él–. ¿Qué estás haciendo aquí?

–Debería hacerte la misma pregunta. ¿Por qué no estás en casa ocupándote de este follón?

Kendall pasó por delante de Max para agarrar a Isaac del brazo y meterlo en la casa.

–Tengo que hablar contigo de un millón de cosas. No sé por dónde empezar.

–Empecemos por eso de que tenemos una relación sentimental –y mirando a su hermano añadió–: Parece que tu pluriempleo como actor ha estallado por los aires.

Capítulo Veinte

Costaba concentrarse en el asunto que tenían entre manos con Max ahí al lado. Isaac y ella estaban sentados en la mesa de la cocina y él estaba de pie apoyado en la encimera, cruzado de brazos y mirándolos.

Isaac, en cambio, parecía inmune a las miradas implacables de su hermano.

—Estoy bastante segura de que Citizen, que por cierto ha enviado un contrato para que hagas más anuncios, fue quien filtró el anuncio —dijo Kendall enfadada.

—Tiene toda la pinta —respondió Isaac como si le hiciera gracia—. Citizen me dejó un mensaje en el contestador diciéndome que estaban encantados con el anuncio y que estaban deseando volver a contratarme. Busqué el primer vuelo aquí. Si se nos tiene que ver juntos, más vale que empecemos ya.

Mientras hablaba, Max lo fulminaba con la mirada.

—Podemos hacer dos cosas —dijo Kendall—: Ignorar los rumores y seguir como siempre o… —se detuvo. A Max no le iba a gustar la otra propuesta.

—¿O? —preguntó Isaac.

—Le damos al público lo que quiere y fingimos que estamos saliendo.

—¡No! —dijo Max con rotundidad.

—Es decisión de Kendall, no tuya.

—Kendall no va a salir contigo. Ni de verdad ni de mentira.

–¿Estás dispuesto a dar la cara y admitir que eres el hombre del vídeo? A tus fans les encantaría.

–Él no quiere recibir ningún tipo de atención –dijo Kendall–. Solo accedió a grabarlo para ayudarme.

Isaac se recostó en la silla y los miró.

–¿No estabais fingiendo en el vídeo, verdad? Estáis…

–Lo que estemos haciendo no es asunto tuyo –dijo Max.

–Es asunto mío. Se supone que ella está saliendo conmigo y en Internet se dice que he estado fingiendo ser tú. Tu sueño hecho realidad, Max. Estás fuera de los focos. El mundo piensa que eres un drogadicto, un borracho o una simple estrella de la tele acabada.

–El mundo no. Solo algunos troles de Internet –dijo Kendall defendiéndolo. Sonrió a Max, pero él se puso más serio todavía.

–Bueno, la cuestión es que el sueño de Max era estar solo y parece que por fin le han concedido el deseo –dijo Isaac.

Cierto, Max había dicho que quería estar solo, pero curiosamente se había comprado un pueblo y se había rodeado de unos vecinos que lo trataban como si fuera de su familia. Tenía una faceta tierna que le gustaba disimular pero que ella había visto. Y esa ternura era lo que la había enamorado.

–Kendall no va a ir por ahí de tu brazo mientras los paparazi le gritan y le sacan fotos.

–Kendall es mi representante y sabe lo que es mejor para mi carrera.

–¡Porque todo gira en torno a ti, claro! ¡Todo ha girado siempre en torno a ti!

–No, Max –dijo Isaac levantándose–. Fuiste tú el que separó a los gemelos Dunn. Juntos somos un todo, una unidad. Fuiste tú quien se marchó. No lo olvides.

–Nunca te importó lo que yo quería. Tus deseos siempre importaban más que los míos. Además, parece que te va muy bien sin mí.

–Lo mismo te digo, hermano. Te dejaremos tranquilo en cuanto saquemos los billetes de vuelta a casa. Si te importa algo la carrera de Kendall, la animarás a hacerse pasar por mi novia. Empezará a tener más clientes en cuanto todo el mundo hable de ella. Pero, claro, para eso tendrías que anteponerla a tus necesidades. ¿Crees que podrías hacerlo?

–No quiere estar contigo por muy fingido que sea –dijo Max.

–La verdad es que… tiene que ser así, al menos hasta que encontremos la mejor solución –dijo Kendall.

–¿Y la oferta de Citizen? –preguntó Max mirándola como si se sintiera traicionado.

–Me harán ofertas más importantes –dijo Isaac–. Kendall no tendrá que hacer esos anuncios, a menos que quiera, claro.

Kendall no dijo nada, sobre todo porque no sabía cómo decirle a Isaac que jamás podría acercarse a él, quitarle la camisa y dejar que le besara el cuello. Era guapo, sí, porque era un calco de Max, y era un profesional, pero si grababa un anuncio así con él, se sentiría como si estuviera engañando a Max con su hermano gemelo.

–Tiene que ser así –le dijo a Max–, a menos que quieras volver a estar en el ojo público.

Max plantó las manos en la mesa y la miró fijamente, sin decir nada.

–¿Te vas a morir por apoyar a otra persona? –le preguntó Isaac, pero Max ni se inmutó.

–Isaac y yo no tendremos que fingir para siempre –susurró Kendall.

–¿Cuánto tiempo vas a estar fingiendo que estás enamorada de mi hermano? –preguntó Max.

–En el mejor de los casos, hasta que la serie se empiece a grabar en otoño –respondió Isaac.

–¿Tanto tiempo? –preguntó Kendall mientras Max bullía.

–Os podéis ver en privado siempre que no se entere nadie.

–¿Max? –le preguntó Kendall esperanzada.

–Si estás conmigo, estás conmigo. No pienso vivir mi vida a hurtadillas porque la valiosa carrera de mi hermano esté en peligro.

–No es solo por mi carrera, sino por la reputación de Kendall. La prensa se la comerá viva si cree que ha saltado de la cama de un hermano a la del otro.

Max agarró a Isaac de la camisa y le lanzó una advertencia:

–Ella jamás compartirá cama contigo.

Isaac se soltó con gesto enérgico.

–No me voy a acostar con ella, imbécil.

–No, pero vas a fingir que lo haces mientras yo me quedo aquí viendo cómo se habla de ello en Internet y televisión.

–Pues entonces acepta un cameo en la serie –le ofreció Isaac con tono afable–. Búscate un apartamento en Los Ángeles para unos días, graba la serie y dile a todo el mundo que el del anuncio eres tú y que estás con Kendall. Está claro que te importa.

A Kendall se le cortó la respiración esperando oír

a Max admitir que le importaba. Isaac había propuesto una opción que ella no se había atrevido a mencionar. Max había dejado claro lo que pensaba de Hollywood, pero si accedía a hacer un papel pequeño en la serie, no tendrían que fingir. Podrían verlos juntos todo lo que quisieran y tal vez Citizen le ofrecería más anuncios a él.

–Es una idea genial. Puedes quedarte en mi casa –dijo Kendall sonriendo–. Así te devuelvo el favor de haberme dejado quedarme aquí.

Dejó de sonreír al ver que Max estaba más serio todavía.

–No me voy a vender a Hollywood nunca más.

–¿Ni siquiera por mí? –le preguntó Kendall, aunque vio la respuesta en su cara: un «no» que le destrozó el corazón.

–Sal de aquí con Isaac y él será el único Dunn al que tengas derecho.

–Joder, Max –dijo Isaac.

–Y a ti te digo lo mismo –añadió Max hincándole el dedo en el pecho–. Si dejas que te vean con Kendall como si tuvierais una relación sentimental, no volverás a saber de mí.

Isaac palideció.

–No lo dices en serio. Nuestros padres. Navidad. ¿Qué pasa con…?

–Lo digo en serio. Hemos sobrevivido sin hablarnos un tiempo, hermano. Podemos volver a hacerlo.

–Fueron cinco años, y cuando nos dimos cuenta de que era una estupidez, empezamos a juntarnos en Navidad por papá y mamá. No vivirán para siempre.

–Ni nosotros. Y no pienso pasarme la vida al lado de una persona que me traicionaría a la primera oportunidad que tuviera. Personas —se corrigió mirando a Kendall.

—Yo no te estoy traicionando —se defendió ella—. Solo intento encontrar una solución que nos favorezca a todos.

—Entonces no has escuchado nada de lo que he dicho. No voy a hacer la serie. No voy a vivir en Los Ángeles. No voy a mentir por mi hermano… otra vez. Esto solo funcionaría si no finges estar con él.

—¿Por qué no iba a hacerlo? ¿Qué motivos tengo para quedarme contigo? En este pueblo no hay nada para mí y tú te niegas a pisar California. ¿Hay algo que tengas que decirme?

Con la mirada le suplicó que confesara, que dijera que se había enamorado de ella; que no podía imaginarse viviendo sin ella; que estaría dispuesto a remover cielo y tierra por ella, aunque lo único que tendría que hacer era ponerse delante de la cámara y decir unas frases que les encantarían a sus fans. No le estaba pidiendo tanto, y aun así él parecía incapaz de hacerlo.

—Si te marchas con él, nunca lo sabrás —le dijo Max mirándola antes de subir las escaleras furioso.

Kendall se hundió en la silla aplastada por el peso de esas palabras.

Isaac se acercó y le puso la mano sobre las suyas.

—Está siendo un gilipollas, pero no es culpa tuya. Es mía. Solo lo está pagando contigo.

Tal vez fuera así, pero ella se merecía algo mejor. Su hermano siempre le había dicho que se merecía una vida feliz, alegre y sin restricciones. Y tendría que hacer lo que hiciera falta para conseguirla porque nadie iba a dársela sin más.

Apretó la mano de Isaac con fuerza. Era un buen cliente, un buen amigo.

—Si confiamos el uno en el otro, no hay razón para no dejarle creer al público lo que quiere ver. Te mereces la vuelta de la serie. Te mereces una carrera de éxito haciendo lo que amas.

Él sonrió y ella vio gratitud en su mirada; estaba claro lo mucho que su carrera significaba para él. Una carrera que Max pondría en peligro por no dar su brazo a torcer.

—Tú también, Kendall. Haré todo lo que pueda por ayudarte a llegar a lo más alto de la agencia Legacy. Si está en mi mano, algún día será tuya.

Agradecida, Kendall sonrió, pero entonces la invadió la amargura. Porque por muy agradable que fuera tener un cliente y amigo como Isaac, le habría gustado haber oído esas palabras de Max. Del hombre del que se había enamorado como una tonta.

Capítulo Veintiuno

Cuando a las seis de la mañana siguiente Isaac y Kendall se marcharon rumbo al aeropuerto, Max no se lo podía creer.

Kendall no había dormido con él ni tampoco le había preguntado por qué le había dado un ultimátum, pero bueno, mejor así. De todos modos, no se habría podido permitir confesarle que le importaba, que le importaba mucho.

Isaac y Kendall habían tomado una decisión y habían elegido alejarse de él. Era una decisión que le habían impuesto, al igual que muchas otras que su hermano le había impuesto a lo largo de los años. Como aquella ocasión en la que había aceptado en nombre de los dos asistir a la feria de un condado para firmar fotos y presentar la actuación de una banda de chicos pasada de moda. Él no había querido participar y así se lo había hecho saber a su hermano, que lo había ignorado. Y como tenía debilidad por Isaac, al final había acabado transigiendo una vez más. Durante el evento, bajo un sol abrasador, se había sentido como un cacho de carne, allí expuesto y teniendo que sonreír y posar además de consolar a mujeres que le lloraban diciendo que llevaban enamoradas de él desde que tenían once años.

Después de aquello había jurado que no volvería a dejar que Isaac decidiera por él.

Además, ya había compartido demasiado con su hermano: una familia, una carrera, y hasta la cara. No iba a compartir-también a Kendall.

Kendall no había formado parte de su pasado, pero era su presente. Y si se hubiera negado a fingir ser la novia de Isaac, también podría haber sido su futuro.

Dos semanas después

Luca lo había llamado preguntándole si le apetecía tomarse una cerveza en Vera's y después de un par de semanas de soledad, amargura, ira y tristeza, había accedido.

—Veo que has empezado sin mí —dijo Max al entrar en el acogedor bar y ver a Luca con una cerveza en la mano.

—He llegado pronto. Qué infierno de semana.

—Dímelo a mí —Max le pidió una cerveza a Vera, la camarera—. Gracias, V.

—De nada. Últimamente te he visto mucho por la tele, pero me alegro de verte en persona.

—No soy yo, Vera. Es Isaac —dijo harto de mentir.

—Increíble —dijo ella extrañada y dudosa.

Max estaba haciendo lo que había jurado no hacer: fingir. Pero no por Isaac, sino por el bien de Kendall.

Aunque se había marchado de su vida con poco más que un apretón de manos, le importaba lo suficiente como para proteger su carrera. Por otro lado, suponía que eso tenía un efecto dominó, ya que al seguirles la corriente también estaba protegiendo la carrera de Isaac y él lograba quedarse al margen de la luz pública. Salían ganando los tres, pensó apesadumbrado.

–He visto el anuncio –dijo Luca cuando Vera fue al otro lado de la barra–. Por mucho que os parezcáis, tendría que estar ciego para pensar que no eres tú, Max. ¿Por qué le has mentido a la buena de Vera?

–No quiero que me reconozcan por el anuncio.

–¿No será que te estás escondiendo porque tienes el corazón roto?

–Creía que me conocías. ¿Qué posibilidades hay de que yo tenga el corazón roto? –dijo riéndose. Eso era algo que le podría haber pasado a su yo de catorce años, no a su yo adulto.

–Bunny te hizo daño y todos lo vimos. Te vimos recluirte decidido a tener una vida en soledad.

–Recuérdame que no vuelva a tomarme una cerveza contigo.

Su amigo continuó sin inmutarse.

–Pero cuando rompiste con Bunny te lo tomaste casi como una transacción comercial. Ahora Kendall está saliendo con tu hermano y estás… Estás hecho mierda.

Max se terminó la cerveza y le indicó a Vera que le pusiera otra. Iba a necesitarla. Vera se la sirvió y les preguntó si querían cenar algo.

–Claro, paga él –dijo Max señalando a Luca.

Cada uno pidió un sándwich club, el mejor plato que servían en Vera's.

–No está saliendo con Isaac. No te creas todo lo que lees en Internet.

–¿Cómo lo sabes? ¿Has hablado con ella?

–¿Crees que mi hermano me puede reemplazar con tanta facilidad? –lo preguntó con tono enérgico, pero no sonó tan convencido como le habría gustado.

Por mucho que había intentado evitarlo, al final

una noche no había podido aguantar y los había buscado en Internet. Los paparazi les habían sacado fotos riéndose en una cafetería y dándose la mano, e incluso había una, la que menos le había gustado, en la que Isaac le susurraba algo al oído. Su hermano podía ser encantador, de eso no había duda, pero no le preocupaba que Kendall sucumbiera a sus encantos. Lo que le preocupaba era que Isaac se enamorara de ella. Por experiencia sabía que resultaba muy fácil enamorarse de esa mujer, y si su hermano sentía por ella una décima parte de lo que sentía él, entonces Isaac lucharía por mantenerla a su lado.

Y eso era mucho más de lo que él había hecho.

—No sé qué pensar, pero me asombra ver lo hundido que estás por haberla dejado marchar.

—¿Cómo sabes que la he dejado marchar?

—Porque se ha ido. Cuando una mujer así entra en tu vida, no la dejas marchar. Te arrodillas y le suplicas que se quede.

—¿Y si se niega a quedarse?

—¿Le pediste que se quedara?

—No. Se daba por hecho.

Luca sacudió la cabeza decepcionado.

—Si la mujer que quieres se marcha, la sigues adonde vaya hasta que logras convencerla de que vuelva.

—Tú no lo entiendes. Creciste en Dakota del Norte.

—En Portugal y luego en Dakota del Norte.

—Es verdad, en Portugal y luego en Dakota del Norte. Pero lo que quiero decir es que no creciste en Hollywood y no sabes cómo es esa ciudad y lo que puede hacerle a una persona.

—Bueno, si tú eres un ejemplo de eso, diría que puede robarle el sentido común a alguien. Mira, yo una vez seguí a una mujer hasta Chicago, aunque no funcionó.

—Nunca me lo habías contado.

—Pasó hace mucho tiempo. Nunca reuní el valor de decirle lo que sentía y al final acabé marchándome y buscando otra cosa. Pensé que necesitaba un cambio de aires. Dunn estaba ganando popularidad y, además, soy superfán de tu serie y quería estar cerca de ti —dijo dándole una palmada en la espalda y riéndose. Max volteó los ojos ante el sarcasmo de su amigo—. Mi primo Rafael vive aquí y no dejaba de hablar de este lugar. Me enganché nada más verlo. Es un pueblo fantástico.

—El mejor. Si Kendall pensara lo mismo, ahora no estaríamos aquí hablando de que ha elegido a California y a mi hermano.

—Algunos seguimos a nuestro corazón, no a nuestra cabeza. Aunque yo, a diferencia de ti, aún no he encontrado a la mujer de mi vida.

—Eso no existe. Si algo he aprendido de mi matrimonio fallido es a tener cuidado y no ilusionarme con el futuro.

—Cobarde —dijo Luca justo cuando Vera les sirvió los sándwiches—. Y te lo digo por experiencia.

—No es cobardía, es sentido común.

—Si no tienes esperanza e ilusiones, no tienes hacia dónde mirar.

—Puedes mirar atrás y aprender del pasado.

—Sí, y también puedes dejar que ese pasado te obligue a recluirte en una montaña fingiendo no ser nadie.

—Mi sueño hecho realidad —dijo Max forzando una sonrisa mientras masticaba una patata frita.

—Max el solitario. Tiene que estar bien no necesitar a nadie —dijo Luca pensativo mirando a la tele.

Coincidió que justo en ese momento emitieron el anuncio de Citizen. Vera miró a Max, como si siguiera sin creerlo. Y él, al verse en la pantalla abrazando a Kendall, quiso gritar.

–Max el solitario –repitió Luca–. ¿Seguro que no quieres sacar un billete a California?

–Prometí que si se iba, jamás volvería a verla, y es una promesa que pretendo cumplir.

La había dejado entrar en su mundo y, al igual que su ex, Kendall había cambiado. Había pasado de tener ojos solo para él a largarse con el hermano Dunn más rentable. Tal como había pensado nada más verla, era una chica de Hollywood hasta la médula.

Mantendría su promesa de no volver a hablarle por mucho que eso lo matara.

Y tal como iban las cosas, lo mataría seguro.

Capítulo Veintidós

–¡Déjame verlo! Solo un poquito –suplicó Meghan por videollamada.

–Vale, pero luego tengo que colgar. La entrevista está a punto de empezar –Kendall tocó la pantalla para que la cámara apuntara al estudio. Isaac estaba sentado en el sofá mientras le ponían un micro en la solapa–. Hala, ya está. ¿Contenta? –susurró.

–¿Que si estoy contenta de que estés sin mí en el plató de mi programa de entrevistas favorito con mi actor favorito? No, no estoy contenta.

–Te prometo que lo conocerás –le dijo Kendall sonriendo.

–Te quiero. Todo irá bien.

Su hermana lo sabía todo: lo del anuncio, lo de la discusión entre Isaac y Max, lo de que estaba enamorada de Max y el ultimátum que este le había dado. Sabía que estaba fingiendo ser la amante de Isaac por el bien de la carrera de ambos.

Se lo había contado la semana anterior usando el portátil para poder tener las manos libres. Las había necesitado para servirse una copa de vino y secarse las lágrimas mientras le explicaba que Max Dunn era un capullo egoísta.

Desde entonces Meghan la había llamado a diario para saber cómo estaba y, tal como Kendall le había dicho la noche anterior, se sentía dolida.

–Debería haberme respetado y haber respetado mi carrera dejándome decidir sin la amenaza de perderlo –había dicho.

Meghan estaba de acuerdo, y también Isaac. Sin embargo, ella no estaba tan segura.

–He antepuesto mi carrera a Max –le dijo ahora desde un rincón del plato.

–No. No, cielo. Tienes facturas que pagar y objetivos que lograr.

–Preferiría tener amor en lugar de dinero –porque por mucho éxito que estuviera teniendo ahora, se sentía fatal.

–Yo preferiría tener las dos cosas, pero por desgracia, el dinero nunca ha sido mi punto fuerte. Y ya sabes que mi vida amorosa tampoco es muy boyante. ¿Cómo es posible?

Kendall se rio. Su hermana era divertida, adorable y, cierto, malísima con el dinero.

–Creo que puedes tener amor y éxito, Kendall. Que él no haya querido arriesgarse por ti no significa que no seas digna de amor. Solo se preocupa de sí mismo.

–Lo he estropeado todo. Fingir… –miró a su alrededor para asegurase de que nadie la oía–. Estar con Isaac no es lo mismo.

–Solo será un poco más de tiempo. Y cuando rompáis, puedes dar una entrevista en mi pódcast para minimizar daños.

–Estoy enamorada de él –dijo conteniendo las lágrimas.

–Lo sé, cielo –Meghan sabía muy bien a quién se refería–. Ojalá te mereciera.

Cuando el cámara empezó a contar hacia atrás, Kendall se despidió de su hermana y silenció el teléfono.

Por suerte, logró ponerse en modo profesional en cuanto se acercó al borde del plató para ver la grabación. Era mejor actriz de lo que había creído. Había convencido al mundo de que estaba enamorándose de Isaac mientras ocultaba que cada día durante las dos últimas semanas se había estado derrumbando por dentro. Deberían darle un premio.

Ahora trabajaba desde casa para evitar a los fotógrafos que acechaban tras los arbustos de la oficina y había empezado a entender por qué a Max no le gustaba esa ciudad. De haber sabido que despertaría tanta atención al rodar el anuncio, tal vez nunca lo habría hecho.

«Mentira», pensó con una triste sonrisa. Lo habría hecho aunque solo hubiera sido por compartir esos momentos con Max.

El programa, presentado por la humorista Wendi Watts, tenía seguidores de todas las edades. Era una gran oportunidad para Isaac y se alegraba por él, pero habría preferido saltarse la grabación. Sabía que tenía que acompañarlo como su representante, pero estar ahí mientras Wendi intentaba sonsacarlo sobre su vida amorosa era terrible. Y lo fue más cuando el anuncio que habían grabado Max y ella apareció en la pantalla.

–¡Madre mía, fíjate! –dijo Wendi dándole a Isaac una palmada en la rodilla–. ¡Si es que en el anuncio casi estáis practicando sexo! Me encanta.

Isaac, con una sonrisa ensayada para la tele, mantuvo la calma.

–Kendall es una mujer increíble. Por dentro y por fuera. Es genial que a los fans les haya gustado tanto el anuncio. No nos lo esperábamos.

–Hoy ha venido contigo, ¿no? –Wendi se giró hacia

donde estaba Kendall–. ¡Hola! Anda, trae aquí esa cara bonita y saluda.

Kendall negó con la cabeza. Estaba bien vestida y se había maquillado para la reunión que tendrían luego con el productor de la serie, pero no estaba lista para salir en cámara.

–Venga, cielo –Isaac se levantó y extendió la mano.

Antes de poder reaccionar, la habían llevado hacia el plató y estaba sentada frente a Wendi Watts.

–Es que aún no está acostumbrada a todo esto –dijo Isaac agarrándole la mano cuando ella se quedó en silencio.

–¿Este hombre merece la pena? –preguntó Wendi–. Porque yo diría que sí, que el hombre del anuncio merece mucho la pena.

–Sí –dijo Kendall sonriendo.

Ahora Wendi se dirigió a Isaac para preguntarle cómo se había preparado para volver a la serie. Mientras él respondía, Kendall pensaba. Después de esa entrevista, Isaac tendría que acudir solo a futuros eventos y apariciones y ella se limitaría a negociar contratos, como haría esa misma tarde con el productor.

No podía seguir mintiendo más.

Aunque la despidiera, se negaba a fingir que estaba enamorada de él ni un minuto más. Su carrera le importaba mucho, pero no lo era todo.

Cambiaría todo el éxito que había logrado por recuperar a Quin. Y por recuperar a Max.

Lo primero era imposible, pero para lo segundo aún había esperanza. Se levantó del sofá y soltó la mano de Isaac. Él la miró extrañado mientras Wendi bromeaba diciendo que Kendall tenía un asunto más urgente que «la entrevista de su chico».

Abrió la boca para disculparse cuando una voz profunda resonó por el plató:

–No es su chico.

Al girarse vio a Max dirigiéndose hacia ella con vaqueros azules y camisa de franela, en todo su esplendor.

–¡Vaya, tenemos un invitado sorpresa! –dijo Wendi–. ¡Max Dunn! El gemelo de Isaac perdido en combate.

Un ayudante de plató entró corriendo con otra silla para Max. ¡Como si estuviera en condiciones de sentarse! ¡Si parecía que fuera a derribar el plató muro a muro y luego hacer añicos la taza de café de Wendi!

–Siéntate, Max –le ofreció Wendi, que no había captado, o directamente había ignorado, su lenguaje corporal. No había duda de que bullía de furia.

Kendall se vio incapaz de levantarse ahora que el hombre que amaba había irrumpido en un plató en plena grabación en directo.

–¿Max? –insistió Wendi.

Haciendo caso omiso de la presentadora, se puso de cuclillas frente a Kendall y situó los brazos a ambos lados de su cuerpo. A ella le temblaban las manos y tuvo que entrelazarlas para evitar abrazarlo. ¡Estaba ahí! Pero ¿por qué?

–Esas fotos… –empezó a decir Max en voz baja, solo para ella–. ¿Las fotos que hay vuestras en Internet son de verdad o seguís fingiendo?

–Max –susurró temerosa de creer que estuviera allí por la razón que ella deseaba: admitir que había cometido un error descomunal al dejarla marchar.

–Haré el cameo en la serie. Firmaré autógrafos en una feria. Grabaré otro anuncio para Citizen. Joder, haré anuncios de detergente si hace falta con tal de que jures que ya no vas a dejar creer a nadie que estás enamorada de mi hermano. No lo estás, ¿verdad? –preguntó con verdadera preocupación.

Ella le rodeó la mejilla con una mano.

–No seas tonto.

–A ver, a ver si lo entiendo –interrumpió Wendi agitando las manos–. ¿Max es el Dunn del anuncio? ¿No es Isaac?

–Max, el Dunn favorito –confirmó Isaac–, fue el que grabó el anuncio. Yo no me puedo dejar crecer tanto la barba.

–No puede –añadió Max mirando a su hermano–. Tiene una cicatriz en la barbilla de una vez que lo empujé y lo tiré de un escenario. Si se deja barba, se le ve una calva enorme.

–Me lo merecí –le dijo Isaac a Wendi sonriendo.

–No es verdad –contestó Max.

Isaac se puso serio y asintió hacia su hermano, como si lo estuviera entendiendo.

No fue una reconciliación completa, pero Kendall supuso que podría ser el comienzo de un entendimiento entre los dos.

–Bueno, Max, si alguien había puesto en duda tus habilidades interpretativas, ahora podrán ver que sigues siendo tan bueno como siempre –continuó Wendi en un intento de salvar su entrevista.

–No soy tan bueno como Isaac, pero para responder a tu pregunta, Wendi, no estaba actuando. Estaba enamorándome en tiempo real –agarró a Kendall de las manos y se levantó con ella–. Contigo no finjo, California. No lo he hecho nunca.

El plató pareció esfumarse cuando ella lo rodeó por

el cuello y lo besó, ajena a la risita de Isaac y al grito de sorpresa de Wendi.

–¿Acabas de hacer lo que creo que has hecho? –preguntó Kendall.

–¿Admitir que estoy enamorado de ti en la televisión nacional? –Max se giró hacia las cámaras, miró a su hermano, que sonrió otra vez, y añadió–: Sí, creo que sí.

–Entonces, deja que te lo devuelva –Kendall lo agarró de la camisa y lo acercó a sí. Nariz contra nariz, le dijo–: Yo también te quiero, Max Dunn.

Epílogo

Una semana después…

—¿Blanco o tinto? —preguntó Kendall sosteniendo dos botellas de vino.

Él estaba apoyado en la encimera de su cocina, indeciso. Indeciso y también guapísimo con esas palmeras de fondo.

—¿Cómo puede ser que no te guste este sitio con lo bien que te sienta?

Al instante, Max, sonriendo, se acercó a ella y la rodeó por la cintura. Le quitó las botellas de las manos, las dejó en la encimera y la encendió con uno de sus inconfundibles besos.

Cuando terminó se apartó y le sonrió. Kendall, que había estado a punto de derretirse, se aclaró la voz y probó de nuevo:

—¿Blanco o tinto?

—Cualquiera de los dos. El quisquilloso es Isaac.

—Lo he oído —dijo una voz desde la puerta mosquitera.

Isaac entró con una botella de vino blanco en la mano.

—Pues blanco entonces —dijo Kendall agarrándola—. Anda, y encima está fría. Bien hecho.

Sonriendo, sacó unas copas mientras Max y él charlaban sobre la vida en general.

El programa de Wendi Watts había continuado después de que los dos se hubieran declarado su amor. Ellos se habían situado tras las cámaras mientras Isaac se había quedado explicándole la situación a Wendi. Lo había resuelto diciendo que Kendall lo había ayudado a fingir una relación para proteger así al auténtico amor de su vida: una mujer que había llevado a su isla privada por razones que no quería compartir.

La historia era una chorrada, pero Wendi se la tragó. La entusiasta presentadora enseguida olvidó la bomba anterior del intercambio de gemelos para pasar a otra más jugosa: el amor secreto de Isaac.

–Le he prometido que no diría nada hasta que esté lista –había añadido Isaac continuando con la nueva farsa.

Y de ahí esa pequeña reunión con vino en el apartamento de Kendall. Con vino y con la pizza que estaba por llegar.

–¿… a menos que quieras hacer el anuncio por mí? –le estaba preguntando Isaac a Max con una sonrisa.

–Nuestra decisión es definitiva –dijo Kendall dándoles una copa a cada uno–. Max y yo ya hemos tenido bastante atención mediática para toda una vida. ¿Nos sentamos en la terraza?

La terraza de su apartamento era pequeña pero con unas vistas fantásticas. Bueno, fantásticas para lo que pagaba por el alquiler.

–Bueno, ¿qué? ¿Ya has encontrado al amor de tu vida para poder presumir de ella ante el público? –bromeó Kendall.

–Justo estaba pensando cuánto tardarías en sacar el tema –respondió Isaac–. La verdad es que, además de para visitar a mi hermano antes de que vuelva a Virginia para siempre, hoy he venido para rendirme.

–¿Rendirte? –preguntó Max recostado en su silla.

–No puedo encontrar a nadie que esté dispuesta a meterse en esto, así que me la vas a encontrar tú –añadió señalando a Kendall.

Max soltó una carcajada que se perdió en la suave brisa.

–Es tu representante, no maga.

–Pues le ha conseguido un papel a Bunny en la serie, y, joder, eso sí que es hacer magia.

–Bien dicho –dijo Max antes de preguntar a Kendall–: ¿Conoces a chicas solteras?

–¿En Los Ángeles? Montones. Pero la mayoría son clientas de la agencia y tienen que pensar en sus carreras.

–¿Y en Dunn? –preguntó Isaac a Max–. Ahora que el rodaje se ha trasladado a tu pueblo, ¿habrá allí alguna soltera que quiera fingir conmigo unos meses?

–Helen es muy maja –dijo Kendall refiriéndose a la mujer mayor dueña de la cafetería.

–Conozco a Helen. Eres muy graciosa –dijo Isaac.

–¿Es buena idea echar mano de otra relación falsa? –preguntó Max mientras agarraba la mano a Kendall.

–¿Es buena idea admitir que he mentido para tapar la primera mentira? –contestó Isaac.

De nuevo, bien dicho. Ahora mismo el público lo adoraba y estaba emocionado con la historia de su amor secreto. Si admitía que se lo había inventado, podría dañar su reputación y, a su vez, la reputación de la serie para la que tanto había trabajado.

–No pasaría nada por salir a la luz pública con alguien aunque luego la relación terminara –señaló Kendall.

–No puedes estar hablando en serio –dijo Max.

–Será una publicidad genial para la serie. A los fans les gusta ver feliz a Isaac.

–Soy feliz –dijo él, aunque Kendall no estaba tan segura. Se había recluido en una ·isla privada para prepararse para un trabajo que le aterrorizaba echar a perder–. Lo que me preocupa es ser irrelevante. Otra vez –admitió antes de terminarse la copa. Y justo en ese momento sonó el timbre–. El pizzero. Ya voy yo.

Ahora sola con Max, Kendall se giró hacia él.

–No es mala idea que tenga una novia de mentira.

–Es la peor idea del mundo. ¿Y si la chica que acepte fingir ser su novia tiene un hombre al otro lado del mundo que está loco por ella? –le besó la mano–. ¿Y luego él llama a todos los contactos que tiene en Los Ángeles para localizarla, se entera de que está en el programa de Wendi Watts e irrumpe en el plató en mitad de la entrevista para proclamar su amor por ella ante el mundo entero?

Kendall sonrió. Que hubiera hecho aquello había hecho que se enamorara aún más.

–Dudo que eso vuelva a repetirse. Es de esas cosas que pasan solo una vez en la vida.

–¿Lo del plató de televisión o lo de enamorarse cuando has jurado no hacerlo?

–No sé. ¿Las dos cosas?

–Sí, las dos –Max soltó la copa y la sentó en su regazo–. Lo de enamorarse te aseguro que solo va a pasar una vez en la vida –miró a su alrededor y añadió–: ¿Echarás esto de menos?

–No. Creo que aquí ya he hecho lo que tenía que

hacer. Estoy deseando ver lo que me trae la próxima parte de mi vida.

–Encontrarás la forma de ejercer de representante a distancia. Hay aviones de Virginia a Los Ángeles.

–A menos que haya una tormenta de nieve enorme.

Él le colocó el pelo detrás de la oreja y la besó.

–A menos.

–Te quiero, Hombre de la Montaña.

–Y yo a ti, California.

Kendall volvió a besarlo y se acurrucó a él.

Una brisa sopló y sintió la aprobación de su hermano envolviéndola.

Casi pudo oír su voz en el viento diciéndole: «Bien hecho, hermanita».

DESEO

JESSICA LEMMON

LOS SUEÑOS SE CUMPLEN

Capítulo Uno

Dunn, Virginia

Pues sí, el pueblo se llamaba así por el hermano gemelo de Isaac Dunn.

Max, en un intento de huir de los focos de Hollywood, se había comprado un pueblecito de montaña donde ocultarse. Como era habitual, todo el mundo había acabado adorando al arisco de Max, y esa era la razón por la que los habitantes de Dunn habían aceptado a Isaac al instante.

Ya se había cerrado la brecha que se había abierto entre los dos después de que hubiera terminado la exitosa serie de televisión, pero la cicatriz seguía siendo visible. Isaac y Max siempre habían sido uno hasta cumplidos los veinte; hasta que Max había dicho que no quería saber nada ni de la serie ni de Hollywood e Isaac se lo había tomado como algo personal.

Con el tiempo habían arreglado las cosas.

Isaac, por su parte, había grabado anuncios y algunos episodios piloto para televisión que no habían llegado a ninguna parte. Ahora, en cambio…

Ahora era distinto.

No solo la fama le había dado una segunda oportunidad, sino que iba a protagonizar el regreso de la serie que lo había lanzado al estrellato. Estaba en proceso de volver a triunfar.

Mientras vivía de forma temporal en el mismo pueblo que su hermano, estaba cerrando antiguas heridas y grabando a diario. El pueblo lo amaba, su hermano y él estaban más unidos cada día, y el equipo y el resto del reparto lo habían apoyado al máximo.

Por fin todo empezaba a encajar, pieza a pieza. No estropearía esa segunda oportunidad.

Rodeó a los extras y saludó con la mano a Ashley Lee. La directora del regreso de *Brooks sí que sabe* no había trabajado en la serie años atrás, cuando Max y él habían actuado turnándose para interpretar al mismo personaje infantil. Ahora Danny Brooks había crecido y solo lo interpretaba uno de ellos: Isaac.

–Buen trabajo –dijo ella.

Ashley tenía una seguridad en sí misma brutal, y eso que la serie era su debut como directora. A Isaac, en cambio, lo habían invadido los nervios antes de retomarla y había huido a su isla privada para prepararse el papel.

–Gracias, Ash.

Ella miró a su alrededor y bajó la voz:

–Cecil está preguntando por tu novia. Insiste en que el público tiene que verla, y pronto. Le preocupa la publicidad negativa.

–Creía que toda clase de publicidad era buena –respondió él.

El anuncio de una novia, destinado a desviar los focos de otro asunto, había generado un alboroto y esa mentira piadosa llevaba meses persiguiéndolo.

Solo su representante, su hermano y él sabían la verdad: no había ninguna novia.

–Ya conoces a mi suegro –dijo Ashley encogiéndose de hombros–. La única publicidad buena es la publicidad buena. Está intentando que haya un ambiente positivo alrededor de la serie para que podamos subir al número uno la semana del estreno. Cada detalle cuenta.

Sí, Isaac conocía a su suegro. El productor era un hombre irascible que rara vez sonreía. Cuando era pequeño, Cecil Fowler le había resultado intimidante. Ahora ya no tanto, aunque, por su propio bien, quería que Cecil sonriera.

Lo único que tenía que hacer era encontrar una mujer que pudiera interpretar el papel de su novia. Confesar que se la había inventado enfurecería a Cecil y los bloques que había ido colocando con tanto esmero para alcanzar el éxito se derrumbarían antes de que hubiera logrado subir a la cima.

—A lo mejor puede pasarse durante la grabación –le dijo a Ash sonriendo–. Hablaré con ella.

—Quiero conocerla. No por temas de publicidad, sino para ver si has logrado encontrar a una buena chica.

—No lo dudes –a él también le gustaría conocerla–. Hasta mañana.

Hasta ahora encontrar novia, incluso una de mentira, había sido imposible. Todo había empezado cuando su representante y él habían fingido que estaban saliendo juntos. La verdad había salido a la luz y habría ensombrecido el regreso de la serie de no ser porque Isaac había reaccionado rápido: se había inventado una historia según la cual Kendall era una tapadera para ocultar a la mujer de la que estaba enamorado en realidad. Entonces la atención había pasado de centrarse en la mentira sobre la relación con Kendall, que solo había fingido estar saliendo con él para que el público no supiera que estaba con Max, a centrarse en la mujer que Isaac aún tenía que presentar al público.

Para Cecil aquello había sido demasiada atención negativa. El productor sabía lo que sabía Isaac: el público podía ser voluble. Y en plena cultura de la cancelación, si no tenían cuidado, la serie podía fracasar incluso antes de que se hubiera terminado de grabar.

Ya que el objetivo principal de Isaac era aprovechar su regreso para conseguir un papel de mayor peso en un éxito de taquilla, estaba decidido a encontrar una solución tolerable tanto para Cecil como para él.

Encontraría una novia. En alguna parte.

Una vez la grabación del día hubo terminado, salió a la calle. Virginia no podía competir con California en cuanto a días soleados, pero le gustaba estar allí.

Max había revitalizado el pueblo de montaña por casualidad cuando lo único que había intentado era huir de Los Ángeles. Con él viviendo al otro lado del país, Isaac se había sentido incompleto, y por eso le gustaba volver a estar cerca de su hermano.

Durante una época había sido la mitad de un todo, trabajando en una carrera que no había dejado de subir. Sin embargo, había cometido el error de creer que el éxito duraría para siempre. Su papel en *Brooks sí que sabe*, que ahora se estaba rodando ahí en Dunn, era la mejor oportunidad de recuperar aquel éxito y sanar su relación con Max.

–¿Eres…? ¿Eres Isaac Dunn? –preguntó una voz vacilante y emocionada.

Al girarse se encontró a una chica de unos quince años con las manos entrelazadas bajo la barbilla y los ojos como platos. Era demasiado pequeña para haber visto la emisión original de la serie, pero la publicidad del regreso había atraído a las multitudes de antes y también a otras nuevas. Su madre, o eso suponía, estaba a su lado. Se acercaba más a la edad de él y lo miraba con la misma admiración, aunque algo más contenida, que su hija.

–Sí, soy yo –sonrió y agarró la libreta que le dio la chica. En Los Ángeles no solían pararlo por la calle, pero ahí sucedía lo contrario. Los fans habían acudido en tropel al exclusivo pueblo de montaña con la esperanza de poder ver a los actores.

–Tengo boli –dijo la madre de la chica con una sonrisa temblorosa.

Isaac charló con ellas lo suficiente para preguntarles su nombre, firmarles un autógrafo y hacerse una foto. Después, giró hacia el apartamento que tenía alquilado, su hogar desde hacía dos semanas. Estaba ubicado encima de una tienda gourmet y amueblado de lujo. No había llegado a la acera cuando le sonó el teléfono.

–Kendall –dijo respondiendo a la llamada de su representante y probablemente futura cuñada.

Seguro que se avecinaba una proposición de matrimonio. Lo que no sabía era quién lanzaría la pregunta, si Max o ella.

–¡Hola! ¿Has terminado de grabar?

–Sí, justo ahora.

–Sé que dijimos a las siete, pero hemos llegado antes a Rocky's. ¿Es demasiado pronto para que vengas?

–Para nada. Estoy ahí en cinco minutos.

–¡Genial! Estamos todos aquí, en el rincón junto a la terraza.

Isaac se despidió, se guardó el teléfono en el bolsillo y siguió la acera en dirección al bar. El equipo y los actores solían ir allí al terminar las grabaciones, así que había estado en más de una ocasión. Hoy, en cambio, iba para conocer a la hermana pequeña de Kendall.

Al parecer, era una gran admiradora de la serie y esperaba que una entrevista con él la ayudara a darle un empujón a su pódcast. Al igual que había sido amable con la chica que le había pedido un autógrafo, tampoco le importaba ayudar a una creadora de pódcast en apuros. Kendall había trabajado mucho para ayudarlo a relanzar su carrera, incluyendo aquel breve periodo durante el que se había hecho pasar por su novia, así que suponía que se lo debía.

Al entrar al bar vio a un grupo de tres personas en un rincón al fondo. Sí, eran Max y Kendall, pero la mujer que se estaba echando el pelo atrás y riéndose, con ese pintalabios rojo que resaltaba sus sensuales labios, no era la chica en edad universitaria que había esperado encontrarse. Esa rubia con un vestido de flores que se ceñía a sus curvas superfemeninas se acercaba a su edad más de lo que había imaginado.

—¡Isaac! —gritó Kendall. Cuando él se acercó, ella señaló a la preciosa criatura sentada al otro lado de la mesa—. Te presento a mi hermana Meghan.

Los ojos avellana de Meghan destellaron mientras se echaba su melena rubia sobre un hombro. Tenía las mejillas rosadas y una sonrisa delicada y absolutamente cautivadora.

—La *podcaster* —dijo él como pudo. No se había esperado una mujer tan imponente. Tampoco se había esperado tener una reacción tan sexual y tan intensa.

—¡Ay, Dios! ¡Eres tú de verdad! —dijo ella con una sonrisa adorable que mostró unos dientes perfectos y blancos. Lo miraba asombrada—. Conocer a Max me pareció una pasada, pero… ¡madre mía! ¡Isaac Dunn!

Él no pudo evitar reírse.

–Vaya, muchas gracias –dijo Max.

–Ya sabes lo que quiero decir –respondió Meghan ante la queja de Max, como si ya estuviera acostumbrada a su hosquedad.

Isaac se sentó en la silla vacía que había junto a Meghan, consciente de lo bien que olía y del calor que irradiaba de su rodilla, a escasos centímetros de la suya bajo la mesa. También era consciente de que no podía dejar de mirarla.

–No vamos a poder quedarnos –dijo Kendall.

–¿No? –preguntó Isaac decepcionado. Le habría gustado hablar con Meghan–. ¿Por qué?

–Una videoconferencia, ¡cómo no! –dijo su representante poniendo los ojos en blanco.

Pero Isaac sabía que no le importaba teletrabajar. En cuanto Max le había pedido que se fuera a vivir con él, había dejado California sin dudarlo. ¡Ay, el amor!

Isaac había soltado la «confesión sobre su novia» en un programa de televisión. Había tenido que inventarse algo que decirle a la presentadora después de que Max hubiera entrado en el plató reclamando a Kendall. Para ser un tipo que huía de los focos, su hermano se había expuesto de lleno por la mujer que amaba.

Y se alegraba por ellos. Tendría que estar muerto para que su historia no lo conmoviera.

–¿Te importa pedir un taxi para volver a la cabaña? –le preguntó Kendall a Meghan.

–Claro que no –respondió Meghan, que añadió sonriendo a Isaac–. Si no te importa pasar un rato con una admiradora fanática…

No, no. Claro que no le importaba.

–Las admiradoras fanáticas son mi especialidad.

Capítulo Dos

«¡Por Dios, qué hombre tan atractivo!».

Pero eso era algo que se tenía que haber esperado.

Cuando había llegado a Dunn para alojarse con su hermana y el famoso Max Dunn, había creído que estaba preparada para conocer a su gemelo. Llevaba siglos suplicándole a Kendall que se lo presentara y ¡por fin había llegado el momento! Estaba hecha un manojo de nervios que disimulaba con una fachada de tranquilidad.

Fueran o no gemelos idénticos, Isaac no era un calco de su hermano en todos los sentidos. Él tenía una sonrisa amplia y generosa mientras que la de Max, cuando se dignaba a sonreír, estaba oculta bajo una barba tupida y bien cuidada. El vello facial de Isaac se limitaba a la barbita descuidada típica de un chico malo, nada que ver con la barba de un hombre de montaña.

—¿Tienes que llevar un poco de barba por la serie o es elección tuya?

—¿Esta es la clase de preguntas descarnadas que me tengo que esperar de tu pódcast?

Él seguía sonriendo y ella pensó que se iba a desmayar. No solo porque el hombre más guapo del mundo parecía tan cautivado por ella como lo estaba ella por él, sino por esos ojos de un impactante tono azul enmarcado en dorado.

—Solo estoy calentando —su pódcast, *Superfán TV*,

había tenido algo de éxito, pero esperaba conseguir más después de entrevistar a los gemelos macizos cuya serie regresaría a la televisión.

–Entonces vale. Es por exigencias del guion. Querían dejar clara la idea de que Danny Brooks ya es un hombre.

¡Y tanto que lo era! Con la mirada le recorrió los hombros y esos bíceps impresionantes. Ya no era aquel adolescente fanfarrón. Isaac Dunn era cien por cien un hombre.

–De todos modos, no le crece toda la barba –dijo Max–. Se abrió la barbilla al caerse de un escenario cuando tenía siete años. Si te fijas bien, puedes ver la cicatriz –añadió con una sonrisita de satisfacción.

Isaac parecía el más sumiso de los dos. Eran muy distintos, un poco como Kendall y ella.

Su hermana, cinco años mayor, se había pasado muchos años triste. Demasiados. Estaba bien verla feliz otra vez. Meghan, en cambio, se caracterizaba por la alegría. Se enorgullecía de seguir dejándose asombrar por todo igual que cuando era pequeña, de no haber perdido la curiosidad y dejar que la vida la sorprendiera. Sí, esa forma de vivir a veces le había pasado factura a su cuenta bancaria, y sí, había adquirido una multipropiedad que no debería haber comprado y de la que no podía librarse, pero al menos se estaba divirtiendo.

–¡Mañana es el gran día! Los hermanos se reencuentran en el plató –les dijo Kendall a Isaac y Max–. ¿Estáis emocionados?

Lo impensable había sucedido cuando Max, que en un principio se había opuesto por completo a volver a ponerse delante de una cámara, había accedido a hacer un pequeño papel en la serie.

11

Cuando ninguno de los hermanos dijo nada, Kendall respondió por ellos:

–Pues yo sí que estoy emocionada. Vuestros fans se van a volver locos.

Isaac se giró hacia Meghan y, una vez más, ella disfrutó de su atención. Después de haber estado años viéndolo por televisión y enamoradísima de su personaje, era emocionante estar tan cerca de él. ¡Qué pena que tuviera novia!

Se le cayó el alma a los pies al recordarlo. Guapísimo, sonriente y encantador. Normal que no estuviera soltero. Aunque, de todos modos, tampoco se veía con posibilidades de salir con él.

–Siento tener que irme corriendo –dijo Kendall levantándose de la mesa–. Mañana podemos grabar el pódcast en casa de Max.

–Nuestra casa, California –Max la rodeó por la cintura. Entre la mirada edulcorada que le lanzó y ese apodo tan adorable, Meghan no tuvo ninguna duda de cuánto quería a su hermana.

–Nuestra casa –repitió Kendall mirando a su amado y entrelazando los dedos con los suyos.

Se despidieron de nuevo antes de salir del restaurante.

Meghan se giró hacia Isaac. Con su aspecto y esa actitud relajada, parecía la estrella típica de una comedia romántica.

Un camarero pasó a tomarles nota. Ella pidió la misma cerveza que Isaac, a lo que él respondió enarcando una ceja y diciendo:

–¿Una chica cervecera?

–No soy muy selectiva con la bebida. Es culpa de la universidad.

–¿En qué te licenciaste?

–En Moda. Aunque no terminé el grado.

–Vistes muy bien. Amortizaste las clases que diste.

Ella se pasó una mano por el vestido de flores y se vio tentada a sentirse halagada, pero entonces se recordó que el encanto de Isaac estaba muy ensayado.

–¿De dónde vienes?

–De Carolina del Norte.

–¿Apartamento? ¿Casa? ¿Marido? ¿Hijos?

Isaac le hizo tantas preguntas que por un segundo pareció que estuviera tanteando si estaba soltera, pero ¿por qué iba a hacerlo? Estaba escondiendo a su novia en alguna parte, y por cierto, tenía que ser la mujer más comprensiva del planeta para haberle dejado fingir que estaba saliendo con Kendall.

–Tengo una granja alquilada. Es grande para mí, pero me gusta. Los amaneceres allí son preciosos, aunque tampoco es que esté despierta para verlos. Ni hijos ni marido. Solo un gato que vaga por la propiedad pero que no es mío.

Le dio los datos con serenidad, intentando no rendirse a las emociones que amenazaban con colársele en la voz. No siempre había vivido en una granja alquilada con amaneceres preciosos. Una vez había compartido un apartamento con su novio, Lane. La consideraba frívola y caprichosa en el mejor de los casos e irresponsable en el peor. Sus constantes quejas sobre su incapacidad para centrarse en lo que hacía habían acabado minándole la autoestima.

–… la única vez que he estado allí –estaba diciendo Isaac.

Se puso colorada. Había desconectado mientras él hablaba.

–Lo siento muchísimo. Estaba pensando en una cosa y no he oído lo que has dicho. Me pasa a veces. Es embarazoso y molesto, y no tengo ningún diagnóstico que lo justifique. Seguro que…

–No pasa nada –dijo él poniendo las manos sobre las suyas con delicadeza. Fue un roce de lo más breve, pero la calmó de arriba abajo–. No pasa absolutamente nada –seguía sonriendo y no parecía molesto–. Te decía que he estado en Raleigh visitando a un amigo, pero que es la única vez que he estado en tu bonito estado.

–Ah. Sí, es precioso. Y Virginia también. No me puedo creer que Kendall haya dejado California por la Costa Este, pero me alegro de que lo haya hecho. La echaba de menos –les sirvieron las cervezas y brindaron antes de dar un trago. Aunque el alcohol aún no había entrado en su torrente sanguíneo, se relajó al instante–. ¿Cuánto tiempo te quedarás en Virginia?

–Hasta que acabe la grabación. Me encanta California. Imagino que has estado allí visitando a Kendall, ¿no?

–Unas cuantas veces –los billetes de avión eran caros, así que no había ido tanto como le habría gustado–. Pero Los Ángeles es una ciudad abrumadora. Prefiero esto.

–Sí –él giró la cabeza para mirar por la ventana–. Esto es muy… Max.

¿Eran imaginaciones suyas o había habido cierta tensión en su voz al pronunciar el nombre de su hermano? Sabía lo que había pasado entre ellos y sería de mala educación sacar el tema.

–¿Estáis unidos Max y tú?

¡Ups! Quiso disculparse, pero Isaac respondió antes de que pudiera hacerlo.

14

–Estamos en ello –y adoptando un tono acusatorio, añadió–: ¿Por eso quieres entrevistarnos? ¿Para sacar a relucir el distanciamiento de hace unos años?

–¡No! ¡Ay, Dios, no! Yo no haría eso.

–Era broma –Isaac volvió a acariciarle la mano y clavó en ella su mirada azul. Y justo cuando Meghan se estaba recordando que tenía novia, él preguntó–: ¿Quieres quedarte a cenar?

Isaac observó la reacción de Meghan. ¿Se habría pasado de la raya?

–Me refiero a cenar para hablar de trabajo, por supuesto.

No debía olvidar que todo el mundo creía que tenía novia. Lo último que necesitaba era que se rumoreara que estaba engañando a su novia imaginaria.

–Me encantaría –dijo Meghan.

Ahí estaba otra vez esa sonrisa. Era mucho más jovial que Kendall, lo cual prefería.

A Meghan le gustaba reírse y hablar. Era adorable y se sentía tremendamente atraído por ella.

A lo mejor estaba fingiendo esa personalidad para hacerlo sentirse cómodo y sacarle todos sus secretos, pero lo dudaba. Kendall era su representante. Ella jamás le tendería una trampa, y menos con su propia hermana.

–¿Qué quieres comer?

–¿En un lugar así? Aperitivos fritos que engordan.

–Cerveza y comida frita. Vives al límite, Meghan Squire.

Ella se mordió el labio inferior, rojo y carnoso, y unas partes de él que no tenían que reaccionar reaccionaron. No solo tenía que mantener la farsa de la novia, sino que se trataba de la hermana de Kendall y, por mucho que quisiera, no podía insinuársele. Qué lástima.

Cuando el camarero se acercó, Isaac pidió un surtido de aperitivos para compartir y Meghan una ensalada para «compensar». Al oírla, hizo lo mismo.

Mientras tomaban las verduras, le hizo unas preguntas más.

—¿Cuándo empezaste el pódcast?

—Hace unos tres años. Antes grababa un programa al mes, pero ahora es uno por semana.

—Es mucho. ¿Y cada episodio es sobre un programa de televisión?

—Sí. Soy una especie de yonqui. He grabado más de diez episodios sobre *Brooks sí que sabe.*

—¡Hala! Sí que eres muy fan entonces.

—La más grande —Meghan se metió un tomate cherri en la boca—. Seguro que siempre te dicen eso.

—Sí. Aunque normalmente no en referencia a la serie —le guiñó un ojo y dejó el comentario ahí. Ella sonrió. Interesante… —. ¿Max y yo somos las primeras personas conocidas a las que entrevistas?

—No, pero sí sois los más famosos. Muchos actores que fueron estrellas de telecomedias no se mantienen en el candelero mucho después. Es un negocio duro. Seguro que ya lo sabes.

Y tanto que lo sabía. Después de que Max hubiera seguido un camino completamente distinto, Isaac había seguido el suyo haciendo audiciones para anuncios, episodios piloto y el objetivo final: cine. Había tenido un éxito moderado, pero nada parecido a que le pidieran volver a *Brooks sí que sabe.*

—Cuando grabemos el pódcast, te haré preguntas

sobre la serie y el reencuentro con tus compañeros. Y sobre el debut como directora de Ashley Lee –Meghan se inclinó hacia él y bajó la voz–. Me encanta. ¿Es tan increíble como parecía en sus películas?

Isaac sonrió. Ashley, una actriz nominada a varios premios y que había aparecido en todos los programas de entrevistas del país, se había alejado de lo que podía haber sido una lucrativa carrera para dirigir el regreso de una serie de televisión. Isaac no lo entendía, pero la admiraba por haber perseguido lo que quería.

Se acercó y le dio a Meghan la respuesta que estaba esperando, y que además resultaba ser verdad.

–Es aún mejor.

A Meghan se le iluminaron los ojos y en ese momento él tuvo la irracional necesidad de besarla. Nunca había experimentado una atracción tan inmediata por nadie.

–Bueno, entonces –continuó ella interrumpiendo la chispeante tensión que había entre los dos–, ¿hay algo que tenga que saber de antemano?

Él se recostó en la silla mientras les servían palitos de *mozzarella*, delicias de jalapeño y tiras de cebolla. Se recordó que la serie era lo más importante de su vida. Meghan le iba a permitir hablar de ella y no iba a malgastar la oportunidad de dar la mejor imagen posible.

–Lo único que necesitas saber –le dijo mientras mojaba un palito de *mozzarella* en salsa marinara– es que Danny Brooks ha vuelto y que está mejor que nunca.

Capítulo Tres

–Has hecho esto un millón de veces, no es para tanto. Lo tienes controlado.

Meghan resopló y comprobó los micrófonos por trigésima vez. Había preparado el portátil y tres micrófonos; Max y Kendall tendrían que compartir el suyo, pero imaginaba que no les importaría. Y también había puesto unos posavasos para que todos pudieran dejar encima su vaso de agua. Hacía tiempo había aprendido que, si no se ponía nada debajo, los micrófonos captaban el ruido que hacían los vasos al rozar la mesa.

–Impresionante, hermanita –dijo Kendall al entrar en la cocina desde el patio. Había fregado la barbacoa para preparar los bistecs y unos champiñones Portobello para Meghan, que no comía carne. Dejó el cepillo y la espátula en el fregadero y se lavó las manos–. ¿Estás nerviosa?

–Un poco.

–No te dejes intimidar por Isaac.

–No me intimida.

Kendall la miró como diciéndole que sabía que estaba mintiendo, o al menos exagerando.

–Venga, vale. Pero solo me intimida porque lo he visto mucho por televisión y cuando lo veo me siento como cuando era pequeña. No conozco su versión madura.

–La versión madura de vosotros dos es la de una

18

persona de éxito, amable y divertida. Lo harás genial. Dijiste que anoche la cena fue bien, ¿no?

–Es majísimo.

Qué descripción tan pobre. La había ayudado a tranquilizarse cuando había visto que los nervios estaban pudiendo con ella.

Pero esa noche todo era distinto. Esa noche él estaba en territorio de ella. Bueno, más o menos, porque era la casa de Max. Pero una vez pulsara el botón de grabar, ella estaría al mando.

–Jamás habría imaginado que te pudiera gustar hacer esto –dijo Kendall tocando uno de los micrófonos–. Eres como una DJ.

–Soy más como una versión radiofónica de Oprah. Mi trabajo consiste en aprender más sobre los programas de entretenimiento que mi público y yo consumimos de pequeños. Nos dejaron huella por una razón y mi misión es descubrirla.

–Y yo que pensé que *Superfán TV* era una simple actividad que hacías por diversión mientras trabajabas para Publicidad Monroe.

Donde había conocido a Lane, su exnovio. La había conquistado con ese aire de poder y éxito que desprendía, pero en cuanto se había ido a vivir con él había descubierto lo inflexible e intolerante que era. La había hecho sentirse como un problema que necesitaba una solución más que como una novia a la que quería.

Y cuando al final todo había saltado por los aires, ella había vuelto a recurrir a su antigua amiga: *Brooks sí que sabe*.

Tras la muerte de su hermano, se había refugiado en la serie de televisión mientras que Kendall se había recluido en su habitación. Los Brooks habían estado a su lado en sus momentos más duros, así que no era de extrañar que apreciara tanto a Isaac.

Después de la ruptura con Lane, había empezado el pódcast por capricho y había conseguido un poco de dinero de publicidad. Su audiencia había subido y se había desplomado para volver a subir y desplomarse otra vez. No había sido un camino sencillo, pero lo había logrado y había podido dejar Publicidad Monroe. Con algunos trabajos ocasionales y el pódcast, había encontrado el modo de mantenerse sin Lane y sin un empleo a tiempo completo.

—Al principio lo fue, pero luego vi que nada me hacía más feliz que hablar de los Brooks. Siempre que me caía, ellos me levantaban. Siempre han estado a mi lado.

—Y yo no —dijo Kendall con pesar.

—No lo veo así —le tocó el brazo a su hermana—. La muerte de Quinton fue dura para todos y tú sobrellevaste su pérdida lo mejor que pudiste.

La felicidad había inundado su casa hasta que su hermano murió. Después fue como si una lona mojada hubiera apagado el cálido fuego de aquella alegría. Y Meghan, al no querer asfixiarse con el humo, había salido arrastrándose y había encontrado su propia versión de la felicidad.

Sus padres se habían centrado en Kendall en aquel momento y a ella no le había molestado, aunque en ocasiones se había preguntado si sería tan responsable como su hermana si sus padres le hubieran prestado más atención de pequeña.

—En cierto modo Danny Brooks me salvó —dijo encogiéndose de hombros.

—¿Qué Danny Brooks? —bromeó Kendall.

–Siempre he podido distinguir a Max y a Isaac. Incluso en la serie, donde se suponía que eran la misma persona.

–Max era el más melancólico –concluyó Kendall.

«Isaac era el más macizo».

Pero eso solo lo pensó, no lo dijo. Y menos mal, porque al segundo la puerta se abrió y Max e Isaac entraron hablando de lo que fuera que hubieran estado hablando en el coche.

–Ashley tiene razón –decía Max.

–Como de costumbre. Por eso es una directora fantástica –Isaac cerró la puerta mientras Max se acercaba a Kendall para saludarla con un beso.

Por desgracia, Isaac no fue a besarla a ella, pero sí que le sonrió y fue directo a su lado. Si no tuviera novia, a lo mejor se habría permitido creer que ese gesto había significado algo. Pero, claro, era un actor estupendo y podía ponerse en modo encantador en cuanto quisiera.

–¿Me das cinco? –le preguntó Max a Meghan.

Ella tardó un momento en reaccionar.

–¿Cinco minutos? Claro, claro.

Max asintió y fue hacia las escaleras. Kendall se disculpó diciendo que iba a ayudarlo a cambiarse y corrió tras él.

Isaac se sentó al lado de Meghan mientras miraba hacia la escalera.

–¿Crees que van a hacerlo? ¿En cinco minutos?

¡Pero si no han parado desde que llegué! Deberías oír las excusas que ponen. «Tengo que lavarme los dientes. ¿Quieres lavarte los dientes, Max?». «No encuentro mis deportivas. Kendall, ¿me ayudas a buscar mis deportivas?».

Sonrió cuando Isaac se rio. Tenía una risa fantástica. Grave y atrayente.

–Esta mañana le he recordado a mi hermana que no tengo doce años y sé muy bien lo que hacen.

–A ver si lo adivino: no tiene nada que ver con lavarse los dientes o encontrar unas deportivas –Isaac sonrió.

–Lo dudo mùcho.

«Diez» minutos después, Max bajaba las escaleras detrás de una sonrojada Kendall.

A continuación, Meghan preparó a sus invitados para la grabación y les aseguró que si decían algo por error, podría eliminarse. Después, les habló de la clase de preguntas que les haría, aunque tampoco entró en muchos detalles. Le gustaba que en su programa hubiera autenticidad y demasiada preparación hacía peligrar la espontaneidad.

En cuanto pulsó el botón de grabar del portátil, entró en modo profesional. Basándose en las notas que tenía en la pantalla, les preguntó por la serie y el reencuentro con el resto del elenco. Después le preguntó a su hermana si se le hacía raro representar a los dos hermanos siendo uno de ellos su novio. Kendall se rio y dijo que estaba encantada de tener a los dos hermanos Dunn bajo su mando.

Aunque la mataba la curiosidad, no le pidió a Isaac que revelara el paradero de su novia. En su lugar, le preguntó qué hacía en su tiempo libre dejando así espacio para que mencionara a la mujer misteriosa si le apetecía. Pero cuando Isaac no dijo nada al respecto, optó por lo más ético. Después, una vez tuvo contenido como para una hora de programa, paró la grabación.

–Ya está, chicos. Un trabajo estupendo.

–Bien. Necesito una cerveza –dijo Max levantándose–. ¿Alguien más quiere algo?

–Vino –dijo Kendall–. Ya voy yo.

–A mí me vale con cerveza –dijeron Isaac y Meghan a la vez.

Se miraron fijamente.

–Cuanto más tiempo paso contigo, más me gustas –dijo Isaac sacudiendo la cabeza.

Meghan, cerveza en mano, salió al patio prácticamente flotando por el cumplido.

Se sentaron en unas sillas de mimbre y bebieron frente a las otoñales montañas. Isaac suspiró.

–¿Un día largo? –preguntó ella.

–Sí, pero divertido. No todos los días puedo trabajar con mi hermano.

Qué gran respuesta. Podría devolverle el cumplido que él le había hecho hacía unos minutos. Cuanto más estaba con él, más le gustaba.

–Y ahora uno de mis actores favoritos me está preparando la cena. Increíble.

Meghan se giró y vio a su hermana y a Max por la ventana de la cocina. Estaban el uno al lado del otro en la encimera, sazonando la carne y los champiñones. Kendall sonrió y Max la besó, y entonces, apartando las manos cubiertas de sazonador, se besuquearon un rato.

–Tienes razón –dijo Isaac–. No paran. ¿No has pensado alquilarte algo para no tener que verlos?

–Ay, sí   no le diría que el motivo de que no hubiera alquilado nada era que la Montaña del Millón de Dólares y el pueblo de Dunn solo tenían habitaciones carísimas–. ¿Puedo preguntarte algo que no te he preguntado en la entrevista?

23

–Oh, oh. Y yo que estaba convencido de que no eras de las chupasangres –dijo Isaac enarcando una ceja mientras se apartaba un mechón de la frente.

No había palabras para expresar lo atractivo que era.

–No se lo diré a nadie. Solo quiero saberlo para que mi corazón de fan se serene.

–Cuando hablas así me haces flaquear, Squire.

Era la primera vez que la llamaba por su apellido. Entre eso, el tono de broma y una media sonrisa que hizo que le temblaran las rodillas, por poco no olvidó lo que quería preguntarle.

–Soy un libro abierto –dijo Isaac contradiciendo sus palabras al cruzarse de brazos y ponerse recto.

Ella, en lugar de señalar que así más bien parecía un libro cerrado, le hizo la pregunta que llevaba meses pensando.

–Es sobre la mujer que te robó el corazón mientras estabas de vacaciones en tu isla privada. Dijiste que no mencionarías su identidad hasta que estuviese lista, pero ¿puedes contarme algo de ella?

Capítulo Cuatro

«¿Como, por ejemplo, que no existe?».

Durante la entrevista Meghan lo había impresionado con su profesionalidad, dándole espacio para responder y sin fisgonear. Sin embargo, con esa pregunta fuera de micro se le había lanzado a la yugular.

—Quiero saberlo por mí —insistió—. A lo mejor esto suena raro, pero siento como si te conociera de toda la vida. Te he seguido en la serie y fuera de la serie. Sé que no soy la única fan que quiere que Isaac Dunn sea feliz para siempre. La gente te está apoyando.

Mientras Meghan hablaba, a Isaac se le ocurrió algo. ¡Era perfecto! No entendía cómo no se le había ocurrido antes. Necesitaba una novia falsa para presentársela a los fans, a los paparazis, a su malhumorado productor y a su curiosa directora. Estaba dándoles largas hasta que encontrara una candidata y era posible que ahora mismo la tuviera delante.

¿Por qué no Meghan? La prensa no la conocía, ni siquiera a pesar del moderado éxito de su pódcast. Y ya que se ganaba la vida así, ¿por qué no decir que había estado grabando el programa desde su isla privada? Además, era la hermana de su representante, así que no resultaría descabellado que Kendall se la hubiera presentado ni que hubiera fingido un romance con él para protegerla. Tenía todo el sentido del mundo. Y encima estaba en Dunn, así que podría pasarse por el estudio y conocer a Cecil y a Ashley, que sin duda se quedarían prendados por ella y entenderían que a él le hubiera pasado lo mismo.

Era brillante, divertida y dulce. Era la novia falsa perfecta. Si accedía a ayudarlo, su búsqueda habría acabado. Y lo que era aún mejor, ya nada lo distraería de lo que de verdad importaba: su segunda vuelta al éxito. Estaba listo para volver a tener el control completo de su vida. Por fin.

—Bueno, ya me callo. Ya he hecho mi llamamiento. Cuéntamelo o no me lo cuentes —dijo Meghan entrecerrando un ojo. Estaba más encantadora que nunca—. Pero si me lo cuentas, te juro que no se lo diré a nadie.

—Tengo una proposición, Squire.

Unas cejas marrones miel se fruncieron sobre unos inocentes ojos avellana.

—¿Cómo dices?

Aunque Kendall y Max se enterarían enseguida, Isaac bajó la voz para lanzarle la propuesta.

—La verdad es que no hay ninguna mujer misteriosa. No me enamoré de nadie en mi isla. He estado allí solo preparándome el papel. Cuando volví a casa me enteré de que la gente creía que Kendall y yo teníamos una relación. ¿Qué otra cosa iba a hacer?

—¿Men-mentiste diciendo que tenías novia?

—Distraje a Wendi Watts diciendo que tenía novia. Ya viste a Max entrar en el plató del programa buscando a tu hermana. Tuve que pensar rápido y desviar la atención de algún modo.

—Ah.

A Meghan le cambió la cara. La decepción cubrió su rostro e Isaac imaginó la misma reacción en todos los seguidores de la serie. No podía admitir que les había mentido dos veces. Su reputación, la reputación de la serie y su futuro dependían de que encontrara a una mujer que fingiera con él. Alguien que entendiera sus motivaciones y que lo apreciara. Alguien como Meghan Squire.

–¿Y tú?

Ella abrió los ojos de par en par.

–¿Yo qué?

–¿Por qué no finges ser mi novia mientras estás en Dunn? Nos gusta estar juntos y tendría sentido que nos hubiéramos conocido. Nuestros hermanos están viviendo juntos. Además…

–Ni de coña –dijo Max saliendo por la puerta con una bandeja en una mano y señalando a Meghan con las tenazas que llevaba en la otra–. Ni se te ocurra meterla en tu mierda.

–¿Qué pasa? –preguntó Kendall al salir al patio con una bandeja de verduras.

–Nada –respondió Max lanzándole a Isaac una mirada de advertencia.

Isaac quería a su hermano, pero Max era en parte responsable de ese desastre.

–¿Meghan? –dijo Kendall mirando a su hermana.

–Eh… –Meghan miró a Kendall y luego a Isaac.

–Kendall y Max saben la verdad –le dijo él apreciando que hubiera intentado protegerlo.

–Isaac necesita una novia. Estoy soltera y estoy aquí. Puedo aprovechar el pódcast para anunciarlo –dijo Meghan como si no fuera para tanto.

¡Joder! Parecía que estaba decidida a hacerlo.

Cuando Kendall lo fulminó con la mirada, Isaac dejó de sonreír.

–¿Estás loco? ¿Tú y yo admitimos frente al público

que estábamos mintiendo y ahora quieres fingir una relación con mi hermana?

–A nadie le extrañaría. Podríamos decir que estabas protegiéndola, manteniéndola al margen hasta que estuviera preparada.

–Estoy alucinando –farfulló Max mientras disponía la carne y las verduras sobre la brasa.

–Fuiste tú el que se metió en un estudio de televisión para reclamar a Kendall como un cavernícola –le recordó Isaac a su hermano.

Max y Kendall se miraron embelesados. ¡Por Dios! ¿Cómo podía Meghan aguantar constantemente a la sombra de esa adoración que tenían el uno por el otro?

–¿Qué tiene eso de malo? –preguntó Meghan–. Suena divertido.

–¿Divertido? –dijo Kendall con voz estrangulada.

–Sí. Y no recuerdo haber pedido tu aprobación –miró a Max al añadir–: Ni la tuya.

Alargó un brazo para tenderle la mano a Isaac.

–Me apunto para ser tu novia temporal, Isaac Dunn. No te defraudaré.

Él le agarró la mano y sonrió cuando ella le dio un fuerte apretón. Parecía que sus problemas estaban oficialmente resueltos. Y si tenía suerte, a lo mejor podrían añadir a la lista un afecto muy real. Los paparazis y los fans esperarían que se dieran la mano o se besaran, así que a lo mejor unas cuantas muestras públicas de afecto serían convenientes.

Sí, Meghan tenía razón. Iba a ser divertido.

A la mañana siguiente Meghan se puso vaqueros, botas, sudadera de capucha y camiseta debajo ya que el día sería frío aunque soleado. Bajó las escaleras y se encontró a Kendall y a Max acurrucados junto a la cafetera. Estaba a punto de hacer el sonido de una nausea, pero se lo ahorró al ver que se apartaron.

–Buenos días, Meg –dijo Max–. ¿Café?

–Por favor.

–Ya se lo sirvo yo –dijo Kendall guiñándole un ojo con picardía–. Tú ve a ducharte. Ahora mismo subo –sus intenciones quedaron claras y Max le lanzó una media sonrisa antes de subir las escaleras corriendo.

Su hermana le sirvió un café con leche.

–Sobre lo de tu plan con Isaac…

–Ya he tomado una decisión –la interrumpió Meghan–. Voy a estar aquí de todos modos, así que ¿por qué no divertirme un poco mientras tanto?

–No todo en la vida es diversión. Me preocupas y me preocupa que no te estés tomando esto tan en serio como deberías.

–Pero en la vida debería haber algo de diversión –se mordió la lengua para no continuar y que se notara cuánto le habían dolido las palabras de su hermana. Se parecían demasiado a las acusaciones de Lane sobre lo irresponsable que era.

Había cometido errores en el pasado, pero eso no significaba que no pudiera hacer nada bien. Había creado su pódcast partiendo tan solo de un micrófono y un portátil. Vale, sí, había aceptado la ayuda de Kendall para que le presentara a Isaac y a Max, pero lo que pasara de ahora en adelante sería solo obra suya. Fingir una relación con Isaac le daría una experiencia única en la vida y un asiento en primera fila a lo que sucedía detrás de las cámaras de su serie favorita. ¿Qué más se tenía que pensar? Estaba claro.

–Disfrutar de una cena o dos con Isaac o pasarme por el plató unas cuantas veces para conocer al elenco no es que vaya a ser un trabajo muy duro –continuó Meghan–. Además, ¿sabes cuánto le gustaría a mi público que le contara detalles de lo que pasa detrás de las cámaras? Esto también es bueno para mi carrera, Ken.

–¿Sabes lo embarazoso que será cuando rompáis y tengas que darle explicaciones a tu leal público?

Mmm. Tenía que admitir que esa parte del plan la hizo dudar. No se sentía cómoda mintiendo a su público.

–Nunca has tratado con los paparazis. No se los deseo a nadie, ni siquiera a la exmujer de Max.

Kendall se refería a Bunny, que había acabado siendo una sus clientas. Le había conseguido un pequeño papel en la serie, lo cual era más bien testimonio del talento de su hermana como representante que de las dotes interpretativas de Bunny.

–Ya no soy una niña –le recordó Meghan–. Sé que intentas protegerme, pero ¿qué hay que proteger? Isaac es mi actor favorito y está en mi serie favorita. Confías en él. ¿Por qué no iba a decirle que sí?

–A eso me refiero. ¿A qué estás diciendo que sí? –preguntó su hermana enarcando una ceja.

–¿Te… preocupa que Isaac se aproveche de mí? ¿Ha dicho algo Max?

Kendall apretó los labios.

Durante la cena Isaac y ella habían hablado ilusionados sobre cómo anunciar su relación en el pódcast. Estaba encantada con todo lo que estaba pasando. Salir con él, aunque fuera de forma fingida, le parecía una oportunidad única en la vida que no debía desaprovechar.

–No se puede decir que me esté engañando.

–No, pero los dos sí que vais a engañar a todo el mundo.

–¿Como hicisteis Isaac y tú hace unos meses mientras paseabais por Los Ángeles de la mano?

Kendall abrió la boca, pero se quedó sin palabras. Al momento dijo entre dientes:

–Aquello fue diferente. Fue por su carrera y por la mía.

–Y esto es por mi carrera y por la de Isaac.

Kendall apretó los labios con gesto pensativo.

–Cuando emita la entrevista, me lloverán patrocinadores para el pódcast. Y si añado entrevistas con el reparto y el equipo o cuento curiosidades de detrás de las cámaras después de visitar el plató… Kendall, imagínatelo. Es la oportunidad que necesito. Después de esto no tendré que preocuparme por pagar las facturas. Lo que me está ofreciendo Isaac es un regalo.

–Tienes razón –su hermana dio un trago de café mientras asentía–. Tienes razón. Es una buena jugada desde el punto de vista profesional.

–Además, echo de menos el sexo. Y no lo digo porque esté pensando acostarme con Isaac.

Kendall la sorprendió al reírse.

–No puedo discutirte que te lo plantees. Es el gemelo de Max, y Max está como un tren.

–Max está como un tren, pero para mí Isaac lo está aún más, aunque supongo que no vamos a ponernos de acuerdo en eso. Lo que quería decir es que echo de menos gustarle a alguien. Me encantaría pasear de la mano con él, incluso aunque sea fingido. Charlar y comer juntos. Reírnos y compartir historias. Estoy encantada con poder ser la mitad de una pareja, aunque sea temporal. Pronto volveré sola a Carolina del Norte y me guardaré el recuerdo de la época en la que fui la novia del famoso que me vuelve loca.

Su hermana bajó la taza y la abrazó.

–Lo siento. No pretendía insinuar que estabas siendo una imprudente.

–No lo has insinuado. Más o menos lo has dicho directamente.

–Ya te he dicho que lo siento.

–¡California! –se oyó desde arriba–. ¡El agua se está enfriando!

–Ve –le dijo Meghan a su hermana.

Después salió al patio para terminarse el café y admirar la belleza de las montañas, el bosque y las flores silvestres que había detrás de la casa.

Estaba tomando la decisión correcta. Fingir ser la novia de Isaac no era una irresponsabilidad. De hecho, era un acto responsable. Sus ingresos por publicidad se habían visto afectados en el último año y le preocupaba tener que buscar un trabajo… de verdad. No quería volver a estar atada a una mesa. Quería seguir haciendo crecer su pódcast e Isaac podría ayudarla a lograrlo.

Y si, por casualidad, esos paseos de la mano se convertían en arrumacos, besos o algo más… pues… ¿Quién era ella para negar la atracción natural que habría surgido entre los dos? Lo estaba haciendo más por su carrera que por unos cuantos besos apasionados bajo un cielo estrellado, pero si surgían las dos cosas, tampoco se quejaría.

Era una adulta fuerte, competente y amante de la diversión. Podía cumplir con su trabajo, jugar al mismo tiempo y luego irse con la cabeza bien alta.

Capítulo Cinco

–¡Corten! Bien hecho. Hemos terminado por hoy –Ashley se levantó de su silla de directora y se quitó los auriculares–. Un trabajo fantástico, Richard.

–Gracias, señora Lee –respondió Richard Rind, el actor que durante una década había interpretado al padre del personaje de Isaac y ahora estaba retomando el papel.

–Ya te he dicho que me llames «Ashley».

–Entendido, señora Lee –dijo Richard sonriendo.

Ashley se despidió y lo dejó con Isaac en el plató, que era una réplica del salón original.

–Buen trabajo a ti también. Seguro que luego te lo dice.

–Gracias –Isaac no necesitaba muchos cumplidos. Con uno o dos bien ubicados le bastaba. Y, de todos modos, la escena que habían rodado como el padre Daniel y el hijo Danny Brooks no había requerido mucho esfuerzo por su parte–. Tiene razón. Has estado genial.

–Pues me sorprende. He hecho un buen paréntesis.

Isaac recordaba bien esa modestia del hombre, que era una de las razones por las que todos lo apreciaban. Había envejecido bien a pesar de haber pasado un tiempo alejado de los focos.

–Me encanta estar de vuelta - Richard se sentó en el sofá de rayas–. También me gustó trabajar con Max ayer. Hacía demasiado tiempo que no os veía, chavales.

Isaac y su hermano ya no eran tan «chavales», pero entendía que Richard los viera como unos niños. Habían empezado a trabajar en la serie a la tierna edad de cinco años. Podía decirse que habían crecido en ella.

–Max parece feliz –dijo Richard.

–Lo es. Kendall le hace bien.

–Es verdad, la representante. Tu representante –enarcó las cejas al añadir–: No tu novia. Por cierto, ¿dónde está la de verdad? No me digas que vas a tenerla escondida todo el rodaje. Quiero conocerla y darle mi aprobación paternal.

Isaac abrió la boca para soltar una evasiva, como había hecho cuando se lo habían preguntado Ashley, Cecil y algunos periodistas en los últimos meses, pero entonces se dio cuenta de que ya no hacía falta. Sí que tenía una novia. Meghan había accedido a salir con él.

–No la voy a tener escondida –dijo sonriendo–. Tengo pensado traerla al plató esta semana. Me aseguraré de que sea un día que estás aquí.

–¡Así que está en Dunn! Estoy deseando conocerla. Me alegro mucho por ti.

–Richard, ¿quieres que vayamos a cenar? –Merilyn Case, que interpretaba a la madre de Isaac y esposa de Richard, entró al plató–. Buen trabajo, Isaac.

–Gracias, mamá.

A Merilyn le gustaba que la llamaran así, y con su ancha cintura y sus cálidos abrazos desprendía una energía muy maternal. La madre auténtica de Isaac también era cariñosa y buena, pero a diferencia de Merilyn, Dani Dunn estaba envejeciendo como una supermodelo. A sus cincuenta y ocho años estaba esbelta y preciosa.

–Isaac va a traer a su novia –dijo Richard alzando el pulgar mientras se levantaba del sofá.

–¡Ay, tengo que conocerla!

Isaac les prometió que les presentaría a Meghan esa semana y después se disculpó para ir a prepararse para su cita. Esa noche cenaría con ella.

Salió del trabajo prácticamente dando saltitos. Había fans en la puerta del hotel, donde habían estado rodando la mayoría de los interiores, y se detuvo para firmar autógrafos y sacarse fotos con ellos. Pronto todos tendrían lo que habían estado pidiendo a voces: ver a la misteriosa chica que le había robado el corazón a Isaac Dunn.

Tras una breve parada en su apartamento para ponerse unos pantalones oscuros y una camisa, condujo hasta casa de Max en la montaña para recoger a su «novia».

No podía decirse que estuviera oxidado, pero hacía mucho tiempo que no salía con nadie. Por lo general, se limitaba a actrices; mujeres a las que había conocido grabando algún anuncio o en alguna audición. Con su reconocible rostro, acercarse a ellas resultaba algo enrevesado. O se mostraban intimidadas por su «fama» o se acercaban con tanta confianza que le hacían sospechar de sus motivaciones. Por desgracia, en esos casos sus sospechas habían estado justificadas y las chicas en cuestión lo habían plantado cuando habían visto que no podía ayudarlas a conseguir un papel en la última película de superhéroes.

Isaac se lo había tomado con filosofía y nunca se había imaginado teniendo una «mitad», a menos que contara a Max, con quien había compartido un vientre y una carrera de éxito.

Aunque no hubiera encontrado una pareja como la que tenía su hermano, se sentía bien con el trato que había hecho con Meghan.

Lo mejor era que ella no estaba buscando nada más, porque entre el rodaje y el repunte de su carrera, él no tenía recursos para dedicarse a una relación seria. Después de rodar la serie esperaba conseguir un papel a la altura de su recuperada fama, y eso requeriría viajes, ruedas de prensa y, con suerte, entregas de premios.

Meghan y él tenían una química brutal, pero entrarían en esa relación fingida y saldrían de ella sin molestos enredos amorosos. Así podría centrarse en lo que de verdad importaba: la segunda gran oportunidad de su carrera y reparar la relación con su hermano.

Una vez en casa de Max, llamó a la puerta. Meghan abrió con su melena rubia miel peinada hacia un lado y su sonrisa pintada de rojo. Se quedó tan encandilado que tardó unos segundos en poder hablar.

—Dios mío, estás preciosa —fue lo que finalmente salió de su boca.

Ella se rio, y su risa resultó un dulce sonido que lo atrajo demasiado.

—Gracias —respondió Meghan pasándose una mano por el vestido de flores. Llevaba también unas sandalias de tiras—. Hace un poco de frío, pero quería estar bien.

—Estás mucho más que bien.

Solo con verla todo el mundo querría conocerla mejor. Su sonrisa era abierta y amable; su seguridad en sí misma, comedida pero presente. Los fans la adorarían y estaba seguro de que su familia televisiva la acogería encantada.

—Hola —dijo Kendall asomándose por detrás del hombro de Meghan como un loro criticón.

—Largo —dijo Meghan entre dientes pero sonriendo.

—¿Adónde vais? —preguntó Max asomándose por el

hombro de Kendall completando así la imagen de muñecas rusas–. No iréis otra vez a Rocky's, ¿no?

–Adónde vayamos no es asunto vuestro –les dijo Meghan ganándose dos caras largas.

Salió por la puerta y agarró a Isaac de la mano. Sus dedos suaves y delgados le produjeron un cosquilleo que le recorrió el brazo.

–DeSchute's –respondió Isaac.

Max arrugó la boca con gesto de aprobación.

DeSchute's, un restaurante de lujo, estaba ubicado en una colina y tenía unas vistas espectaculares del centro de Dunn. Isaac había conseguido la mejor mesa gracias a su nombre.

–¿Kendall siempre se comporta contigo como una mamá osa? –le preguntó una vez allí sentados.

Meghan seguía embobada con las vistas; podía verle la cara en el reflejo de la ventana. ¡Genial! La había dejado impresionada.

–Nunca estamos lo bastante cerca como para que pueda hacerlo. No me importa que se involucre en mis cosas, pero que lo haga también Max ya es demasiado. ¿Eres un mujeriego que va por ahí rompiendo corazones?

Él soltó una fuerte carcajada que atrajo unas cuantas miradas curiosas del resto de clientes.

–¡Esa es nueva! Pocas veces, o mejor dicho nunca, me han acusado de mujeriego. Era Max el que se ganó la reputación de rebelde. Yo soy el hermano responsable y honrado.

–O lo eras hasta que mi siniestra hermana y tú mentisteis diciendo que estabais saliendo.

–Hasta entonces, sí. Pero he recuperado mi buena reputación al mencionar a mi novia –alargó la mano sobre la mesa y agarró la de Meghan–, que resultas ser tú.

–Así es –a Meghan se le iluminó la cara y el aire se cargó de atracción sexual.

¿Cómo iban a poder estar sin quitarse las manos… u otras partes del cuerpo… de encima?

–Voy a presentarte a todos. Mi directora, mi productor y mis padres en la serie se mueren por conocerte.

Ella respiró hondo en un gesto que hizo que Isaac clavara la mirada en sus pechos redondeados. Subió la vistas al norte, pero su tentadora boca roja resultó ser una distracción aún mayor.

–No te defraudaré.

–No podrías.

Un camarero llegó con el vino obligándolo a soltarle la mano cuando, en realidad, habría querido pasarse la noche entera agarrado a ella.

La cena de Meghan fue el especial vegetariano del chef: un delicioso *risotto* de setas, tirabeques y tempe marinado con salsa de miel y ajo que hizo que el tartar de ternera de Isaac pareciera aburrido. Meghan le había dado a probar un poco de *risotto* en un gesto que había resultado íntimo y sensual. No sabía si le supo tan bien por la elaboración o por cómo lo miró ella mientras masticaba.

Al llegar el postre la libido lo tenía aturdido. Ahora le tocaba a él darle de probar, y cuando le dio una cucharada de *mousse* de chocolate, tuvo claro que quería invitarla a su casa.

Durante la cena había admirado su sutil escote y su clavícula desnuda y delicada. Ya en el apartamento, mientras ella subía las escaleras delante de él, contempló cómo la tela del vestido le abrazaba cada deliciosa curva. Sus piernas largas y su trasero redondeado sacudiéndose bajo la tela captaron toda su atención.

Abrió la puerta y entraron. Meghan sonrió y él se preparó para que saltara a sus brazos y le metiera la lengua en la boca. Pero en lugar de eso, ella paseó los dedos por su camisa y ladeó la cabeza.

—Tenía pensado quedarme unos días más, pero ahora que hemos decidido ser pareja, me estoy planteando quedarme todo el mes. ¿Qué opinas?

Él parpadeó para darle a su cerebro el ajuste que tanto necesitaba.

—Eh… sí. Claro. Gran idea.

—Genial —Meghan entrelazó las manos y por primera vez Isaac vio un atisbo de nervios.

—¿Quieres beber algo? Tengo cerveza.

—Nuestra bebida favorita.

Abrió dos botellas y le ofreció una. De pie a su lado olió la fragancia limpia y delicada que desprendía su suave piel y en el brillo de sus ojos vio sus secretos.

La deseaba y ella lo deseaba a él.

—No tenemos por qué ir deprisa —murmuró. Ella se relajó visiblemente cuando él brindó con su botella—. Por tu primer papel. Mucha mierda, Squire.

Capítulo Seis

El trago de cerveza la refrescó después del tinto seco que habían degustado durante la cena.

Isaac estaba haciendo todo lo posible por que se sintiera a gusto. Podría besarlo por ello, y de hecho lo haría en cuanto el estómago dejara de darle saltitos por lo que se avecinaba.

Su romance orquestado estaba empezando a parecer muy real. Estaba decidida a divertirse y exprimir la experiencia, pero también quería estar centrada en el presente. No quería olvidar ni un solo momento que pasara con él.

—Muy bonita la casa que tienes —dijo acercándose a los ventanales con vistas al centro.

—Me gusta.

Meghan oyó la voz de Isaac sobre su hombro y su cálido aliento le rozó el cuello al añadir:

—El cristal es tintado. No puede verte nadie.

Olía a una mezcla de cuero y sándalo con un ligero toque cítrico, como si hubiera embotellado el aroma de su isla privada.

—¿No te van las vistas a la montaña? —preguntó ella girando la cabeza y acercando los labios a los de él.

Isaac le miró la boca un instante antes de responder:

—Me gusta estar en mitad de la acción. Y encima de una tienda gourmet, ya que no cocino.

–Yo tampoco. Si la comida no trae instrucciones para el microondas, me supone demasiado trabajo.

–Totalmente de acuerdo. Somos una pareja hecha en el paraíso de la comida para llevar, Squire.

El corazón le golpeteó el pecho cuando él le sonrió. Qué atractivo era. Conocerlo había sido un sueño de la infancia hecho realidad. Tocarlo y que la tocara era una fantasía adulta.

–¿Has dicho que ibas a entrenarme para mi primer papel?

–Sí, aunque no estoy seguro de que lo necesites. Eres divertida, preciosa y vistes bien.

Tanto cumplido la dejó sin palabras, algo insólito en ella.

–Mientras te sientas cómoda dándome la mano en público y tal vez un beso o dos para los fans, tendrás el papel controlado. Solo finge que te gusto.

–Que finja –dijo con un delicado resoplido y una risa–. Isaac, me gustas.

Más cerca ahora, Isaac ladeó la cabeza.

–Tú a mí también.

Mejor que la levantara del suelo, porque estaba segura de que se había caído muerta a sus pies.

–¿Sí?

–Sí –él sonrió–. Pero hay un cabo suelto. Tenemos que asegurarnos de ponernos de acuerdo en nuestras historias.

–Ah, claro.

–Venga, háblame… –Isaac se detuvo para dar un trago de cerveza– de los idiotas con los que has salido.

–Uno destaca por encima del resto –su contundente respuesta sorprendió a Isaac, que soltó una carcajada–. ¿Y tú?

–He salido con muchas chicas, aunque no con tantas como dice Internet. Muchas veces me sacan fotos con alguien del reparto o del equipo o con una camarera al azar. Si es una mujer de mi edad más o menos, empiezan las especulaciones.

–Qué rollo.

–Deberíamos hablar de cómo nos conocimos.

–¿En Rocky's?

–Me refería a cómo nos conocimos de forma ficticia. Me han grabado diciendo que nos enamoramos en mi isla privada, así que deberíamos ceñirnos a eso. ¿Por qué estabas allí?

–Es fácil. Kendall nos presentó más o menos cuando empezaste a ser su cliente.

–Cuando se jubiló Lou –dijo él refiriéndose a su antiguo representante–. Perfecto.

–Se te ocurrió que sería buena idea que te acompañara mientras preparabas tu papel. Me ofrecí a grabar un pódcast para publicarlo de cara al estreno de la serie.

–Sigue.

Ella alzó la voz emocionada mientras seguía urdiendo su historia.

–Mientas estaba allí, pasamos más tiempo juntos… y no cocinando, obviamente.

–Obviamente.

–Entonces una noche en la playa mientras veíamos la puesta de sol me agarraste de la mano.

–¿Así? –preguntó él entrelazando los dedos con los suyos.

A Meghan se le hizo un nudo en la garganta y asintió.

–Luego, en la playa, mientras escuchábamos el sonido de las olas, te diste cuenta de que estabas locamente enamorado.

–¿Ah, sí? –él le quitó la botella y la dejó en una mesa, al lado de la suya. Cuando volvió a situarse frente a ella y estuvo a escasos milímetros, pecho contra pecho, la miró fijamente.

A Meghan se le aceleró el corazón, pero le echó valor, lo miró con un lento parpadeo y le dijo:

–¿Cómo no ibas a estarlo?

–Cómo no –después de pronunciar esas dos palabras, Isaac acercó los labios a los suyos. Solo los separaba el suspiro que Meghan acababa de soltar. Le rodeó la mandíbula con las manos–. ¿Quién besó a quién la primera vez?

–Tú –dijo ella con la respiración entrecortada.

El beso fue repentino, apremiante. Ella emitió un sonido desde lo más profundo de la garganta cuando Isaac le hundió los dedos en el pelo. No la estaba devorando; la estaba saboreando. La presión con la que la besó sugería un deseo apenas contenido. Le acarició la lengua con la suya y a Meghan le temblaron las rodillas. Pero por nada del mundo iba a perder el equilibrio o la cabeza durante ese intercambio. Iba a saborearlo a él también.

Lo agarró de la camisa y lo acercó. Era alto, pero ella también. No tendría que contracturarse el cuello para besarlo, lo que significaba que podrían seguir morreándose mucho mucho rato.

«Ay, qué maravilla».

Isaac, entregado por completo, le puso una mano detrás de la cintura y la acercó a su fuerte cuerpo. Sus pechos rozaron su torso y sus pezones rozaron la tela del sujetador. Isaac gruñó, fue un sonido casi de impotencia. Ella se sentía igual. Lo único que quería era entregarse al fuego que ardía entre los dos, dentro de los dos.

En el pasado no había tenido muchos encuentros de una noche… Bueno, vale, ninguno. Nunca le habían hecho gracia las relaciones fugaces. Pero esa relación tenía algo que la atraía: la garantía de que no resultaría herida porque los dos tenían las cosas claras. Él no la engañaría. Su relación se había construido para engañar a todos los demás. Eran una versión inocente de Bonnie y Clyde, juntos en el peligro hasta el final.

—Isaac —susurró cuando él le dio espacio para respirar.

—¿Sí?

—No pienses de más, pero deberíamos acostarnos.

La mano de Isaac, aún en su pelo, se encogió y él se movió para que la larga rigidez de su erección hiciera presión contra su vientre.

—Lo de pensar no es problema. Ahora mismo no me funciona el cerebro.

—Me gusta.

Meghan lo rodeó por el cuello y siguió besándolo. Su cuerpo tomó el control porque sabía lo que necesitaba: esa situación única y de erótica belleza en la que un hombre increíblemente deseable le demostraba que la deseaba también; en la que la besaba alguien que sabía muy bien lo que hacía.

Isaac fue subiendo las manos por sus costados hasta llegar a sus pechos. Los rodeó y le acarició los pezones a través del vestido. Esas turgentes cumbres sobresalían de la fina seda del sujetador suplicando más con avaricia.

—Quítamelo —le susurró ella contra la boca.

Él obedeció; le bajó la cremallera del vestido y le dibujó una línea en la espalda con los dedos.

—¿Qué pasó después de que te besara en la playa?

–le preguntó Isaac mientras le bajaba la parte superior del vestido. Las tiras del sujetador siguieron y sus labios se posaron en su hombro desnudo–. ¿Te desnudé y te hice el amor en la arena?

–Es tu isla privada. Puedes hacer lo que quieras.

Él levantó la cabeza y la atravesó con la mirada.

–¿Puedo?

–Sí.

Una satisfacción brutal como una corriente eléctrica la recorrió cuando él dejó caer el vestido al suelo. Se entregó al momento. Se entregó a Isaac, que le acarició un pezón con la lengua. Lo agarró por la nuca y gimió cuando él rodeó su sexo con la mano ejerciendo presión donde ella más lo necesitaba.

–Joder, eres preciosa –dijo Isaac rozándole la piel con su cálido aliento antes de pasar al otro pecho para seguir deleitándola.

Meghan se aferró a su pelo y lo acarició. Él la soltó lo justo para bajarle la ropa interior y se detuvo para besar un instante sus muslos temblorosos. Después se puso de rodillas y le desabrochó las tiras de las sandalias.

–Puedo hacerlo yo si quieres.

–Tranquila, Squire –le dijo guiñándole un ojo.

Tenía a Isaac Dunn de rodillas ante ella, mirándola con esos ojos azules que le recordaban a las aguas del Pacífico en las que se habían conocido en su imaginación. Estaba perdida entre la realidad y la fantasía. Ni en sus sueños más locos se había imaginado teniendo esa oportunidad.

Isaac se levantó, la levantó en brazos y la llevó al dormitorio.

–No es una playa –dijo al tenderla en la cama–, pero la colcha es beis arena.

El atardecer había dado paso a la noche y la luz de la luna pintaba las paredes de un azul etéreo. Isaac estaba de pie a su lado mirando su cuerpo desnudo.

—Me estás matando, Squire.

—Ven aquí y vamos a ver si puedo curar eso que te hace daño.

La sonrisa de él parecía imparable mientras se desnudaba y se descalzaba. Antes de poder admirar por completo sus bíceps, sus abdominales o la impresionante largura de su miembro, lo tenía encima; un cuerpo grande, duro y ardiente dándole calor al suyo.

—¿Estás segura?

Ella lo despeinó y asintió.

—Segurísima.

Satisfecho con la respuesta, la besó. Después le separó las piernas y deslizó los dedos entre sus pliegues. Cuando su pulgar le rozó el clítoris, ella levantó y bajó las caderas para acompasarse a su ritmo. Dejó de besarla para dejarla respirar y pasó a juguetear con sus pechos, de nuevo acariciándolos con su talentosa lengua. Ella se agarró a sus hombros y le acercó las caderas empujándolo con los talones. Por suerte, no tuvo que suplicarle. Isaac interpretó cada una de sus indicaciones no verbales como una señal de estímulo y, tras situarse sobre su sexo, se adentró en ella con una larga embestida que la dejó sin aliento.

Su gemido compartido y el reverente «¡Ay, Dios!» de Meghan fueron lo único que se oyó en la habitación. Cuando ella abrió los ojos y lo encontró sonriéndole, tuvo que devolverle la sonrisa. Piel bronceada, ojos azules y nariz con personalidad. La cantidad perfecta de barba ocultando una cicatriz difuminada pero deliciosa. Tenía un rostro asombroso, aunque el resto de su cuerpo estaba destruyéndole las neuronas por millares. Se movía dentro de ella, llenándola, tensándola con delicadeza. Sus embestidas, lentas y precisas, la dejaban sin aliento.

Era increíble.

—Haz algo por mí, Squire —dijo él mientras se hundía aún más en ella.

—Lo que quieras —y lo decía en serio. Estaba perdida en él. Poseída por él.

Isaac se deslizó en su interior otra vez y ella soltó un pequeño grito, como animándolo a seguir a la vez que hundía los dedos en sus hombros.

Él le rozó la nariz con la suya.

—Córrete para mí y di mi nombre cuando lo hagas.

Meghan asintió y se aferró a él con más fuerza justo cuando su siguiente embestida le licuó los huesos.

—Ahora… mismo.

A su orden, un orgasmo la sacudió como las olas sacudían la playa de su fantasía. Meghan pronunció muchas palabras; palabras de alabanza, palabras malsonantes, palabras ininteligibles, y estaba bastante segura de que también hubo un «Isaac» por alguna parte. Si no, lo convencería para que le diera otra oportunidad de compensárselo.

Deslizó las manos por su espalda cubierta de sudor dibujando con los dedos los contornos de sus firmes músculos y, muy despacio, abrió los ojos y lo miró.

—Tu turno —dijo rodeándolo con sus músculos internos.

Él abrió la boca y cerró los ojos mientras temblaba de placer. Hundió la cara en su cuello y Meghan lo oyó hablar. También había dicho su nombre.

Capítulo Siete

No se quedó a pasar la noche con Isaac, aunque tampoco es que se largara a toda prisa después del mejor encuentro sexual de su vida. Se quedaron tumbados en la cama un buen rato creando y examinando con cuidado los detalles de sus vacaciones imaginarias en la isla. Dudaba que fueran a compartir la mayoría con el público, pero le gustó tener un secreto. Fue un poco como escribir su propio cuento de hadas con un final que ella elegiría. El truco, en este caso, era perderse en el presente y luego, cuando todo acabara, atesorar los recuerdos. Y le venía genial porque era alérgica a las planificaciones. Kendall era la planificadora. Ella prefería seguir la dirección del viento.

Además, que se hubiera quedado a dormir habría generado demasiadas preguntas por parte de Kendall y Max. Cuando Isaac la había llevado a casa en su BMW alquilado, se había mostrado de acuerdo en que sus hermanos no tenían por qué meterse en sus asuntos.

A la mañana siguiente, mientras tomaban tortitas, porque, a diferencia de su gemelo, Max no le tenía aversión a cocinar y lo hacía muy bien, de nuevo se vio obligada a presenciar otro magreo de Max y Kendall. Esta vez en la mesa.

Una llamada bien oportuna la salvó de tener que buscar una excusa para levantarse, aunque tampoco es que se hubieran enterado de que había sonado el teléfono. Ya no estaban besuqueándose, pero no apartaban los ojos el uno del otro, así que ni se dieron cuenta de que Meghan había salido al patio.

El día de otoño era fresco y nuboso, y la hierba y los árboles estaban húmedos por la lluvia que había caído antes.

–Hola, mamá.

–Siento no haber oído tu llamada, cielo. Tu padre y yo estábamos en el supermercado discutiendo qué marca de mantequilla de cacahuetes era la mejor.

Meghan sonrió. El tono de exasperación de su madre tenía un toque de humor. El matrimonio de sus padres era fuerte y se había fortalecido aún más tras la muerte de Quinton. Siempre le había resultado curioso que una tragedia pudiera separar a unas parejas y unir más a otras.

–¿Qué tal por Virginia?

–Esto es precioso. Estoy pasando mucho tiempo con Kendall… cuando no está con Max.

–Las parejas nuevas pueden ser un fastidio cuando estás soltera. O eso me decían mis amigas solteras cuando empecé a salir con tu padre hace como cien años.

–Papá y tú aún parecéis novios, lo cual a veces resulta un poco embarazoso –bromeó Meghan. Hubo un momento de silencio y después añadió–: Mamá, necesito un favor.

–¿Qué pasa? –preguntó su madre con voz de pánico.

–No pasa nada. He decidido quedarme en Virginia un poco más. No veo mucho a Kendall –aunque no estaba mintiendo del todo, estaba eludiendo la verdad. Su motivo para quedarse tenía poco que ver con su hermana y mucho con el atractivo hombre con quien había compartido cama durante unas horas–. Bueno, el caso es que me he traído poca ropa. ¿Puedes mandarme algo de la que tengo en casa?

La casa familiar estaba a hora y media de la granja que tenía alquilada, así que Meghan pasaba algún que otro fin de semana con sus padres. No siempre le gustaba cenar sola y, además, su madre era una cocinera fantástica… no como ella.

–¿Cuánto más te vas a quedar?

–No lo sé. Un mes quizá.

–¡Un mes! Meghan, cariño, ¿qué pasa con las facturas? ¿Y tu trabajo? ¿Y tus responsabilidades en casa?

Meghan apretó los dientes. Había sabido que pedirle ese favor a su madre incluiría un sermón.

–Pago las facturas *online*, mi trabajo es portátil y la casa está cerrada con llave y segura. Si pudieras enviarme algo de ropa, sería genial.

–Lo siento, es que me preocupo por ti. Pero sé que con Kendall estás en buenas manos.

Kendall, la hermana responsable. Meghan intentó no ofenderse, pero a veces era complicado no interpretar demasiado los comentarios de su madre.

–¿Que alargues tu estancia tiene algo que ver con haber conocido al hermano de Max?

¿Le habría dicho algo Kendall?

–Adoramos a Max. Cuando fuimos a visitarlos el mes pasado nos conquistó. ¡Qué hombre tan encantador! Si su hermano… ¿Cómo se llama?

Meghan suspiró y respondió:

–Isaac.

–Si Isaac es la mitad de majo que Max, seguro que te quedaste al borde del desmayo. ¿Adónde fuisteis?

¿Le contaste que cuando eras pequeña estabas enamorada de él? ¿Que tenías un póster suyo encima de la cama? ¿Estáis…?

–Mamá, hay más.

Se llevó una mano a la frente. Pronto Isaac y ella compartirían su «historia de amor» con las masas y eso significaba que tendría que contarles la misma historia a sus padres porque la verdad resultaría demasiado rocambolesca y seguro que se llevaría otro sermón.

«Respira hondo. Puedes hacerlo».

–Hace unos meses, cuando Max y Kendall se quedaron aislados por la nieve grabando el anuncio para relojes Citizen, yo estaba con Isaac en su isla privada. Todo empezó de una forma muy inocente. Yo iba a hacer un pódcast especial para promocionar la serie y resultó que tenemos mucho en común. Nos hicimos amigos y entonces… bueno… –tomó aire y lo dijo–: Isaac es… ¿mi novio?

–¿Tu novio? ¿Desde hace cuánto? Cariño, ¿por qué no me lo habías contado? ¡Dios mío, Meghan! –y cuando se había preparado para una crítica, su madre se rio y exclamó–: ¡Qué emocionante!

–¿Qué?

–Has encontrado a alguien. ¡Estoy encantada!

Aaah, vale, eso tenía más sentido. Su madre se alegraba de tener a otra persona más implicada en el cuidado de su hija pequeña.

–¡Ed! ¡Nuestra hija está enamorada!

Marjorie habló con Ed sobre la vida amorosa de su hija, no sin detenerse a hacerle un montón de preguntas mientras tanto, y una vez terminó le prometió que le enviaría la ropa lo antes posible. Se dijeron que se querían y Meghan, exhausta por la llamada, colgó y volvió a entrar.

Casi se esperaba encontrarse a Kendall en la mesa lamiendo sirope de arce de la perfecta barba de Max, pero en lugar de eso allí solo vio unos platos medio llenos. Y el albornoz de su hermana en lo alto de la escalera.

Se sirvió más tortitas lamentando no tener su propio sitio y algo de intimidad. Lo de la noche anterior había sido una escapada fantástica. Isaac y ella habían tenido toda la intimidad y la sensualidad del mundo.

Mientras masticaba el segundo bocado sonreía al recordar la boca perfecta de Isaac y la sensación de sus manos en su cuerpo; el modo en que le había acariciado el brazo después del sexo y le había hablado entre susurros sobre su escapada imaginaria a la isla. El modo en que, antes, la había desnudado y…

De pronto la asaltó un pensamiento alarmante, que en realidad fue un recuerdo o más bien algo que había olvidado.

–Ay, Dios –murmuró mientras el sirope goteaba del tenedor a la mesa.

Isaac no se había puesto preservativo y ella tampoco había dicho nada. ¡No habían hablado de protección en ningún momento!

–Ay, Dios mío –dijo en voz alta.

«¡Noooooooooooo!».

Con la mano temblorosa, dejó el tenedor en el plato. ¿Qué había hecho? ¿Y si se había quedado embarazada? No estaba en situación de ser madre. ¡Si apenas podía cuidar del cactus que tenía en la ventana de casa!

Tendría que hablar con Isaac.

Plantó un pie en la escalera con la intención de pedirle el coche a Kendall, pero entonces vio el albornoz. Mejor no interrumpir lo que fuera que estuvieran haciendo. Se ocuparía del asunto ella sola… en cuanto se apropiara de las llaves del coche de su hermana.

«Esa vena lo va a matar», pensó Isaac mientras miraba la frente de Cecil Fowler, su productor. Había llegado tarde al plató, pero lo había compensado bordando su interpretación. No estaba mal para no haber tenido tiempo de ensayar la noche anterior.

Sonrió al pensar en el motivo. Había merecido la pena llegar tarde a cambio de haber pasado varias horas con una Meghan Squire desnuda y sonriente. Había sabido que era preciosa y habladora, pero había disfrutado descubriendo lo receptiva que era físicamente y lo ilusionada que estaba con hacerse pasar por su novia. Las mujeres con las que había salido habían sido compañeras en el sentido físico, pero nunca había conectado con ellas a otro nivel. No como con Meghan. Ella vivía el presente y era sincera y transparente. Había estado solo tanto tiempo que había olvidado lo agradable y refrescante que era tener una compañera que lo apoyara y estuviera de su parte.

Cecil dejó de gritarle por el retraso lo justo para que Isaac lo interrumpiera y cambiara de tema.

—No volverá a pasar. Ah, por cierto, tengo buenas noticias. Mi novia está aquí y por fin me siento preparado para que el mundo la conozca.

—¿Está aquí? ¿Es de verdad?

—Está aquí. Y es de verdad. Y ha accedido a volverse una figura pública por el bien de la serie. Es muy importante para ella. Te va a encantar —se le acercó y le susurró–: Y es una gran admiradora tuya, pero no le digas que te lo he dicho porque le dará vergüenza.

–Vaya, pues sí que es una buena noticia. Mientas dé buena impresión y no recibamos una prensa negativa, claro.

–Imposible. Es tan encantadora que ni las revistas de cotilleos dirán nada malo de ella –mintió. Los periodistas de cotilleos tenían algo malo que decir de todo–. No solo el público se va a enamorar de ella, sino que vas a dar saltos de alegría cuando la conozcas. Meghan va a ser una publicidad estupenda para la serie. Es con diferencia lo mejor que me ha pasado en la vida.

Pronunció la frase con la misma facilidad con la que había pronunciado las frases del guion esa mañana. Lo de «en la vida» tal vez fuera un poco exagerado, pero lo cierto era que Meghan le había mejorado la vida desde que había entrado en ella.

–¿Squire? ¿Como tu representante?

–Es la hermana, de hecho. Meghan y yo…

–¿Es ella? –preguntó Cecil clavando la mirada detrás de su hombro.

Isaac se giró y vio a Meghan cruzando el vestíbulo. Isaac se había topado con Cecil y su mal carácter fuera del Salón B, que de forma temporal hacía las funciones de salón y cocina de los Brooks.

Meghan, con sus largas piernas y su curvilíneo trasero enfundados en vaqueros, avanzaba hacia él con paso seguro. Incluso con camiseta de manga larga, cazadora de cuero y deportivas, estaba absolutamente cautivadora.

No sabía qué la había llevado hasta ahí sin avisar, pero, joder, cuánto se alegraba de verla.

–Llegas en el momento perfecto, Squire –alargó un

brazo y la llevó hacia sí bajo la mirada escéptica de Cecil–. Te presento a mi productor, Cecil Fowler. Cecil, ella es Meghan Squire.

–Ah, hola. Mucho gusto –la sonrisa falsa del productor dejaba claro que estaba incómodo.

Tal vez fue por cómo Isaac la había rodeado por los hombros. La soltó y le dio la mano.

–¿Podemos hablar? –preguntó ella.

–Siempre. Cecil y yo ya estábamos terminando.

Meghan no le devolvió la sonrisa y, en su lugar, frunció el ceño. Vaya, la cosa no pintaba bien. Su productor no parecía muy convencido de que el público fuera a adorarla tanto.

«Ayúdame, Squire». Hoy no estaba tan adorable como siempre y necesitaba que lo estuviera.

–Como sabes, Cecil ha invertido muchísimo dinero en esta serie –dijo mirándola fijamente en un intento de comunicarle que era su momento de brillar–. Le preocupa que tu hermana y yo engañáramos al público y ha pensado que tú y yo podríamos estar fingiendo también. ¿Te lo puedes creer? –se rio aliviado cuando en los brillantes ojos de Meghan vio que lo había captado.

–Ya, claro. Señor Fowler, ha sido culpa mía –sonrió–. No estaba lista para exponerme a la opinión pública –seguía esbozando una sonrisa plástica, pero a Cecil le parecería auténtica–. El plan de mi hermana y de Isaac no nos hizo gracia ni a Max ni a mí, sobre todo cuando teníamos que estar escondidos mientras a ellos dos les hacían fotos por todas partes…

–Vaaaale, cielo –dijo Isaac riéndose y abrazándola. Tantos detalles harían sospechar a Cecil aún más, si es que era posible. El hombre parecía estar frunciendo el cuerpo entero–. No iba a hacer esto aquí, pero gracias a que Cecil duda de todo, voy a tener que convencerlo de otra forma.

Ahora dos pares de ojos lo miraban con atención.

–Señor, me acaba de arruinar mi sorpresa de compromiso.

–¿Compromiso? –como por arte de magia, la expresión de Cecil se suavizó.

–¡Sorpresa! –le dijo Isaac a Meghan–. Iba a pedírtelo esta noche, pero ¿qué más da por unas horas? –le rodeó la cara con las manos y la miró. No le fue difícil contemplar su dulce rostro y decirle la verdad–: Estamos bien juntos, Squire.

–Isaac…

–Eres lo mejor que me ha pasado nunca. No quiero compartir esta vida con nadie que no seas tú.

La besó por aparentar, pero en el fondo la había estado deseando desde que se habían despedido la noche anterior. Mmm, tan deliciosa como recordaba.

Se apartó, impactado por la vulnerabilidad y la incertidumbre que vio en sus ojos.

–¿Eso es un sí? –preguntó Cecil impaciente.

A Isaac se le hizo un nudo en la garganta. Como fue algo improvisado, no tenía ni idea de qué diría Meghan.

–Eh… sí.

«¡Uf!».

–¡Qué gran noticia! –Cecil sonreía, algo que Isaac no estaba acostumbrado a ver del brusco productor–. Me chiflan los compromisos. ¡A los fans de la serie les va a encantar! –le dio una palmada en el brazo a Isaac–. Buen trabajo, Dunn.

Meghan, que había captado que estaban improvisando, sonrió a Cecil y se agarró del brazo de Isaac.

–Me lo veía venir. No es tan bueno guardando secretos como cree.

«Buena respuesta, Squire».

–Nos vemos por el plató –dijo Cecil antes de marcharse.

–Lo siento –dijo Isaac cuando estuvieron solos–. Me ha entrado el pánico. No se estaba creyendo mi historia y he pensado que podríamos…

–Isaac. He venido a hablar. Busca un lugar privado. Ahora mismo.

Pero antes de poder moverse, sus padres en la serie doblaron la esquina y soltaron un grito de emoción al verlos.

–¿Es ella? –preguntó Merilyn con un grito agudo.

–¡Tiene que ser ella! –dijo Richard.

–Sí –Isaac notó a su prometida tensarse–. Es Meghan.

Capítulo Ocho

La impresión que se había llevado al oír a Isaac decir que estaban prometidos se esfumó cuando vio a…

–Merilyn Case y Richard Rind.

Esas dos personas habían supuesto para ella tanto como Isaac, o incluso más. El matrimonio Brooks había sido como un refugio durante la tormenta que la había sitiado tras la muerte de su hermano. ¡Y ahí estaban, en persona y acercándose para estrecharle la mano!

–Es un placer conocerte –dijo agarrando la mano de Merilyn con las dos manos. La había admirado toda su vida–. Te quiero.

–Vaya, muchas gracias, querida –Merilyn le dio una palmadita en la mano antes de dirigirse a Isaac–. Es un encanto. No me extraña que estés loquito por ella.

–Isaac nos dijo que te traería al plató y exigimos estar aquí cuando lo hiciera –dijo Richard agarrándole las manos–. Es como un hijo para nosotros.

Era surrealista que Isaac hubiera hablado de ella con sus coprotagonistas.

Se disculparon antes de irse y le recordaron a Isaac que lo esperaban en el plató en diez minutos. Después él la llevó a una sala de reuniones.

–Buen trabajo, Squire. Puedes añadir la improvisación a tu lista de talentos. Me has seguido…

–No estoy aquí por eso –no pretendía interrumpirlo, pero se quedaba sin tiempo y tenía que hablar con él.

–Vale. Cuéntame –dijo él apoyándose en la mesa.

Ella, nerviosa, empezó a caminar de un lado a otro de la sala.

–Oye –dijo Isaac agarrándola del codo cuando pasó por su lado–, puedes hablar conmigo de lo que sea.

–Incluso de anoche.

Isaac esbozó una delicada sonrisa, la situó entre sus piernas y la rodeó por la cintura.

–Sobre todo de anoche.

–Nos faltó… una cosa –enarcó las cejas esperando que su gesto de alarma le diera una pista.

–¿Te refieres a algo emocional?

–No, me refiero a algo profiláctico.

Poco a poco, a Isaac le cambió la cara.

–Pero tú… Pero yo… No dijiste nada.

–Estaba demasiado ocupada teniendo orgasmos –había estado tan atrapada en el momento, en la fantasía, que una vez más se había olvidado de la realidad. ¿Cuántas veces le había dicho su hermana que bajara de las nubes? Demasiadas para contarlas–. Resulta que el tío bueno por el que llevo colada media vida me estaba seduciendo.

–Creía que eras tú la que me estaba seduciendo –le dijo sujetándole la barbilla–. Yo estaba perdido.

–¿En serio? –susurró ella. Su aroma a cítricos la hizo fantasear con repetir lo de la noche anterior.

–Y tanto.

Isaac la besó y en ese momento ella, olvidando la gravedad del asunto, lo acercó a sí todo lo que pudo. Él la llevó contra la pared y le acarició la lengua con la suya mientras la acariciaba bajo la cazadora. Le rodeó un pecho cuando ella posó la mano en el abultamiento que se le formó en los vaqueros. Le mordisqueó la piel desde la mandíbula hasta la oreja, y cuando ella estaba quitándose la cazadora de cuero y arqueando la espalda para poder rozar todas las partes de su cuerpo posibles, la voz de Isaac la sacó de esa sensual neblina.

–Ya entiendo cómo nos olvidamos de usar preservativo.

Sí, ella también. Se habían estado seduciendo el uno al otro y ninguno se había parado a pensar en las repercusiones de mantener relaciones sin protección.

–En el futuro tendremos más cuidado –dijo él sonriendo mientras le colocaba un mechón de pelo detrás de la oreja–. No tienes que preocuparte por enfermedades de transmisión sexual. Soy muy estricto a la hora de protegerme. Por lo general. Menos contigo, que me tenías desesperado.

–Anda que tú a mí… –respondió ella sonriendo–. No quiero ni imaginar lo que podría pasar como resultado de nuestro olvido.

–Pues entonces no lo pienses –le besó la mano–. La mayoría de las parejas tienen que intentarlo muchas veces para quedarse embarazados. Mi prima Rose y su marido, Jack, tardaron años en conseguirlo. Con una sola vez no suele bastar.

–¿Rose y Jack? ¿Cuántas veces les hacen algún comentario sobre *Titanic*?

–A menudo. Justo antes de convertirse en Celine Dion y cantar a gritos la canción de la peli.

Meghan se rio y se relajó. ¿Cómo podía calmarla tan rápido?

–¿Te sientes mejor?

–Sí –respondió ella con las manos en su torso, sintiendo su calidez.

–Bien –la besó en los labios–. Malas noticias. Tengo que volver al plató en lugar de ponerme de rodillas y tomarme lo que tienes debajo de los vaqueros.

Un intenso calor estalló en su pecho y fue descendiendo hacia su vientre… y más abajo.

–Pues sí que es una mala noticia.

–¿Qué tal esta noche? Puedo tomarme mi tiempo y no tendremos que disimular delante de nadie.

–Me parece genial –Meghan lo rodeó por el cuello con la intención de besarlo una última vez, pero en ese momento le sonó el móvil.

–¿El deber te llama?

–Kendall Squire me llama –dijo antes de responder–: Hola, hermanita.

–¿Hola, hermanita? ¿Me has robado el coche?

Isaac debió de oírlo porque sonrió.

–Te lo he tomado prestado. Cálmate.

–¿Adónde tenías que ir tan deprisa que no has podido esperar cinco minutos?

–¿Cinco minutos? He esperado lo bastante para saber que Max y tú tardáis más de cinco minutos.

Silencio.

Meghan se imaginó a su hermana sonrojándose, lo cual resultó muy satisfactorio. Isaac se cubrió la boca para contener una carcajada.

–Solo quería asegurarme de que estás bien –dijo Kendall ahora con un tono muy diplomático.

–Está bien –dijo Isaac al teléfono con un tono que sonó muy seductor aun sin querer.

–¿Cuándo necesitas el coche? –preguntó Meghan mientras le apartaba a Isaac el pelo de la frente. Le gustaba tocarlo. Le gustaba poder hacerlo.

–No lo necesito ahora.

–Entonces me lo quedo un rato más. Isaac tiene que

61

grabar y me apetece quedarme a verlo. Luego tenemos planes y, si no necesitas el coche, prefiero quedármelo.

Su hermana no respondió y Meghan supo que le preocupaba algo más que el coche. Si estuviera al tanto del «caso del preservativo ausente» entonces sí que tendría algo de lo que preocuparse.

—Bueno, ten cuidado.

«Demasiado tarde».

—Esta noche nos vemos —dijo Kendall.

—¿Ahora tengo toque de queda?

—Claro que no —respondió su hermana algo avergonzada—. Tú solo… dile a Isaac que se comporte.

—No te prometo nada —dijo Meghan mirando al actor, que sonreía con satisfacción.

—Al menos mándame un mensaje diciéndome dónde estás para que no tenga que denunciar una desaparición —el suspiro de exasperación de Kendall quedó interrumpido por los murmullos de Max. Parecía que a él tampoco le estaba haciendo gracia la situación.

Meghan se despidió y suspiró también.

—¿Me verá algún día mi hermana como una persona adulta e independiente?

Isaac le agarró la mano.

—No seas tan dura con ella. Si dejara de estar tan pendiente de ti, lo echarías de menos. Hazme caso. Bueno, ¿lista para ir al plató?

—Si no hay problema en que vaya…

—Soy la estrella de la serie. No pueden decirme que no.

Y no le extrañaba. Ella aún no había logrado decirle que no a nada.

Capítulo Nueve

La caja de terciopelo le llenaba el bolsillo. Como último recurso, había tomado prestado un anillo de compromiso del departamento de atrezo. Era de circonita encastrada en platino y resultaba convincente. En unos segundos todos por fin conocerían a su misteriosa novia, ahora prometida.

Ashley lo miró y él asintió; era la señal para que le diera paso, tal como le había pedido antes de empezar a rodar.

—Antes de que nos vayamos, Isaac tiene una sorpresa para una persona del público muy especial —dijo dirigiéndose al público del estudio.

Sus compañeros lo miraron con curiosidad. Ya que todo era fingido, no debería estar nervioso, pero cuando se aclaró la voz y se acercó al borde del plató fue como si el resto del público desapareciera.

Estaba a punto de hacerlo oficial. Antes su mitad había sido Max. Ahora, a ojos del público y de sus compañeros, lo sería Meghan.

—Meghan, cielo, ¿puedes venir? —dijo tembloroso.

Cuando ella subió al escenario y él le agarró la mano, se oyeron silbidos y vítores entre el público.

—Estabais deseando conocer a la mujer que me ha robado el corazón. Bueno, pues aquí está.

Aplausos y gritos de aprobación, tanto del elenco y el equipo como del público, llenaron el aire.

–Os presento a mi novia, Meghan Squire. Meghan, te presento a todos.

Hubo más aplausos. Le hicieron sentirse vivo.

Indicó al público que se calmara antes de añadir:

–Perdón. Me he expresado mal –dijo dirigiéndose a Meghan–. Quería decir «mi prometida».

Ella abrió los ojos como platos y se llevó una mano a la boca. Isaac no supo si estaba asombrada de verdad o siguiéndole la corriente. Fuera como fuese, el público se creyó su reacción, sobre todo cuando él sacó el anillo del bolsillo y se lo puso. Y fue entonces cuando la realidad de toda esa farsa lo sacudió. Tenía las manos sudorosas y el corazón acelerado, como si su cuerpo hubiese interpretado ese acto como algo real. Pero no era real. Una vez la grabación de la serie finalizara y él consiguiera un papel en una película, se separarían.

Meghan sonrió al público, que seguía aplaudiendo.

–Te quieren, Squire –le susurró al oído–. Será mejor que me beses. Si no, se van a preocupar.

Ella no vaciló. Lo rodeó por el cuello y se abalanzó sobre él. Isaac disfrutó de la suavidad de sus labios, y cuando Meghan se apartó, parecía aturdida, como si ella también se hubiera metido demasiado en el papel.

Y ahí, entre los aplausos de la multitud que incluía a Ashley y a Cecil, Isaac se relajó y disfrutó del mayor papel de su vida: prometido de Meghan Squire con el fin de promocionar la carrera de ella y resucitar la de él. Era el plan perfecto y tenía como ventaja adicional la posibilidad de una atracción real.

–¿Y ahora qué? –preguntó Meghan.

–Ahora saludas –respondió él haciéndolo– y disfrutas de tu fama.

—Tenemos un *hashtag* –dijo Meghan sentada frente a él en la tienda gourmet. Le acercó el móvil para enseñarle el mote que les habían puesto.

—¿Squnn? –Isaac, sándwich en mano, torció la boca. Ella arrugó la nariz.

—Ya, no es muy favorecedor.

—No hagas caso de nada que leas. Por cada puñado de comentarios positivos encontrarás uno que será puro veneno.

—Ups –ella se guardó el móvil–. Nunca he recibido tanta atención, aunque sí que he leído comentarios negativos sobre mi pódcast. Me han dolido, pero no he dejado que me detuviesen.

—Pues bien hecho. Tienes que recordar que vales mucho y mereces hacer lo que amas.

No era la primera vez que la animaban a luchar por la carrera que había elegido, pero la aprobación de Isaac le pareció la más sincera. Él era famoso hasta el punto de ser reconocido por la calle. Había estado en lo más alto, luego cerca de tocar fondo y ahora estaba subiendo otra vez. Un voto de confianza de un hombre con su experiencia lo significaba todo para ella.

Le dio las gracias, pero él le dijo que no tenía nada que agradecerle y que estaban juntos en eso.

—He estado pensando que deberías mudarte conmigo mientras estás aquí. Estamos enamoradísimos y prometidos. No tendría sentido que vivas con Max y Kendall.

Tenía razón.

—Además, así no tendrás que oírlos haciendo el amor día y noche.

Mientras ella se reía, él se le acercó y dijo bajando la voz:

–¿No preferirías oírnos a nosotros haciéndolo?

Meghan se sonrojó. Sin duda volvería a acostarse con él. Ni de broma perdería esa oportunidad.

–¿Estás seguro?

–De perdidos, al río –Isaac soltó la servilleta en la mesa–. Esta vez lo tengo todo controlado. La vuelta de la serie es mi segunda oportunidad y tú eres parte integral de mi regreso.

Meghan sonrió; le gustaba que la incluyera en sus sueños y sus objetivos. No la trataba como si fuera un problema o un estorbo. Confiaba en ella. Y ella confiaba en él.

Había rezado por que Max y Kendall estuvieran echando un polvo cuando ella llegara a casa, pero nadie había escuchado sus plegarias.

Isaac la había seguido con su coche para que ella pudiera dejar allí el de Kendall y luego volver con él a su apartamento. Había sido un buen plan, pero no había funcionado. En lugar de entrar, hacer la maleta y marcharse sin que la vieran, ahora Meghan estaba haciendo la maleta con Kendall al lado como centinela.

–Mamá me va a mandar ropa. ¿Me la puedes llevar a casa de Isaac cuando llegue? –preguntó en un intento desesperado de desviarse del asunto en cuestión.

–No es buena idea, Meg –dijo su hermana por tercera vez.

–Estamos prometidos, Ken. Y ya, ya sé que esto no es la vida real, pero tiene que parecer auténtico. ¿Cuánto crees que tardará en llamar mamá?

No le hacía gracia mentir a sus padres, pero al menos podría hacerlo por teléfono y no en persona.

–Mejor llámala tú antes. ¿Es que no te bastaba con salir con él?

–Estamos prometidos y vamos a vivir juntos. Fin de la historia –dijo, harta de que Kendall la tratara como a una hija en lugar de como a una hermana. Aun así, le habló con delicadeza porque tampoco quería herir sus sentimientos–. Me gustaría que me apoyaras en lugar de juzgarme. Soy adulta.

Kendall apretó los labios y Meghan imaginó lo que estaría pensando: «Una adulta que casi nunca planifica nada, que apenas tiene dinero para alquilar una casa y que está viviendo una fantasía con un actor del que lleva enamorada desde que era una cría».

–Vale –respondió su hermana en cambio.

–¿Vale?

–Voy a dejar de sermonearte, pero tienes que prometerme que me avisarás si me necesitas. Yo ya he pasado por esto, sé lo que es fingir una relación, y justo con el mismo hombre con el que estás fingiendo tú.

–Sí, pero en tu caso tenías miedo de perder a Max. Yo no corro peligro de perder al amor de mi vida.

Para Isaac y ella no habría un final feliz. Aunque, bueno, tampoco podía decir que no fuera a estar feliz cuando todo acabara, porque agradecería el tiempo que habían pasado juntos y además estaría demasiado ocupada con el éxito de su pódcast como para poder mantener una relación a distancia en el caso de que se lo pensaran dos veces y se plantearan no romper.

Cuando salió de tanta cavilación, se vio entre la cómoda y la cama con las manos llenas de ropa interior.

–Voy a tener que invertir en prendas más sugerentes.

–Así que tienes pensado acostarte con él.

–Sí. Otra vez.

–¿Otra vez?

–Otra vez –respondió agitando las cejas.

–Bueno… –dijo Kendall ladeando la cabeza y sonriendo–, es mono.

–No. Los gatitos son monos. Él está buenísimo.

¿Cuánto se tardaba en hacer una maleta?

Isaac miró hacia las escaleras, pero no había ni rastro de Meghan. Max y él se habían sentado en la cocina a tomar unas cervezas y allí seguían. Su hermano había estado callado y cuando por fin habló dijo:

–Puedes fiarte de Meghan.

–Lo sé.

–¿Puede ella fiarse de ti?

Isaac, harto de que Max lo tratara como si fuera estúpido, respondió con sarcasmo:

–No. No puede. Voy a romper con ella en público para arruinar nuestras reputaciones y luego me voy a esconder en mi castillo diabólico para vivir el resto de mis días en soledad.

–No vayas de listillo.

–No me trates como si no pudiera hacer nada sin ti.

Antes sí se había sentido así, y le había dolido necesitar a Max más de lo que su hermano lo necesitaba a él. Pero ahora, por primera vez y gracias a Meghan, eso no lo hacía sufrir. Estar tan unido a ella lo estaba ayudando a no sentirse tan solo.

–Nuestro mundo de ficción es algo nuevo para ella.

Es una fan incondicional de la serie y se va a ir a vivir contigo porque le has pedido matrimonio. ¿Cómo sabes que entiende lo que es real y lo que no? Tú eres actor. Sabes distinguir la realidad de la ficción.

–Meghan puede sobrellevarlo.

–¿Te has acostado ya con ella?

–No es asunto tuyo.

–Una relación física es una realidad, hermano. Si se siente cómoda en tu cama, besándote en público y diciéndole a la prensa lo enamoradísimos que estáis, ¿cómo puedes estar seguro de que no se ha formado una idea equivocada?

–Lo creas o no, tenemos el mismo objetivo: impulsar nuestra carrera y disfrutar juntos mientras tanto. Tenemos un plan y no necesitamos tu opinión. Que yo recuerde, no me pediste la mía cuando Kendall acabó aquí y te hiciste pasar por mí en aquel anuncio de relojes.

Max se quedó callado; tampoco era un buen ejemplo de nada. Kendall y él habían dado problemas y habían involucrado a Isaac mientras él estaba a lo suyo en su isla privada.

–¡Lista! –gritó Meghan bajando las escaleras corriendo con unas bolsas.

«Por fin». ¿Tendría Meghan tantas ganas de huir del escrutinio de Kendall como él del de Max?

Capítulo Diez

Isaac subió el equipaje al apartamento y, una vez dentro, se detuvo en la puerta de su dormitorio.

–¿Te parece bien quedarte aquí conmigo?

Ella asintió con cierta timidez.

Isaac dejó las bolsas junto a la cama y ella puso el bolso sobre la cómoda. Se hizo un incómodo silencio.

Hasta ese momento no se le había ocurrido que irse a vivir con Isaac implicaba compartir dormitorio con él no solo cuando estuvieran desnudos. Dormir a su lado o compartir un café por la mañana podían resultar actos más íntimos que el sexo.

–¿Qué quieres hacer primero? –preguntó él cruzándose de brazos y sonriendo. Tenía una sonrisa contagiosa y al instante ella estaba sonriendo también.

–¿Sabemos lo que hacemos, verdad?

–Por supuesto –respondió Isaac con tanta seguridad que lo creyó–. Vamos a pasar juntos el próximo mes. Cuando acabe el rodaje, actuaremos como si siguiéramos con la relación, y al cabo de unos meses o semanas, los fans perderán el interés. Después, lo nuestro acabará con naturalidad.

–Parece factible. Solo quería asegurarme de que no me estoy precipitando.

–¿Sueles precipitarte? –él le acarició el brazo y le agarró la mano.

–Se me conoce por haber tomado alguna que otra decisión estúpida. ¿Te he contado lo de mi multipropiedad en Florida?

–Dime que no es verdad –dijo él riéndose. La respuesta no se pareció en nada a la que le había dado Kendall al enterarse de que se había gastado todos sus ahorros en una mala inversión.

–Lo es. Si logro reservar alguna fecha, puedes venir a visitarme.

–No, mejor te llevo yo a Belle Island.

Se quedó sin aliento al imaginarse visitando su isla privada, pero después supuso que no se lo había dicho en serio. El plan no había incluido una relación real a distancia ni unas vacaciones juntos. Y, de todos modos, tampoco estaba preparada para una relación de la magnitud de esa relación imaginaria. Estar prometida de verdad supondría tener que elegir dónde vivir de forma permanente.

Se sacó ese pensamiento de la cabeza. No había un futuro para ellos más allá de esa situación temporal. Miró el anillo.

–¿Tiene alguna historia que debiera saber? ¿Era de tu abuela? ¿Una reliquia familiar?

–El anillo de la abuela lo tiene Max –le besó la mano–. Este es falso.

–¿En serio? Pues no lo parece. Brilla como un diamante de verdad.

–Lo he mangado de la sala de atrezo.

–¡No!

–Sí.

–¿Te meterás en un lío?

–Lo dudo. Seguro que ni se dan cuenta.

–Al principio me pareció divertido, pero ¿nos estaremos mintiendo a nosotros mismos además de mentir a todos los demás?

–No. Al público le estamos dando la versión de la verdad que quiere ver y nosotros no nos estamos mintiendo, que es lo importante. Nuestros hermanos temen que nos hagamos daño, pero no lo haremos porque tenemos un acuerdo.

–No lo haremos. Nos llevamos mejor que la mayoría de las parejas y sabemos lo que hay debajo de esta atracción.

Meghan le puso la mano en el corazón y él se la agarró, mirándola fijamente.

–Y eso significa que somos libres de centrarnos en la parte de la atracción.

–Sí, exacto.

Ella le desabrochó un botón y después otro. Una vez la camisa estuvo abierta, deslizó la mano sobre su piel bronceada, su vello oscuro y las ondas de sus abdominales. Todo el cuerpo se le tensó cuando se tensó el de él. Su deseo compartido llenaba el escaso espacio que había entre los dos.

Él susurró las palabras «mi turno» y le quitó el suéter.

Una parte de ella seguía sin poder creer que estuviera acostándose, y también viviendo, con Isaac Dunn. Y encima ahora la estaba besando ¡otra vez! Era su sueño de adolescencia hecho realidad, pero lo que estaban a punto de hacer era solo para adultos.

Isaac le quitó el sujetador mientras ella, con los ojos cerrados, disfrutaba de sus besos, que alternaban una firme presión con suaves succiones. Le besó el cuello, la clavícula y luego los pechos, prestando especial atención a sus sensibles pezones. Durante unos minutos largos y deliciosos la volvió loca de cintura para arriba.

Nerviosa e impaciente, Meghan le agarró la cabeza y le suplicó que la dejara desnudarse.

–Me has convencido, Squire –dijo Isaac sonriendo y con una mirada entrecerrada y seductora.

Ella se quitó los vaqueros y él hizo lo mismo. Desnudos, se tumbaron en la cama; él encima y ella con las piernas separadas para dejarlo acomodarse en medio. Cuando alzó las piernas para rodearlo por la cintura, volvió a notar que encajaban a la perfección.

Isaac no se apresuró para adentrarse en ella, sino que siguió besándola en la boca como si estuviera memorizando su sabor; acariciándola con la lengua hasta dejarla prácticamente sin aire. Después, con suavidad, le besó la mandíbula y le mordisqueó la oreja y el cuello mientras mantenía las manos ocupadas rodeándole los pechos y bajando hacia su sexo. Meghan se retorcía en una deliciosa agonía bajo sus talentosos dedos porque solo había un modo de satisfacer el deseo que había crecido en su interior. Ya no podía esperar más.

Le cubrió la erección con la mano y lo acarició hasta que lo notó duro y pesado. Él gimió mientras le devoraba la boca y ella se le acercó más, necesitando que la llenara.

Isaac se deslizó entre sus sedosos pliegues mientras sus lenguas se acariciaban.

«No pares. No pares. No pares».

Pero él paró. Se quedó mirándola, aturdido y guapísimo.

Vamos a volver a hacerlo –le susurró contra los labios.

–Lo sé. Se nos da genial.

Él se rio y ese maravilloso sonido la envolvió.

–Eso no te lo puedo discutir, pero me refiero a que se nos olvidaba usar protección.

–¡Ay! –Meghan se llevó la mano a la frente–. Te juro que no suelo hacer esto. Es que contigo…

–Ya, te entiendo –Isaac se levantó, rebuscó en la mesilla y volvió con un envoltorio plateado. Después de ponerse el preservativo, dijo–: Me aturdes, Squire. Y creo que está empezando a gustarme.

Cubierto y preparado, Isaac se acercó a la cama donde una preciosa rubia extendía los brazos hacia él. Le gustaba la confianza que tenían, pero disfrutaba aún más con su potente química sexual.

Meghan lo recibió clavándole los talones en las nalgas, instándolo a adentrarse más. Él, con los codos apoyados en la cama, jugueteó con las sedosas ondas de su pelo maravillado al ver su perfecta boca abrirse para dejar escapar un suspiro. Así era como más le gustaba verla: debajo de él y con ese pequeño pliegue entre las cejas.

Unas pestañas largas y tupidas le ensombrecían los pómulos. Lo tenía fascinado, como si hubiera encontrado una criatura excepcional en el lugar más inverosímil.

Además, lo hacía sentirse seguro. Aun sabiendo que su plan tenía fecha de caducidad, le reconfortaba saber que no sería una ruptura desagradable. Nadie saldría herido. Sería un final feliz distinto, pero eso no significaba que no pudiera disfrutar del trayecto.

Cuando se adentró en ella, Meghan gimió de placer y lo rodeó con más fuerza con los brazos y las piernas.

Cualquier bache que encontraran en el camino valdría la pena a cambio de tener sexo con ella.

No tenía pensado casarse y tener hijos. Tenía que estar disponible para lo que viniera a continuación, que podría ser desde un rodaje largo a un traslado a otro estado o a otro país. Tal vez luego, una vez conseguido el codiciado segundo éxito, se plantearía sentar la cabeza. Ahora mismo su carrera era su prioridad. Actuar era lo único que lo hacía sentirse completo. Llevaba tanto tiempo persiguiendo ese sueño que no podía abandonarlo ahora.

Actuar lo mantenía lleno de energía por la mañana y en vela por la noche. Estaba loco de amor por el plató y Meghan le estaba allanando el camino para triunfar. Le estaba tremendamente agradecido y tenía intención de demostrarle cuánto.

Ella, con los ojos cerrados y gemidos entrecortados, le hundió los dedos en el pelo y tiró de él. Murmuró su nombre seguido de un «Por favor», y ¿quién era él para negarle lo que necesitaba? Nada le gustaba más que excitarla y verla disfrutar. La primera vez que habían tenido relaciones se había perdido en ella. No le extrañaba que hubieran olvidado el preservativo. Esta vez había logrado acordarse y ahora no había razones para frenar su liberación. Estaba deseando el orgasmo de Meghan tanto como el suyo.

Una vez más se hundió en ella. Meghan abrió los ojos y él se liberó, volcando todo lo que sentía y embistiéndola una y otra vez hasta el punto de elevarla de la cama. Y cuando ella susurró «por favor», se adentró más deprisa, con más fuerza. Meghan se aferró a él con esos gloriosos músculos internos y arqueó el cuello mientras le clavaba las uñas en la espalda.

–Isaac. Dios… –la palabra quedó en el aire cuando el orgasmo la dejó sin aliento.

Y cuando se aferró a él de nuevo y alzó las caderas para recibirlo, Isaac la siguió.

–Meghan –le susurró al oído.

–Estoy aquí. Estoy aquí.

–Lo sé –respondió él con los ojos cerrados y sumiéndose en un delicioso abismo.

Capítulo Once

Max, sentado a la mesa del comedor de los Brooks, le daba vueltas al guion que tenía entre las manos. Se estaban tomando un descanso de cinco minutos o, como había dicho Ashley, «todo el tiempo que Bella necesitara», antes de seguir rodando la escena. El cameo de Max como el vecino dueño de una revoltosa San Bernardo aparecería en el episodio cuatro.

–Deberías tener un perro –le dijo Isaac a su hermano antes de abrir una botella de agua con gas.

–¿Para qué?

–Para que te acompañe a pasear por el campo.

–Me acompaña Kendall, aunque no le gusta mucho andar por el campo. Bueno, al menos ahora que vive conmigo tiene un calzado decente para salir a caminar.

Isaac se rio.

–Odio decirlo, pero, aunque no sea lo mío, me gusta volver a estar en un plató –comentó Max.

Isaac se lo estaba pasando de miedo actuando con su hermano. Volvían a estar juntos como cuando eran pequeños, aunque esta vez interpretando a dos personajes diferentes.

–Es una pena que nunca saliéramos en las mismas escenas. Si te hubieras divertido más, podrías haber aguantado en este negocio.

–Lo habría dejado de todos modos.

–¡Auch!

–No es nada personal –Max le dio un golpecito en la pierna con el guion enrollado–. Siento haber estado de tan mal humor. Reunirme con todo el mundo ha sido… agradable.

Su hermano no era conocido por sus cumplidos o disculpas. Isaac se llevó la mano al pecho como si estuviera teniendo un infarto.

–¿Has dicho que lo sientes?

Max ignoró la teatralidad de Isaac y señaló hacia el set del salón, donde Meghan charlaba con Merilyn.

–¿Cómo va todo?

«De puta maravilla».

Salían a tomar café cada mañana y luego ella lo acompañaba al hotel donde estaban grabando. Después, Meghan se quedaba, como había hecho hoy, o volvía al apartamento a trabajar en el pódcast o su página web. Era trabajadora y ambiciosa. No entendía por qué se definía como una mujer poco seria o imprudente. Había logrado más que la mayoría de emprendedores que conocía.

Esa noche tenía pensado llevarla a cenar. El sexo había sido algo diario; dos veces algunos días, y hoy con suerte tres, si podía aprovechar algún descanso y llevarla a una sala de reuniones vacía. Ojalá Bella necesitara otra vuelta por el parque.

–Por esa sonrisita tonta imagino que bien –dijo Max sonriendo.

–Genial, tío. Meghan es… genial –dijo sin más. No iba a admitir que lo hacía sentirse vivo, ni que sus pezones eran de un tono rosa perfecto, y desde luego no podía decirle que habían estado haciendo el amor sobre el mobiliario más cercano que encontraban porque no podían aguantar hasta el dormitorio–. No sé de qué os preocupabais tanto Kendall y tú.

–Kendall tiene buena intención. Sufrieron mucho cuando perdieron a su hermano, ya sabes.

–¿Su hermano? –no sabía que tuviera un hermano, y mucho menos que hubiera muerto.

–¿No te lo ha contado? –preguntó Max con mirada compasiva.

–No. Supongo que no ha surgido.

–A lo mejor deberíais contaros algunos asuntos básicos –se giró y vio a Meghan abrazando a Ashley–. Parece que se lleva muy bien con tu pandilla.

–Sí. Se adapta genial esté donde esté –murmuró Isaac sin poder dejar de pensar en que su prometida temporal no le había contado lo de la muerte de su hermano. Habían hablado de sus respectivas familias y el tema debería haber salido. ¿Es que no confiaba en él?

Meghan se acercó sonriendo.

–Has estado muy bien, Max. ¿Actuar es como montar en bici? ¿Te acuerdas en cuanto te pones a ello?

–Es más como montar en camello. Estás incómodo mientras lo haces, pero es divertido.

Ella sonrió.

–Voy a ir a Luxury Bean. Kendall quiere ir de compras y almorzar.

–Te acompaño hasta allí –le dijo Isaac.

–¿No llegarás tarde a tu escena?

–Yo le cubro –dijo Max.

Vaya, Isaac no se lo podía creer.

–Gracias, tío.

Max se encogió de hombros.

Isaac agarró a Meghan de la mano y la llevó hacia la salida del hotel. Quería preguntarle por su hermano, pero no sabía cómo.

–Hay más prensa que la semana pasada –dijo en su lugar–. A lo mejor nos paran algún día.

–¿Y qué hago entonces?

–Saludar y sonreír. No te sientas obligada a responder sus preguntas. Ya me ocuparé yo de responder cuando me hagan entrevistas formales.

Y entonces, justo antes de salir, se detuvo y la miró.

–Si hay algo de tu pasado o de tu familia que debiera saber, deberías contármelo.

–Lo dices por Quinton.

–Max me ha dicho que teníais un hermano.

–Tenía veinte años cuando murió. Yo tenía once. Vuestra serie me ayudó en aquel momento tan duro de mi vida.

–Lo siento. No tienes que entrar en detalles.

–Gracias. Perderlo fue muy duro, pero sé que nunca está lejos. Puedo sentirlo cerca.

Si él perdiera a Max de forma permanente se marchitaría y se desmoronaría hasta convertirse en una montaña de polvo. Meghan, en cambio, con su fuerza, su belleza y su resolución había cruzado el fuego y había salido más fuerte.

–Eres impresionante, ¿lo sabías?

Ella se rio.

–Intento vivir el presente. Lo único real es el ahora.

Por la puerta principal entró una san bernardo con su cuidadora.

–¡Listos! –dijo la mujer al pasar por delante de ellos.

–Ve. Yo estaré bien. Si alguien me asalta de camino a la cafetería, les contaré un chiste y les lanzaré una sonrisa radiante.

Le lanzó esa misma sonrisa a Isaac, que la agarró por la cintura. Fue demasiado breve, pero mejor que nada.

–Si estás segura…

–Tranquilo, Dunn –le lanzó un beso mientras avanzaba de espaldas hacia la puerta.

Isaac la miró embelesado con sus piernas largas enfundadas en unas medias negras y su forma de caminar con esos tacones. El vestido marrón chocolate y la cazadora de cuero la hacían parecer una estrella. No podría haber elegido a nadie mejor para su misión.

Silbando, volvió al plató y de camino se encontró con Ashley.

–¿Feliz por algo, Isaac?

–Por muchas cosas.

«Por todo, en realidad». Y eso era raro.

Meghan subía las escaleras cargada con una caja y seguida por Kendall, que llevaba el almuerzo y las compras de la miniexcursión que habían hecho.

Una vez dentro del apartamento de Isaac, Kendall dejó el almuerzo en la encimera de la cocina.

–¡Hala! Qué bonito.

Meghan dejó la caja en el sofá y la abrió.

–¿No habías visto la casa del hermano de tu novio? Claro, casi nunca sales de tu nido del sexo…

–No podrás estar celosa de Max y de mí ahora que te estás tirando a tu amor de adolescencia en un apartamento que parece una mansión.

Kendall desenvolvió su sándwich y le dio un mordisco mientras Meghan ojeaba la ropa que le había mandado su madre.

–¡Ay, Dios! Mamá sabe que me estoy acostando con Isaac. Mira esto –dijo mostrándole un vestido negro ajustado.

–Yo no se lo he dicho. Anda, ven a comer. Por fin he salido de mi… ¿cómo lo has llamado? ¿Nido del sexo?

–¿Prefieres «cueva del amor»?

–No, no.

Mientras se tomaban los sándwiches, Meghan recibió un correo electrónico. Lo abrió y lo miró boquiabierta.

–¿Qué es? –preguntó Kendall.

–Fawn Beauty quiere patrocinar mi pódcast.

–Genial. Son potentes.

¡Era el milagro que había estado esperando!

Kendall siguió comiéndose el sándwich con una sonrisita de satisfacción.

–¿Por qué no estás más sorprendida? –preguntó Meghan con desconfianza.

–Porque sé lo bueno que es tu pódcast. Además, estás prometida con Isaac Dunn y sabíamos que eso despertaría atención.

–Kendall… –le dijo con tono de advertencia.

–¡Vale! Quería ayudarte…

–¡No! ¡Nada de ayudas! –había querido triunfar por sus propios medios para demostrar de una vez por todas que podía ocuparse de sus problemas. De su vida–. No soy tu clienta.

–No, pero eres mi hermana y te quiero. Y tengo contactos. Utilízame.

A Meghan se le quitaron las ganas de comer. Fawn Beauty no se había acercado a ella por su reputación, sino por la influencia de Kendall.

–Prácticamente me suplicaste que te presentara a Max y a Isaac para poder entrevistarlos y darle un empujón a tu pódcast. ¿Qué tiene de malo que haya hablado también con los empresarios que conozco?

–Tiene de malo que la entrevista no era por una cuestión de dinero. Al menos, no directamente –añadió, porque estaba claro que tener invitados famosos atraería a patrocinadores más importantes.

–Lo único que hice fue sugerirles que tu pódcast era una buena opción para publicitarse entre mujeres de veintiuno a cuarenta y cinco años. Ellos hicieron el resto.

–Gracias, pero pregúntame primero la próxima vez.

–Habrías dicho que no.

–Eso no lo sabes.

–Vale. La próxima vez te preguntaré.

Satisfecha, Meghan siguió comiendo y Kendall esperó a que tuviera la boca llena para añadir:

–Pero sigo pensando que habrías dicho que no.

Capítulo Doce

Isaac no era la clase de hombre que iba por ahí sintiéndose feliz y afortunado o soltando clichés cursis cuando alguien le preguntaba cómo estaba. Pero cuando había entrado en la cafetería Luxury Bean y Helen le había preguntado qué tal llevaba el día, había respondido: «Mejor que nunca». Bueno, al menos había sido mejor que la respuesta que le había dado al técnico de sonido cuando le había preguntado qué tal estaba: «Más feliz que una perdiz».

¡Uf!

Ahora, mientras subía a su apartamento con dos vasos de café, estaba silbando. Habían tenido rodaje por la noche y se había echado una cabezadita a eso de las cuatro. Debería estar agotado, pero ahora, a las ocho en punto, tenía pensado despertar a Meghan con un café y un poco de sexo mañanero, o al revés, dependiendo de cómo estuviera de espabilada.

La vida estaba marchando según sus planes. No era lo habitual, pero ahora parecía que podía tenerlo todo. Lo que tenía con Meghan conformaba una parte, la serie, otra, y su hermano era la tercera pieza del puzle.

Silbando, abrió la puerta. Meghan estaba sentada al ordenador con los auriculares puestos y los micrófonos encendidos. Richard y Merilyn, sentados enfrente, lo saludaron con la mano.

Meghan le sonrió y dijo:

–Ese silbido que habéis oído pertenece a mi famoso prometido. Anda, ¿pero esto qué es? Me ha traído café. ¡Cómo no lo voy a querer!

Isaac se detuvo. No estaba acostumbrado a oír a una mujer profesándole amor. Esas palabras podían amenazar su estabilidad, y si la relación iba más allá de la farsa, le sería difícil manejar todo lo que tenía encima.

No podía negar que una parte de él anhelaba oír esas palabras, pero por otro lado no podía permitirse darles importancia. Todo era una fachada y Meghan estaba actuando tal como le había pedido que hiciera. Nada había cambiado entre ellos, así que no tenía que preocuparse. Su castillo de naipes seguía en pie.

Se agachó para besarla en la mejilla y dijo al micrófono:

–¿Qué puedo decir? Soy un partidazo.

En silencio fue al dormitorio principal, donde se terminó el café, se duchó y se lavó los dientes. Mientras se vestía, oyó que el tono de Meghan había pasado de modo pódcast a otro más distendido. Después de tres semanas viviendo juntos podía diferenciarlos.

A pesar de sus respectivos horarios, lograban sacar tiempo para los dos. Mantenían relaciones con regularidad y, aunque pareciera raro, se quedaba igual de satisfecho acurrucado a ella en el sofá mientras veían películas que volviéndola loca bajo las sábanas.

Meghan era la pareja ideal. Si todas las relaciones fueran así de sencillas, ya estaría casado.

Oírle decir que lo quería le había generado algo de pánico. Eran palabras mayores y exigían más de lo que él podía dar ahora mismo. Sin embargo, había sido la forma de Meghan de vender la fantasía al público. Lo había dicho del mismo modo que él leía un guion.

Salió del dormitorio justo a tiempo de despedirse de sus padres televisivos. Y cuando mencionaron la gran entrevistadora que era Meghan, se sorprendió al verla sonrojarse por el halago.

–Que no te dé vergüenza tener tanto talento –le dijo al cerrar la puerta–. Además, son encantadores.

–Sí que lo son. Me quedo deslumbrada estando a su lado. No lo puedo evitar.

–Ay, recuerdo cuando te pasaba lo mismo conmigo –la rodeó por la cintura–. ¿Me has echado de menos?

Ella le respondió con un suave beso.

–Gracias por el café.

–De nada –de pronto una idea que le había estado rondando la última semana le pareció de lo más natural–: En una semana o dos habremos terminado de rodar –carraspeó antes de continuar–: ¿Recuerdas que decidimos que cuando volviera a Los Ángeles cada uno se iría por su lado y dejaríamos que la prensa pensara que llevábamos una relación a distancia hasta que perdieran el interés por nosotros?

–Mmmm.

–Pues quiero que vengas a California conmigo. Terminar lo que tenemos en un par de semanas es muy brusco. Por un lado, quedará mal, y por el otro, aún no he acabado contigo, Squire.

–Isaac…

–Será solo hasta que emitan la serie. No es que sea supersticioso, pero me parece que traería mala suerte pararlo todo cuando las cosas van tan bien, ¿no?

–¿Hasta que emitan la serie? ¿En primavera?

–Si es una cuestión económica, no tienes que preocuparte. Cubriré tus gastos.

–No es una cuestión económica –respondió ella con

dureza y acercándose a la ventana–. No contaba con renunciar a esos seis meses de mi vida.

–Prolongarlo un poco haría más creíble nuestro compromiso – por fin todo estaba encajando en su vida. Perder a Meghan tan pronto sería como quitar la carta sobre la que se apoyaba el castillo de naipes que había construido con tanto cuidado–. Además, estar en Los Ángeles beneficiará a tu carrera. Puedo presentarte a muchos famosos para tu pódcast.

–He estado mirando casas en Dunn. Mi pódcast está ganando popularidad y consiguiendo patrocinadores.

–De nada.

Ella lo miró.

–No pretendo ser un cretino, Meghan. Solo intento demostrarte que justo eso es lo que supone estar conmigo: más atención para tu carrera. Para los dos. Si te quedas aquí, ¿cómo va a funcionar nuestro equipo?

–Mi hermana vive en Dunn. Acabo de recuperarla.

Isaac entendía lo que eso suponía, pero…

–Solo serán seis meses –se negaba a aceptar un no por respuesta–. Puedes grabar el pódcast desde cualquier parte y te prometo que sacaré billetes a Kendall y a Max para que vayan a visitarnos.

–Me gusta estar aquí. Por fin he recuperado a mi hermana y mis padres están cerca. ¿Qué te hace pensar que quiero adaptarme a una ciudad extraña y trabajar en un ambiente distinto mientras tú estás por ahí haciendo lo que sea que vas a hacer?

–No quiero discutir –le dijo acariciándole los brazos–. Tómate un tiempo para pensártelo, ¿vale? Los Ángeles te gustaría. Podemos recorrer juntos las alfombras rojas de los eventos. Imagina la publicidad que le daría eso a tu pódcast. Y luego puedes comprarte una casa en Dunn o en cualquier parte del mundo.

–No me estás escuchando. No quiero tener que ponerme a pensar en eso ahora.

–Hazlo por mí.

–Todo lo que he hecho últimamente ha sido por ti. Y tampoco es que accediera directamente a este compromiso fingido.

–Pues no tuviste ningún problema en ponerte el anillo, mudarte y compartir cama conmigo.

–Increíble –Meghan se dio la vuelta y fue al dormitorio.

La puerta se cerró y él se quedó ahí solo junto a las ventanas. Desde luego, la discusión no había sido fingida. Todo había marchado muy bien hasta ahora. ¿Qué había cambiado para que se estuviera derrumbando con consecuencias desastrosas?

Se merecía algo bueno, no solo por el bien de su carrera, sino por su salud mental.

¿Y Meghan? Quedarse ahí le cortaría las alas. Con los contactos adecuados podrían construirle un imperio; un amigo de él acababa de vender su pódcast por sesenta millones de dólares.

Era una mujer inteligente, pero no tenía experiencia. Lo necesitaba, le gustara o no. Y él encontraría el modo de demostrárselo.

Capítulo Trece

Tres días. Llevaba tres días sin tener sexo con Meghan. Parecía que la luna de miel había acabado… y eso que ni siquiera estaban casados.

Y lo peor de todo era que no estaban enfadados ni habían vuelto a discutir por lo que había pasado. Por las mañanas ella agarraba el portátil y la agenda y, después de despedirse con un beso, se iba a la cafetería. Las tardes y las noches las pasaba sentada frente al ordenador con los auriculares puestos editando los pódcast. Isaac se había planteado preguntarle a qué se debía el periodo de sequía, pero esa mañana, al abrir el armario del baño, había visto una caja de tampones.

Eso explicaba la falta de sexo. Aún estaría algo molesta con él, pero al menos no lo repudiaba.

Qué tonto era.

Terminó de grabar a la una de la tarde. Ashley les dijo a todos que librarían el resto del día y el siguiente, ya que quería pasar algo de tiempo con su marido, que había ido a visitarla. Isaac estaba encantado. Aprovecharía para suavizar las cosas con Meghan y, con algo de suerte, convencerla para mudarse a California.

—Mi último día —dijo Max fuera del hotel mientras esquivaba con pericia a un grupo de fans.

—Deberías firmarles algo —dijo Isaac sonriendo y saludando a las pantallas de los móviles.

–Venga, vamos a tomar una cerveza. Así puedes contarme qué te pasa.

–¿De qué hablas?

–Soy yo, Isaac. Sabes que lo sé.

Y probablemente fuera verdad. Siempre habían tenido esa conexión de gemelos y el hecho de estar ahora más cerca la había amplificado.

–Vale, pero tenemos que ir a una de nuestras casas. No puedo hablarlo en Rocky's.

–Mi casa –decidió Max dirigiéndose a su camioneta.

Veinte minutos después estaban sentados alrededor del brasero que Max había instalado en el patio trasero. Con la montaña de frente y el aire fresco llenándole los pulmones, se alegraba de no haber ido a un bar. En la casa de Max se respiraba una tranquilidad agradable. Como si lo tuvieran coreografiado, los dos levantaron la cerveza y dieron un trago.

–Joder, qué rica –dijo Max.

–Te sabe mejor porque ha sido tu último día de rodaje.

Sin embargo, a Isaac no le agradaba tanto. Esa sensación de estar completo volvía a astillarse.

–Imagino que estas así por Meghan.

–¿Cómo estoy?

–Así.

Isaac cedió y le contó la discusión que habían tenido. Concluyó diciendo:

–Los Ángeles le iría bien.

–Y a ti. Meghan quiere vivir allí tanto como yo. ¿Te ha dicho que ha visto una casa aquí?

–Me lo ha comentado –le fastidió que Max lo supiera, pero, claro, Max sabía todo lo que sabía Kendall, así que tampoco debía tomárselo como algo personal–. Si alquila ahora, tendrá que conformarse con un apartamento diminuto. Si espera a que se estrene la serie, podrá comprarse una casa enorme. En seis meses su seguidores se habrán multiplicado por diez y eso supondrá mejores patrocinadores.

–No a todo el mundo le importa eso.

–Es más inteligente seguir con la historia del compromiso hasta que se estrene la serie.

–Eres mi hermano y te quiero, pero si le rompes el corazón a Meghan, te haré picadillo.

–El corazón de Meghan no corre ningún peligro. Además, hermano, no te lo pondría fácil. Sé taekuondo.

–¿En serio?

–En serio. Y es Meghan la que quiere alejarse, no al revés.

–Es inteligente.

–¿Crees que puedes darme una opinión sincera sin insultarme?

Max dio un trago antes de responder:

–Cuando *Brooks sí que sabe* acabó la primera vez, te dejé claro que ya no me interesaba la fama. Tú, en cambio, no podías sacártela de la cabeza. No voy a decir que te cegara la ambición, pero es obvio que no veías las cosas con claridad. Me arrastraste a un montón de sitios para poder seguir disfrutando de la atención de tus fans, que era cada vez menor.

–No puedes culparme por luchar por ello tanto como tú luchaste por alejarte. Y eran «nuestros» fans –algo que Max solía olvidar–. Te querían tanto o más que a mí.

–No es verdad. Tú eres el actor nato.

Al no querer volver a tener la discusión de siempre, Isaac suspiró.

–¿Y esto qué tiene que ver con Meghan?

–Que puede que sea como yo.

–¿Alguien que se pasa todo el día gruñendo? Siento decírtelo, pero ella no es así.

–Puede que para Meghan el éxito no sea lo mismo que para ti.

¿Quién no querría ser rico y famoso? Era lo que iba a responderle, pero entonces cerró la boca al darse cuenta de que tenía delante a un hombre que no quería todo eso.

–No puedo quedarme en Dunn. Lo que está en juego me importa demasiado –y dejar a Meghan significaba dejar atrás una pieza clave para el puzle de su vida. Necesitaba que siguieran juntos. Al menos un poco más.

–Pues no te quedes. Vuelve a Los Ángeles y haz las audiciones que Kendall te va a conseguir. Mientras tanto, Meghan hará sus cosas. De todos modos, las relaciones en Hollywood rara vez funcionan. Los blogueros informarán de la inevitable ruptura y al final tus fans olvidarán que estuvisteis juntos.

Una punzada de pesar le atravesó el pecho.

–Es demasiado pronto –dijo Isaac.

–No puedes decirle que se marche de Dunn, y menos ahora que Kendall y ella vuelven a estar unidas. ¿Has hablado con ella de su hermano?

Isaac asintió. Meghan había vuelto a mencionar a Quinton y le había contado lo duro que había sido crecer sin él y lo mucho que se había aislado Kendall tras su muerte. Cuando su hermana se había ido a Los Ángeles, Meghan se había sentido incompleta. Algo muy parecido a lo que había sentido él sin Max.

–Puede que tú tengas un plan de vida, pero tienes que dejar que Meghan haga lo que más le conviene. Además, acordasteis una relación temporal. ¿Por qué importa tanto cuándo acabe?

–Porque… sí.

Ella se había convertido en parte integral de ese capítulo de su vida. Había apoyado sus sueños desde el principio. Y ahora todo acabaría. La serie y la relación con Meghan. Él volvería a California y su hermano se quedaría en Dunn. Todo se estaba desmoronando. Otra vez.

Se quedó mirando al fuego. No le hacía gracia la idea de dejar a Meghan. Le gustaba estar con ella. Lo hacía un hombre mejor, más centrado. Sus sonrisas y su simpatía le alegraban el día.

–¿Estás bien? –le preguntó Max.

–Sí –en lugar de seguir hablando de sus sentimientos, prefirió responder–: Solo estaba pensando que no tienes ni puñetera idea.

–¿Ah, no?

–Por mucho que lo quieras ignorar, tú también eres famoso. Vives en un pueblo que lleva tu apellido.

Max sonrió.

–Vale, me has pillado. A los dos nos ciega la ambición. ¿Contento?

Aún no. Pero lo estaría. En cuanto se disculpara con Meghan por comportarse como un gilipollas.

Después de que Meghan le hubiera dicho que pasaban muy poco tiempo juntas, Kendall había reservado un día de *spa* para las dos. Ahora, con los masajes ya hechos, estaban envueltas en esponjosos albornoces, con mascarillas de barro verde en la cara y los pies metidos en unas cubetas de burbujas que se suponía que les limpiarían el cuerpo de malas energías.

Meghan estaba cargada de mala energía desde que Isaac y ella llevaban días viviendo como meros compañeros de piso. Más que discutir con él, había estado buscando excusas para salir del apartamento o mantenerse ocupada trabajando siempre que él estaba en casa. Compartían cama, pero fingía estar agotada y luego se pasaba horas despierta antes de quedarse dormida.

Era una situación insoportable.

—Isaac quiere que me mude a Los Ángeles —dijo en voz baja, incapaz de guardárselo más tiempo—, pero no voy a ir.

—¿Por qué no?

—¿Estás de coña? ¿No fuiste tú la que me dijo que tuviera cuidado?

—¿Estás disfrutando?

—Claro. Aunque no como disfrutáis Max y tú.

—Pues podría ser igual —dijo Kendall con una sonrisita.

—No, yo no quiero eso. Yo quiero vivir aquí, cerca de ti. Mi pódcast está siendo más rentable que nunca. Gracias, por cierto —le costaba admitir que su hermana tuviera razón, pero lo cierto era que Kendall le había abierto una puerta que ella habría tardado meses o años en abrir sola.

—Te echaría de menos, pero podrías entrevistar a muchos más famosos en California. Podrías convertir tu pódcast en algo monumental —dijo Kendall con los ojos brillantes. Su hermana veía potencial en todas partes.

—¿El éxito es lo único que te importa?

–No, claro que no. Pero sería algo temporal y allí te divertirías. Lo sé.

A Meghan se le encogió el estómago. Sería divertido hasta que dejara de serlo. Podría gestionar el pódcast si iba creciendo poco a poco, pero que de pronto subiera como la espuma conllevaría más responsabilidades de las que quería asumir. Conocía sus limitaciones.

–Isaac sería un gran apoyo –dijo Kendall como si supiera que le preocupaba no poder hacerlo sola. Pero quería hacerlo sola. Tenía que hacerlo sola.

Además, su acuerdo con Isaac era temporal, así que no podía depender de que fuera a ayudarla siempre.

Pero en lugar de expresar su preocupación, agarró la mano de su hermana y dijo:

–No quiero mudarme ahora que por fin estamos juntas. Por eso he estado mirando casas aquí. Eres feliz por primera vez desde que Quinton murió y no quiero perderme ni un segundo.

–Yo también te he echado de menos y me encanta tenerte aquí, pero no quiero hacerte vivir la vida que estoy viviendo yo. Mereces perseguir tus sueños –se le saltaron las lágrimas y le cayeron por la cara dejándole surcos en la mascarilla. Se las secó y se manchó los dedos de verde–. ¡Ups!

–Estoy persiguiendo mis sueños –dijo conteniendo las lágrimas–. Te quiero. Confía en mí. Sé lo que hago.

–Yo también te quiero. Y claro que confío en ti. Eres una mujer adulta capaz de tomar tus propias decisiones.

El voto de confianza de su hermana la llenó por dentro. Podía triunfar sola, y era lo que pretendía hacer.

***

Isaac estaba sentado en la terraza con el guion sobre el regazo. Había estado leyendo hasta que había oscurecido tanto que no había podido distinguir las palabras. Entonces había cambiado ese pasatiempo por otro: meditar sobre su vida. Una vez finalizado el momento de contemplación, entró en el apartamento.

Después de hablar con su hermano entendió que había intentado controlar cada aspecto de su relación con Meghan por miedo. Miedo a perderlo todo otra vez. Ahora estaba muy claro.

Meghan y Kendall habían estado todo el día en el *spa*, lo que le había dado mucho tiempo para pensar en lo que le diría cuando volviera a casa.

Casa. La casa temporal de los dos. Todo en ellos era temporal. Una parte de él se negaba a aceptarlo, pero ¿acaso tenía elección?

La puerta de la calle se abrió y una Meghan con la mirada brillante y el rostro resplandeciente entró. Su sonrisa era comedida en lugar de deslumbrante, pero ahí estaba.

—Hola.

—Estás radiante. ¿Te has divertido? —se acercó, incapaz de contenerse.

—No sabía lo estresada que estaba hasta que la masajista me ha quitado un nudo del tamaño de un pomelo —se frotó el hombro—. Puede que luego necesite ponerme hielo.

—Yo tampoco he ayudado mucho. Me equivoqué al intentar obligarte a acompañarme a Los Ángeles. Me he centrado tanto en mi carrera que he olvidado que no estaba solo.

Aliviado, notó que Meghan se relajó. Ahora le costaba menos respirar, a pesar de haber tenido que ceder a algo que no quería. No podía obligarla a ir con él del mismo modo que no podría haber obligado a su hermano a seguir subido al carro de la fama para siempre.

–Tienes derecho a perseguir tus sueños como quieras. No me debes nada.

–No es que no quiera estar contigo –Meghan le puso una mano en el pecho y esa mínima caricia lo encendió–. Espero que sepas que estar contigo y conocerte ha significado mucho para mí.

–Aún no ha terminado, Squire. Hemos desperdiciado un tiempo preciado por mi culpa.

–Yo he sido una cabezona –dijo ella jugueteando con un botón de su camisa–. ¿Crees que podemos recuperar el tiempo perdido?

–Podemos intentarlo.

–Me han exfoliado y cubierto de aceite cada centímetro de la piel –dijo Meghan lamiéndose el labio inferior con picardía–. No te vas a creer lo suave que estoy hasta que no me toques.

–Eso suena a invitación –le acarició los brazos–. Tienes razón. Qué suave.

Meghan lo besó y dijo:

–No quiero que discutamos más.

–No lo haremos.

Isaac le agarró la camiseta y ella levantó los brazos. Todo estaba bajo control. Terminaría de rodar la serie y seguiría haciéndole el amor a Meghan hasta que tuviera que marcharse y entonces… Bueno, no sabía qué pasaría entonces, pero sí que sabía lo que iba a pasar ahora.

–Te tengo, Squire –le dijo mientras terminaba de desnudarla.

Ahora la tenía en sus brazos. Y tal como ella le había dicho, lo que importaba era el ahora.

Capítulo Catorce

A Meghan le habían concedido un inesperado indulto en forma de reajustes de guion. El rodaje se había prolongado y eso suponía que Isaac se quedaría más días de lo establecido.

Durante esas dos semanas había estado ocupada grabando unos pódcast con varios miembros del equipo y del reparto. Era la prometida de Isaac y, ya que todos lo querían, automáticamente la querían a ella también.

Era como si, gracias a él, tuviera un montón de familia y amigos nuevos. Y costaba asimilar que esa fabulosa vida fuera solo algo temporal. Costaba mirar a sus nuevos amigos y mentirles sobre las imaginarias nupcias pendientes.

Esa noche Isaac había llegado a casa cargado con comida afroasiática. Los envases estaban abiertos en la mesita de café y ella se había llenado el plato con un poco de cada.

Él encendió la televisión y entró en una conocida plataforma.

–Tengo una sorpresa para ti.

–Si se parece a la última sorpresa, me muero por verla.

Unos días atrás se había metido con ella en la ducha y la había cubierto de un gel que le habían dado en una cesta regalo. Había insistido en que le diera su más sincera opinión y, tras un masaje que la había llevado al orgasmo en dos ocasiones, Meghan le había dado un visto bueno de lo más entusiasta.

–No creo que ninguna sorpresa pudiera ser tan buena –dijo él sonriendo–. Por los reajustes de guion tengo que volver a ver algunos episodios antiguos.

–¿Más cambios?

–Eso me temo. Van a intensificar la relación de Danny y Rachael.

Su novia en la pantalla. Meghan sabía del regreso de Rachael, aunque aún no había conocido a la actriz que la interpretaba. Se le hacía raro conocer a la mujer con la que Isaac se besaba en el trabajo. Ahora que lo pensaba, esa podía ser la razón por la que había estado evitando visitar el plató últimamente.

–Sé que has visto cada episodio tres o cuatro veces, pero yo no –dijo él accediendo a la temporada diez–. Tengo que refrescarme la memoria para hacerle justicia a la escena que grabamos mañana.

–No he visto todos los episodios varias veces –dijo ella en su defensa. Es más, se había saltado algunos en los que salía Rachael. Sobre todo los de los besos. Arrugó la nariz cuando el rostro de la preciosa chica llenó la pantalla. Aun llorando estaba impresionante.

–El capítulo más controvertido –dijo él enarcando una ceja–. El susto del embarazo.

Eso Meghan sí que lo recordaba. En la última temporada Danny y Rachael habían escandalizado a los telespectadores más conservadores perdiendo la virginidad juntos.

–Jamás entendí la controversia –dijo Isaac mirando a la pantalla–. Ni que nos hubiéramos acostado de verdad.

–Gracias a Dios –murmuró ella antes de mojar un pedazo de *naan* en salsa de yogur.

Isaac paró la imagen y su hermoso rostro ocupó la pantalla. Gracias al primer plano Meghan distinguió la fina cicatriz de la barbilla. Imposible confundirlo con Max.

—¿Qué has querido decir con eso? —preguntó él sonriendo.

—Que sería raro estar en el plató haciendo cosas íntimas con Rachael si de verdad os hubierais acostado.

—Querrás decir «Sarabeth». Si me hubiera acostado de verdad con Sarabeth.

—Deja de mirarme con esa sonrisita.

—No lo puedo evitar —él sonrió aún más—. Estás monísima cuando te pones celosa.

—No estoy celosa —mintió. Y mintió mucho—. Solo digo que habría sido incómodo que os dierais el lote en el plató si hubierais estado saliendo en la vida real.

—¿Darnos el lote? —él se rio—. No llamaría así a lo que hacemos en el plató.

—A mí siempre me ha parecido muy íntimo —murmuró Meghan antes de dar otro bocado.

—Es justo lo que tiene que parecer, pero no significa que lo sea.

—El otro día pasé a saludar justo cuando tenías una de esas escenas con Rachael y los silbidos eran atronadores.

—Con Sarabeth.

—¡Sarabeth, vale!

—¡Madre mía! —él soltó el tenedor—. Jamás te había visto así, pero me gusta.

Ella hizo un comentario sobre lo egocéntrico que era y añadió:

—No intento halagarte.

–¿Tengo que creer que esta reacción es por interés profesional?

–Sí. Créetelo.

–Pues no me lo creo.

–Pues es una pena –dijo Meghan alzando la barbilla dispuesta a discutir.

Pero Isaac la rodeó con los brazos, se inclinó hacia ella y colocó las caderas entre sus piernas.

–¿Qué tal si te explico lo que es besar a Sarabeth/Rachael?

–No, gracias.

Lo último que quería era oír cómo besaba a otra mujer. Aunque fuera suyo solo de forma temporal, era suyo mientras durara y no quería compartirlo.

Esa sonrisita de suficiencia seguía ahí, plantada en su boca perfecta.

–Los besos de la tele no son besos de verdad. No te puedes fiar de las reacciones del público. Les encantan los romances. Tendrías que haberlos oído el otro día cuando Richard y Merilyn se besaron.

–No tienes que mentir para hacerme sentir mejor.

–Te juro que no miento. Venga, deja que te lo demuestre –le acarició la nariz con la suya.

Teniéndolo tan cerca era incapaz de decirle que no. Isaac le rozó los labios con la boca y justo cuando Meghan se esperaba que le acariciara la lengua con la suya, ahí acabó el beso. Al instante repitió lo mismo aunque con algo más de intensidad. Tenían la boca abierta, pero cada vez que ella intentaba alcanzarle la lengua, él la apartaba. El fuego que solía notar entre los dos estaba ahí, pero era… distinto. Isaac le besó el labio inferior, luego el superior y concluyó el beso de nuevo.

–Bueno, ¿qué?

–¿Qué ha sido eso?

–Un beso de tele. ¿Te ha desbordado la pasión?

–La verdad es que no.

–Pues imagínatelo con un plató atestado de gente, público silbando y tres cámaras enfocándote. Lo único en lo que piensas es en no salirte de tu marca y dónde poner la cabeza para no tapar a tu compañera. ¿Te estoy excitando?

–No, creo que no.

–Claro. Pero cuando yo te beso…

Se inclinó para darle otro beso, pero esta vez no se contuvo y ella notó lengua. Mucha lengua. Ese beso era puro, era real. Era solo para ellos y no tenía nada de recatado.

Le acarició la lengua con la suya mientras la hundía contra el sofá. Para cuando terminó el beso dándole un tironcito con los dientes en el labio inferior, ella estaba rodeándolo con brazos y piernas.

–Nunca he besado así a Sarabeth –dijo mirándola a la cara mientras le acariciaba un pezón por debajo de la camiseta–. Y esta clase de caricias son demasiado ardientes para nuestra serie.

Agarrada a su cuello, Meghan lo acercó más a sí y alzó las caderas.

–Dime qué otras cosas no has hecho con Sarabeth.

–¿Estás segura? Porque son muchas. No podríamos hacerlas en una sola noche.

–A lo mejor no –ella se mordió el labio y luego se lo lamió–. Pero podemos intentarlo.

Capítulo Quince

Un relámpago iluminó el dormitorio, sacando a Meghan de un sueño profundo. Un segundo después, truenos retumbaron contra las ventanas y unas gotas enormes las golpearon. Abrió los ojos con el corazón acelerado. Angustiada, tuvo la sensación de que había olvidado algo importante.

Sacudió la cabeza, suponiendo que habría sido una pesadilla, y decidió pensar en algo más agradable, como lo que había pasado hacía unas horas. Se habían olvidado de la cena e Isaac le había hecho el amor en el sofá. La había tocado por todas partes y ella, sumida en un intenso éxtasis, le había dejado hacerle lo que quisiera. Después, la había abrazado y besado durante un buen rato, y luego se habían sentado a terminar la cena.

Era un hombre increíble. Increíblemente sexi y divertido y… temporal.

Dejó de sonreír. Tal vez ese era el motivo de su angustia. Aunque habían acordado que lo suyo tendría un final, cuanto más se acercaba, menos preparada estaba. Lo echaría de menos, y no solo por el sexo. Echaría de menos hablar con él; escucharlo mientras le contaba emocionado cómo le había ido el día; ayudarlo a ensayar el guion; compartir cenas y cafés o alguna que otra siesta al mediodía.

Lo echaría de menos. Todo.

Isaac dormía a pesar de la tormenta. ¿La echaría de menos tanto como ella a él?

Sabiendo que tardaría en volver a dormirse, se levantó y entró en el baño. Se lavó la cara con agua fría y mientras se secaba las mejillas con una toalla la inquietud volvió.

Pensó en el episodio en el que Rachael había sufrido ante la posibilidad de un embarazo inesperado. De pronto abrió el armario y encontró una caja de tampones sin abrir. Le dio un vuelco el corazón. No había usado ni uno. No lo había necesitado.

Cerró el armario con manos temblorosas. Había estado ocupada. Había estado estresada y alejada de su rutina. Ya se le había retrasado el periodo otras veces y nunca había pasado nada.

Entró en el dormitorio de puntillas para llevarse el móvil, y una vez sentada en el sillón recordó las veces que habían hecho el amor. Habían usado preservativo todas excepto la primera. ¿Qué probabilidades había?

Ojalá fuera la clase de mujer organizada que anotaba las fechas de sus menstruaciones en el calendario del teléfono, pero por desgracia no lo era. Buscó en Internet las causas de un retraso y, además del embarazo, entre otras mencionaban el estrés y los cambios de rutina.

A lo mejor no era nada.

Mordiéndose una uña pensó qué hacer. Dejarse llevar por el pánico y preocuparse no solucionarían nada. No podía hacer nada hasta la mañana siguiente. Desesperada por distraerse y relajarse, miró por la ventana para ver la lluvia caer. Al final acabó lográndolo y se quedó dormida.

Horas después se despertó con un beso en la mejilla.

Isaac estaba de pie a su lado vestido tan solo con unos pantalones de deporte grises. La luz del sol inundaba el salón. La tormenta había amainado. Desorientada, se frotó los ojos.

—Ya veo que te has venido aquí a dormir. ¿He roncado?

—No. Me despertó la tormenta. Además, puedo dormir con ronquidos. Kendall y yo compartíamos habitación.

—¿Kendall ronca? —dijo Isaac antes de soltar una carcajada—. Lo voy a usar en su contra y no podrás detenerme.

Ella esbozó una sonrisa como pudo mientras él se dirigía a la cocina. La misma sensación de terror que la invadió en la noche volvió. No descansaría hasta saber si estaba o no embarazada.

«¡Dios! Embarazada».

—¿Café? —preguntó Isaac.

—No, gracias. Mejor agua —sobre todo por si había ocurrido lo impensable.

—No es lo que sueles tomar, pero vale —respondió Isaac antes de bromear diciéndole que debería haberlo despertado si la lluvia le dio «un poco de miedo».

Meghan volvió a angustiarse. ¿Sería una falsa alarma? Y si no, ¿qué haría? Lo amaba, pero un bebé sería demasiado. Además,…

Detuvo el vaso a medio camino de los labios.

Lo amaba. Sin duda.

—Tengo que irme corriendo. ¿Estarás bien aquí? —preguntó él levantándose.

Ella asintió, aunque no se quedaría allí. En cuanto Isaac se marchara, se iría directa a comprar una prueba de embarazo. O dos.

Isaac, en mitad de una escena dramática, miraba a una Rachael triste y ojerosa que no tenía nada que ver con la alegre Sarabeth que había llegado al plató. Era una actriz buenísima.

El paso de los años le había sentado de maravilla y se había recuperado muy bien tras su segundo embarazo, en el que había tenido gemelos. Le había contado que había tenido que hacer un tratamiento para poder quedarse embarazada por segunda vez y que usaría el dolor y la angustia de esos años en los que no había podido concebir para volcarlos en la escena que estaban rodando.

—Como en los viejos tiempos —le dijo con una sonrisa melancólica—, aunque esta vez sí que deseaba con todas mis fuerzas haberme quedado embarazada.

—Lo sé —dijo él con toda la emoción que pudo reunir. El público estaba en absoluto silencio—. Pero tendremos muchas oportunidades de intentarlo. No te voy a dejar escapar, Rachael. Nunca más.

—No puedo estar segura de eso.

—Sí puedes —Isaac sacó un anillo del bolsillo.

Al departamento de atrezo le había costado encontrarle sustituto al anillo desaparecido. Él, por su parte, se mantuvo decidido a guardar silencio sobre su paradero.

En el papel de Danny, le pidió matrimonio a su pareja televisiva. Su personaje había perdido a la mujer que amaba, pero había tenido una segunda oportunidad de recuperarla.

—Rachael, te quiero. Llevo media vida queriéndote.

Si te casas conmigo, promete quererte hasta el final. Haremos lo que haga falta para tener un bebé. Haremos lo que haga falta para ser una familia.

–Danny…

A Sarabeth se le empañaron los ojos mientras ejecutaba uno de sus preciosos llantos patentados. Lo abrazó y él se movió un poco para asegurarse de que ella quedara dentro del plano. Entonces Sarabeth pronunció la frase que conquistaría a cualquier público:

–Ya somos una familia.

Se besaron, con la clase de beso de tele que él le había enseñado a Meghan la noche anterior, y luego él le puso el anillo. Como era de esperar, el público enloqueció.

Ashley gritó «¡Corten!» y Sarabeth se secó las lágrimas y esbozó una sonrisa enorme. Los aplausos fueron ensordecedores cuando los dos se dieron la mano para dar las gracias al público. Lo habían clavado.

Al mirar hacia la multitud, Isaac se sorprendió al ver a Meghan en primera fila. No le había dicho que fuera a ir a ver el rodaje ese día. Qué grata sorpresa.

Sin soltar a Sarabeth de la mano, la llevó hacia Meghan, diciendo:

–Quiero que conozcas a alguien.

Meghan se levantó al verlos acercarse. Estaba preciosa con un jersey color crema, vaqueros y botas, pero parecía nerviosa.

–Meghan Squire, te presento a Sarabeth Commons. La conocerás mejor por «Rachael».

–¡Qué maravilla conocerte! –dijo Sarabeth extendiendo la mano.

Meghan vaciló, pero entonces sonrió y se la estrechó.

–Igualmente.

–Meghan era muy fan de la serie cuando éramos jovencitos.

–Qué vergüenza el pelo y la ropa que llevaba entonces –dijo Sarabeth sonriendo–. He oído que tienes un pódcast sobre la serie. Qué emocionante.

–Ha estado entrevistando a todos los del plató. Es una entrevistadora increíble. Generosa y divertida –y mirando a Meghan, Isaac añadió–: Sarabeth ya me ha dicho que lo hará. Tiene unos gemelos pequeños en casa, pero me ha prometido que sacará tiempo.

–¡Lo voy a hacer justo porque tengo unos gemelos pequeños en casa! –dijo riéndose–. Eric se apaña genial con ellos y mi hija por fin tiene una edad en la que ya puede ayudar. Y con «ayudar» me refiero a entretenerse sola.

Ashley se acercó para felicitarlos por la escena y le pidió a Sarabeth que la acompañara a ver la grabación.

–Claro. Meghan, nos vemos pronto.

Meghan asintió y las dos mujeres se marcharon.

–¿Todo bien? –preguntó él una vez solos. Algo pasaba. Lo sentía.

–¿Cuándo terminas?

–Ya he terminado por hoy. ¿Quieres que vayamos a comer algo?

–¿Podemos hablar?

Capítulo Dieciséis

Al salir del hotel, cinco mujeres que él ya consideraba su club de fans personal lo pararon. Fue de lo más inoportuno, pero ellas no lo sabían.

Meghan se plantó una sonrisa que no llegó a reflejársele en los ojos y se echó a un lado para dejarle espacio. Una vez Isaac les firmó unas camisetas rosas con su cara serigrafiada y se hizo unas fotos con ellas, pudieron marcharse de la mano sin que nadie los siguiera.

—¿Vamos al parque?

—Sí. Parece que está vacío. ¿Estás bien?

—La verdad es que no.

El corazón se le subió a la garganta. ¿Se habría molestado por el beso con Sarabeth? ¿Habría pasado algo?

—¿Está bien Max? —preguntó angustiado.

—Sí.

—¿Y Kendall y tus padres? —añadió al sentarse en un banco. Estaba aterrado y no sabía por qué.

—Todos están bien.

—¿Entonces, qué pasa?

—¿Recuerdas que tu prima tuvo que intentarlo muchas veces para quedarse embarazada?

—Sí.

—Pues parece que a nosotros nos ha bastado con una.

Menos mal que se había sentado. Las piernas se le habían quedado sin fuerza y seguro que tardaría un rato en recuperarla.

–¿Estás…?

–Embarazada, sí.

–No puede ser. Hay una caja de… cosas de chicas en el baño. ¿Te has hecho una prueba?

–Sí.

–A lo mejor tendrías que hacerte otra.

–Me he hecho tres.

–Y todos positivos.

–Sí –dijo ella con impaciencia.

–¿Dónde?

–¿Dónde me los he hecho? En tu baño.

–No. ¿Dónde los has comprado?

¿Los habría comprado por internet? ¿Habría ido a otro pueblo disfrazada? ¿O habría hecho lo impensable y los había adquirido en Dunn, donde podrían haberla visto muchos fans?

–En el supermercado.

–¿El supermercado de Dunn?

–Sí, ¿por?

–¿Por? –él soltó una carcajada–. ¿Quién te ha visto comprarlos?

–Eh…

–Piensa. Es importante.

Estaba furioso consigo mismo. Todo era culpa suya. Lo había tenido todo bajo control hasta que había tenido a Meghan desnuda bajo su cuerpo y un descuido lo había cambiado todo.

–Lo importante es que vamos a tener un hijo. ¿Por qué te importa quién me haya visto?

–¿Has comprobado si te han sacado alguna foto?

–¿Por qué iba a hacer eso?

–Todo por lo que hemos estado trabajando podría estar en peligro.

Ella le agarró la cara y lo obligó a mirarla.

–¿Te estás oyendo? ¡Que les den a la prensa, a la serie y a los fans! Estoy embarazada. Voy a tener un bebé.

Meghan iba a tener un bebé. Un bebé suyo. Joder.

–Mi vida está a punto de cambiar.

–No solo la tuya –dijo Isaac agarrándole las manos–. Estamos juntos en esto, igual que lo hemos estado desde el principio.

–Cuando lo nuestro era temporal.

Cierto. Ahora todo había cambiado.

Acababa de grabar una escena sobre la imposibilidad de concebir con su pareja y ahí estaba Meghan, diciéndole que estaba embarazada. Tendrían que replantearse los planes.

–Un bebé no tiene nada de temporal.

–Estás dando por hecho que voy a tenerlo.

–Escucha, no había planeado ser padre y seguro que tú tampoco habías planeado ser madre, al menos tan pronto, pero puedo lograr manejar la situación aunque no esté preparado.

Ella sonrió y le acarició la mejilla.

–Lo sé. Por muy impactada y poco preparada que esté, no me imagino no teniendo a este bebé.

Él resopló aliviado mientras un millón de preguntas se le arremolinaban en la cabeza. ¿Qué supondría para su futuro? ¿Para sus respectivas carreras?

–¿Y las fotos?

–¿Qué fotos? –preguntó él.

–Las que me podrían haber sacado cuando he comprado las pruebas.

«Ah, esas fotos». Todo lo que había hecho últimamente lo había hecho por su carrera y por la serie, pero eso se había acabado. Ahora tendría su propia familia.

–Por desgracia, tendremos que pensar qué hacer si existen. Y probablemente hacer alguna declaración.

Meghan se mordió el labio y al instante dijeron a la vez:

–Kendall.

Capítulo Diecisiete

Tonos naranjas, dorados y verdes desfilaban por la ventanilla mientras Isaac conducía por la montaña en dirección a casa de su hermano. Meghan estaba callada. Era normal. Él también sentía que necesitaba un momento consigo mismo.

Ya no habría nada temporal. Iban a tener un hijo y ella estaría en su vida para siempre, incluso aunque no volvieran a tener una relación romántica.

Después de haber sido tan iluso de creer que tenía su vida bajo control, estaba viendo partes de esa vida caer por un precipicio. Mantuvo los ojos en la carretera para que el coche no hiciera lo mismo.

La casa de Max apareció al fondo. El cálido color del atardecer bañaba la lujosa cabaña. En un principio su hermano le había parecido un loco por dejar Los Ángeles, pero ahora lo entendía. Había algo acogedor y hogareño en ese pueblo rodeado por una naturaleza majestuosa. Dunn era un lugar fantástico para formar una familia.

Sin embargo, por muy precioso que fuera, le entraron escalofríos solo de pensar en mudarse. Meghan y él tendrían que buscar una solución. Pero lo primero era lo primero: contarle a Kendall lo que había pasado.

Cuando bajaron del coche, le agarró la mano. Pasara lo que pasara, estaría con ella. Le apretó los dedos

113

y Meghan, como si hubiera entendido el gesto, asintió. Juntos subieron los escalones del porche.

–¡Ay, Dios mío! –gritó Meghan soltándole la mano para taparse la boca.

Una puerta de cristal los separaba de la escena que estaba teniendo lugar dentro.

Una cena a la luz de las velas. Copas de champán. Max arrodillado ofreciéndole un anillo a Kendall.

–Ay, Dios mío –repitió Isaac.

Y entonces los cuatro se quedaron mirándose, impactados.

Meghan fue la primera en reaccionar. Abrió la puerta y siguió diciendo:

–¡Ay, Dios mío! ¡Ay, Dios mío!

Isaac sujetó la puerta justo antes de que le diera en las narices. Entró y su hermano se levantó. Riéndose, Kendall abrazó a Meghan, que les pidió disculpas por la interrupción y les dijo cuánto se alegraba por ellos.

Isaac y Max se comunicaron con la mirada:

–«¿Qué puñetas hacéis aquí?».

–«Es una larga historia».

–«Más vale que lo sea».

–«Tranquilo, hermano. Lo es».

–¿Qué hacéis aquí? –preguntó Kendall mientras Max y él se sentaban.

Meghan miró a Isaac.

–Eh…

–Hemos venido porque eres mi representante –dijo Isaac.

–¿Habéis venido por un asunto de trabajo? –preguntó Max con el gesto torcido.

–Es mucho más importante que eso –y mirando a

114

Kendall, Isaac añadió–: Los chismes suelen llegarte a ti antes que a mí y no quiero te que pille desprevenida.

–¿Desprevenida? ¿Qué ha pasado?

–Como sabes, Isaac y yo hemos estado… saliendo –dijo Meghan–. Y viviendo juntos.

–Sí, ya lo sé.

–Pues… también hemos estado haciendo otras cosas que hacen las parejas cuando viven juntas. Solas. Y tienen acceso a toda la casa –añadió intencionadamente.

–Ya lo suponía –dijo Kendall riéndose, pero entonces se puso seria–. ¡Ay, Dios! ¿Estás…?

–Me parece que sí.

–¿Pero qué pasa? –preguntó Max.

–Meghan está embarazada. De mí –contestó Isaac.

Max miró a Isaac con gesto serio y él se preparó para que su hermano cumpliera la promesa de hacerlo picadillo. Pero entonces Max miró a Kendall y dijo:

–No me has respondido.

–¿Qué? –dijo Kendall.

Max le agarró la mano izquierda.

–He terminado mi discurso, el mismo en el que te he dicho cuánto te quiero y te he dado esto –señaló al anillo.

–No me has preguntado nada, Max –dijo Kendall sonriendo.

–Se daba por hecho, California.

–Pero tienes que preguntarlo de todos modos.

Él respiró hondo y susurró:

–¿Quieres casarte conmigo?

Meghan volvió a gritar.

–Claro que sí, tonto –respondió Kendall antes de besarlo.

Max se levantó, la tomó en brazos y corrió hacia la escalera.

—¡Adiós, chicos!

—Espera, espera —dijo Kendall riéndose—. No pueden irse.

—Claro que pueden.

—No —Kendall se retorció en sus brazos hasta que él cedió y la dejó en el suelo. Se estiró el jersey, se atusó el pelo y le lanzó una miradita juguetona—. Tenemos que elaborar una estrategia. Cuando terminemos, se irán y luego tú y yo pasaremos la noche haciendo lo que quieras.

—¿Lo que quiera?

—Lo que quieras.

Max suspiró y le dijo a Isaac:

—Que sea rápido.

Kendall era la hermana Squire organizada. La planificadora. La estratega.

Meghan había logrado con éxito vivir sola y, hasta cierto punto, forjarse una carrera sola, pero lo único que sabía de bebés era que eclipsaban toda tu vida porque necesitaban cuidados constantes. Estabilidad. Unos padres.

¿Cómo iban a poder Isaac y ella estar separados pero a la vez presentes para su hijo?

—Ya lo tengo —dijo Kendall de pronto sentada con el portátil en la mesa de la cocina.

—¿Qué tienes? —preguntó Isaac desde la isla de la cocina. Max estaba de pie a su lado cortando unos *brownies* caseros.

—Puedes decir que eran para mí —añadió Kendall

sonriendo a Meghan–. Puedes decir que las pruebas eran para mí. Soy la coartada perfecta.

–¿Y cuando se le empiece a notar? ¿Quieres que digamos que también lo va a tener por ti? –preguntó Isaac.

–No, listillo. Esto os dará tiempo mientras decidís qué hacer.

–Son más mentiras. ¿En qué quedamos, California? Se acabaron las mentiras –dijo Isaac.

–Es una buena idea. Y, por cierto, te han sacado fotos comprando las pruebas de embarazo —añadió Kendall mirando a Meghan.

Giró el portátil y se las enseñó.

–Todo el mundo ha dado por hecho que estás embarazada.

–Y no se equivocan –murmuró Meghan.

–¿Estás lista para decírselo al público? ¿Y a mamá y papá?

–¿Qué les vas a decir tú a mamá y papá?

–Les voy a decir lo que les voy a decir a todos. Que dio negativo y la prensa lo exageró, como hace con todo. Para cuando se te empiece a notar, estaremos más preparados para anunciarlo… si es que aún sigues siendo objeto de interés público.

Kendall y Meghan miraron a Isaac. Nadie dijo nada, pero todos debían de estar pensando lo mismo: ¿Iban a seguir adelante con la ruptura? ¿El embarazo había cambiado algo? Estaba enamorada de Isaac, pero no se lo había dicho. ¿Para qué molestarse si él se iba a marchar?

–Tienes razón –dijo Meghan–. Para entonces nadie estará pendiente de mí. No tiene sentido vivir en Dunn. Podría vivir cerca de mamá y papá, que estarán encantados de ayudarme.

–Yo puedo ayudarte –dijo Kendall–. Puedes mudarte a Dunn igualmente. Quiero tenerte aquí.

–Ken…

–Sí –añadió Max–. Podemos ayudarte con el bebé. Queremos tenerte aquí.

–Es mi bebé –los interrumpió Isaac–. Seré yo el que la ayude.

–Tú estarás en Los Ángeles –le recordó Meghan.

–Mi hermana no va a mudarse allí ahora que está embarazada –señaló Kendall con brusquedad.

–Mi vida, mi carrera, está en Los Ángeles –dijo Isaac.

–¿Y qué pasa con mi carrera?

–Tu carrera también podría estar allí.

–Esto ya lo hemos hablado. No me voy a mudar a la otra punta del país, y menos ahora.

–No tenéis que decidirlo hoy –dijo Kendall–. Tenéis tiempo para trazar un plan, y ese plan incluye a Meghan viviendo aquí. Con nosotros.

–No te preocupes, Max –le aseguró Meghan cuando él abrió la boca, supuestamente para decir algo al respecto–: No voy a mudarme con vosotros. Voy a buscar una casa –y a su hermana le dijo–: Ya estoy harta de mentir. Si el mundo se entera de que estoy embarazada de Isaac, que se entere. Al final mamá y papá se van a enterar de todos modos.

Les contaría toda la verdad a sus padres, aunque obviaría el detalle de que estaba enamorada. No estaba lista para admitirlo delante de nadie. ¿De qué le iba a servir si él se iba a marchar? Podía ocuparse sola del bebé. Debía hacerlo.

–Puedo hacerlo, Ken, pero te agradezco el ofrecimiento. Sé que no siempre he sido la persona más responsable del mundo y que piensas que soy un desastre con todo…

–No, cielo, yo no pienso eso. Solo intento ayudarte. Vas a ser la mejor madre del mundo. Y yo la mejor, tía.

–Ya lo eres –dijo Meghan sonriendo–. ¿Me prometes que le organizarás la habitación por colores?

–Te lo juro.

–Vale. Entonces, arreglado –se levantó de la mesa y señaló los *brownies* que Max estaba partiendo en cuadrados perfectos–. ¿Puedo llevarme uno?

–Claro –Max le sirvió el postre en una bolsa.

Isaac los miró sin decir nada.

Capítulo Dieciocho

La plenitud que Isaac buscaba se había vuelto a des-fragmentar, pero no en lo que respectaba a su carrera o su relación con Max, sino a Meghan.

Meghan, que se había negado a mudarse a Los Án-geles.

Meghan… la madre de su bebé.

Pero era más que eso. Era la mujer que deseaba, y no solo de forma temporal.

Después de salir de la casa de Max y Kendall aque-lla noche, habían hecho el trayecto de vuelta en silen-cio. No estaba conforme con que Meghan viviera en Dunn, lejos de él, pero por miedo a una discusión no se había atrevido a sacar el tema tan pronto.

Ahora, en cambio, habían pasado unos días y había llegado el momento de hablar.

Sarabeth, sentada a su lado en la lectura de guion, lo devolvió al presente al pronunciar la frase de Ra-chael:

—Además, teníamos pensado mudarnos aquí al lado.

Richard sonrió, tal como indicaba el guion.

—¡No, no! —leyó Isaac horrorizado—. Lo que tenía-mos pensado era mudarnos muy muy lejos.

Ashley y uno de los guionistas se rieron.

—No le hagas caso, papá —dijo Sarabeth como Ra-chael.

—Me gusta cuando me llamas «papá» —dijo Richard–. No te la puedes llevar justo ahora que acaba de volver, Danny.

–Y hay que hacer un montón de compras para la boda –añadió Merilyn en el papel de madre.

–Eso suena a que nos va a salir caro –murmuró Isaac.

–No será para tanto, cielo –dijo Sarabeth–. Y, de todos modos, solo te casas una vez en la vida.

–A menos que seas su hermana –dijo Richard señalando a Merilyn con el pulgar–. ¿Por qué número va Amy?

Merilyn, siguiendo instrucciones del guion, le dio un golpecito en el brazo.

–¡Anda, calla! Y ahora vamos a dejar a los chicos solos para que hagan lo que sea que hacen cuando los padres no están delante.

–Los padres se marchan –leyó Ashley–. Rachael y Danny se abrazan.

Todos pasaron de página y le tocó leer a Isaac.

–No pienso mudarme al lado de mis padres. Nos van a volver locos. Sacarán el correo del buzón para dárnoslo en mano, y eso es un delito federal, ¿sabes?

Más risas alrededor de la mesa.

–Vale, lo entiendo. Necesitas distancia –leyó Sarabeth.

–De todos menos de ti. Sé que he metido la pata muchas veces, pero eso se acabó. Voy a demostrarte que puedes fiarte de mí. Te daré todo lo que necesites.

–Se besan apasionadamente –leyó Ashley– y se miran con adoración.

–Supongo que entonces solo falta hacer una cosa –dijo Sarabeth suspirando.

–Hecho. Vamos al dormitorio.

–No, eso no –ella se rio–. Escribir tus votos.

–Ah, no. No, no. Esas cosas no se me dan bien, Rachael. Me cuesta expresar mis sentimientos –y qué cierto era. Le era imposible decirle a Meghan lo que sentía–. Te quiero. Eso sí que puedo decirlo.

–Pues es un comienzo fantástico. Yo también te quiero.

–¿Eso cuenta como voto?

–¡Ya te gustaría! –leyó Sarabeth y todos se rieron.

–Bueno, valía la pena intentarlo.

–Yyyy… fin de la escena –anunció Ashley–. Bien hecho. ¿Qué os ha parecido?

–Es genial –dijo Sarabeth–. Han pasado por mucho juntos y está claro que lograrán ser felices.

Isaac pensó en Meghan. ¿Habría alguna solución para los dos?

–¿Isaac? –preguntó Ashley.

Él parpadeó y miró a la directora consciente de que se había despistado unos segundos.

–Es perfecto. El guion cierra de un modo fantástico la relación de Danny y Rachael y deja espacio para un reencuentro navideño. ¿Os apetecería?

–¡Sí, por favor! –dijo Sarabeth.

Richard y Merilyn también parecían encantados con la idea.

–Vamos a lanzar primero estos capítulos y luego planearemos el resto –prometió Ashley–. Bueno, es todo por hoy, chicos. Venid a verme si tenéis alguna duda sobre el guion.

Todos salieron de la sala de reuniones en dirección al catering excepto él, que estaba decidido a ir a casa a hablar con Meghan. A lo mejor podía quedarse en Dunn hasta que tuviera una audición en alguna otra parte. La haría y luego volvería con ella. Pero no para convencer a la prensa, sino porque Meghan le importaba. Iba a tener un hijo suyo. Iban a formar una familia.

No había otra opción.

Se sacó el móvil del bolsillo y vio una llamada perdida de Kendall. No le había dejado ningún mensaje. Nervioso por la turbulenta situación, salió de la sala donde habían estado haciendo la lectura y la llamó.

—Hola, ¿qué tal ha ido la lectura de guion? —dijo Kendall a modo de saludo.

—Bien. Genial.

—Acabo de hablar con Charles Howard.

—Charles Howard —Isaac se quedó paralizado. Charles era un director que había ganado los premios más importantes de la industria y, además, un gran admirador de la serie.

—Quiere hablar contigo sobre un papel.

—¿Conmigo? ¿Sobre un papel?

—Sí. Mejor que te lo cuente él, pero prepárate para un cambio drástico en tu vida. U otro cambio drástico. Ya lo tienes, Isaac. Ya tienes lo que has estado esperando.

—Una segunda gran oportunidad —murmuró ilusionado y aterrorizado a la vez. No estaba preparado para más cambios drásticos.

—Pero, oye, sin agobios. Habla con él y mira a ver si encaja en tus planes. Las cosas cambian y a veces de formas muy inesperadas.

—A mí me lo vas a decir.

—Hablaré con la asistente de Charles para saber cuándo estará disponible y luego te digo.

—Gracias.

—De nada. Enhorabuena.

Se quedó mirando al teléfono. Le habían concedido todo lo que quería en la vida: una mujer que le importaba, grabar la serie que marcaba su regreso y la posibilidad de hablar con Charles Howard para un papel en una película. Pero esos regalos habían llegado con unos añadidos inesperados.

La línea entre la realidad y la ficción se había desdibujado demasiado, y a lo mejor la solución era hacer más reales las partes fingidas. ¿Por qué iba Meghan a confiar en él cuando estaban fingiendo una relación y llevaba un anillo de compromiso de mentira?

—Eso es —se dijo sonriendo.

No le había dado nada real. Ninguna promesa real de un futuro juntos, ni siquiera de una relación. Meghan tenía que saber que no se iría a ninguna parte sin ella. Que no estaba sola, que podía contar con él.

Le demostraría que era más que un actor resucitando su carrera.

Le demostraría que era un hombre de familia capaz de construir la vida con la que los dos soñaban.

Capítulo Diecinueve

Meghan resopló aliviada al salir de la consulta. Según el doctor Singh, todo estaba «¡fantástico!». Kendall había encontrado un médico bueno y muy discreto en Dunn y habían podido acceder a la consulta por una entrada trasera.

–¿Tienes que ir directa a casa? –le preguntó a su hermana, que la había acompañado.

–No, ¿por?

–El dinero se te da mejor que a mí –le daba vergüenza admitirlo, pero era la verdad. Nunca se le había dado bien conservar el dinero después de ganarlo y quería estar preparada ahora que su nueva vida como madre le generaría multitud de facturas y pagos inesperados–. ¿Podrías ayudarme a seguir un presupuesto?

Kendall vaciló antes de abrir la puerta del coche.

–¿Y qué pasa con Isaac?

–Seguro que me ayudará a mantener al bebé, pero no quiero depender de él. Quiero tener un plan y valerme por mí misma.

Ya en casa de Isaac, y sentadas al ordenador después de haberse tomado unos sándwiches que habían comprado en la tienda gourmet, a Meghan no le hizo mucha gracia lo que vio en la hoja de cálculo.

–Esta cifra podría cambiar con más patrocinadores –dijo Kendall señalando la pantalla–. No has agotado todas las vías y puedo ayudarte.

Meghan se había estado negando a aceptar su ayuda porque había querido demostrar que podía triunfar por sí misma, pero ya no veía tanta diferencia entre que le presentara a invitados para el pódcast y le presentara a patrocinadores. Además, ahora tenía alguien más en quien pensar.

–Estás intentando ayudarme y yo no dejo de rechazarte.

–Pues deja de rechazarme y le añadiré un cero a esta cantidad de aquí –Kendall sonrió–. Confía en mí. Soy maga.

Meghan se rio.

–Cuando intercambiaste a Max y a Isaac para el anuncio de relojes Citizen sí que fue mágico.

–¡Tachán! Y hasta me salió un prometido –dijo agitando los dedos para que se viera el anillo.

«Uno de verdad», pensó Meghan desanimada. Pero se alegraba por Max y Kendall. Su hermana se merecía que le pasaran cosas buenas.

–¿Cómo te estás apañando con el trabajo?

–Iré y vendré de vez en cuando, pero ahora casi todo se puede hacer en remoto. Cuando he hablado con la oficina de Charles Howard esta mañana estaban rodando en Milán.

–¿Charles Howard? –preguntó Meghan con los ojos como platos. Le encantaban las películas de superhéroes y las de Charles eran las mejores.

–Sí. Quiere hablar con Isaac para un papel.

–¡Qué pasada! –pero de pronto la tristeza eclipsó esa emoción–. Si le dan el papel, se marchará mucho tiempo para rodar.

¿Se perdería tres meses de su embarazo? ¿Se perdería el nacimiento de su hijo o hija?

—En primer lugar, aún no tiene el papel. En segundo, no tengo ni idea de cuándo empieza el rodaje. Podríais estar celebrando el segundo cumpleaños del bebé para entonces. No tienes que preocuparte de eso ahora.

—Un papel en una película taquillera es su mayor sueño. ¿Y si…?

—¿Y si? –preguntó Kendall enarcando las cejas.

Si ella seguía insistiendo en no trasladarse cuando a él le ofrecieran un papel… ¿se sentiría obligado a quedarse con ella en lugar de perseguir sus sueños? Sería injusto.

—A lo mejor debería ir a Los Ángeles. Pero si me fuera, te echaría muchísimo de menos –añadió con lágrimas en los ojos.

—Cielo, no debería haber dicho que no quiero que te vayas de Dunn. Tienes que hacer lo mejor para ti y para el bebé. Los rodajes empiezan y acaban. Y, además, yo tengo acceso a ellos. Nos seguiríamos viendo. No todo el mundo se marcha para no volver.

Que era justo lo que había pasado con su hermano.

¿Acaso el miedo a volver a perder a alguien que le importaba la estaba conteniendo? Alguien que le importaba… No. Lo que sentía por Isaac era mucho más que eso.

—Estoy enamorada de Isaac –admitió en voz alta por primera vez– y me aterra que no esté enamorado de mí.

—¿Has hablado con él de esto?

Meghan negó con la cabeza.

—¿Y si está tan loco por ti como tú por él?

Le daba miedo hacerse ilusiones, pero no tenía elección. O se sinceraba por el bien del amor o se pasaba el resto de su vida sin saber lo que podría haber pasado.

Era una decisión demasiado importante como para

tomarla en ese momento, pero había otro asunto que sí podía gestionar.

–Ken, ¿puedes contactar con posibles patrocinadores para mi pódcast?

–¿En serio? –contestó Kendall emocionada.

–Sí. Eres genial en tu trabajo y yo llevo demasiado tiempo intentando ocultar que no sé lo que hago.

–Cariño, ninguno sabemos lo que hacemos. Vamos resolviéndolo sobre la marcha.

–Todos menos tú.

–Sobre todo yo –la corrigió Kendall–. Sería un honor contactar con patrocinadores y hablarles del talento tan increíble que tiene mi hermana.

–Te quiero.

–Te quiero –respondió su hermana guiñándole un ojo.

Meghan no tenía que demostrar nada. Ya era hora de que empezara a pedir lo que necesitaba… y lo que quería. Isaac era la persona que quería. Pero no solo lo quería cerca, también quería su amor.

Cuando Isaac volvió a casa, ya había oscurecido. Se había entretenido más de la cuenta haciendo un recado.

Ella estaba en el sofá, tumbada de lado, con los ojos cerrados y rodeando un cojín con el brazo. Dentro llevaba a su bebé. Esa relación temporal había pasado a la categoría de permanente y, aunque lo había descolocado por completo, no lo lamentaba.

Se le encogió el corazón. Había estado centrado en él y pidiéndole a Meghan que cediera ante sus necesidades. Pero eso se había acabado. Se ocuparía de su familia, lo tuviera o no planeado.

Como si lo hubiera sentido, Meghan abrió los ojos y le clavó esa alucinante mirada avellana.

–Hola.

–Hola.

–¿Qué ha dicho el médico? –no había querido perderse la primera consulta, pero le había sido imposible saltarse la lectura de guion. Y aunque Meghan le había asegurado que con la compañía de Kendall bastaba, le habría gustado estar allí.

–Todo fantástico. He oído el latido.

–Me lo he perdido –dijo agachando los hombros.

–Podemos volver juntos. Entiendo que tu agenda es menos flexible que la mía.

–Qué comprensiva eres siempre.

–¿Y tú qué tal? ¿Qué tal el día?

–Bien. Genial. Sabes –dijo Isaac notando el peso del anillo de compromiso auténtico en el bolsillo de la cazadora–, creo que las cosas podrían mejorar. Entre los dos.

Ella se incorporó.

–Yo también.

–He estado desconectado.

–Has estado ocupado.

–Te he dejado cargar con el estrés de este embarazo y es injusto.

–Pero ahora estás aquí.

–Ahora estoy aquí y… –sacó el anillo de diamantes–. Nunca te he dado una buena razón para seguirme a Los Ángeles –añadió mientras le quitaba el anillo de atrezo–, pero lo que empezó como una farsa ahora es real. ¿Quieres casarte conmigo?

Capítulo Veinte

Meghan abrió la boca, pero no emitió ningún sonido.

Estaba pasando. Lo que tanto había deseado en secreto se estaba haciendo realidad.

Él sostenía el anillo entre los dedos con una expresión de inseguridad y de esperanza a la vez.

Pero Isaac no tenía de qué preocuparse. Estaba enamorada de él y había decidido seguirlo adonde fuera. Podrían formar una familia en Dunn o en Los Ángeles, o en la luna si hacía falta.

–¿Tú quieres casarte conmigo? –le preguntó ella con una sonrisa temblorosa.

–Puedes contar conmigo. Puedo cuidar de ti y del bebé.

–Sé que vas a ser un padre increíble. Siempre lo he sabido.

Él le agarró la mano y le besó los nudillos.

–Me encanta que me digas eso. Y vivamos donde vivamos, me aseguraré de que tengas a los mejores médicos. Voy a estar a tu lado todo lo que pueda. No puedo obligarte a ir conmigo a Los Ángeles, pero yo sí tendré que volver allí en algún momento.

–Claro que sí –dijo ella con lágrimas en los ojos. Lo rodeó por el cuello y se derritió en su abrazo–. Siento no haberte hecho más partícipe.

–Y yo siento no haber actuado mejor. Todo esto es

nuevo para mí –y al oído le susurró suavemente–: Eres increíble.

Meghan se apartó y lo miró a los ojos. Lo había admirado desde pequeña y ahora sus fantasías se habían hecho realidad.

–Iba a preguntarte si puedo ir contigo a Los Ángeles. No quiero que tengas que elegir entre el bebé y tu carrera, y no quiero estar alejada de ti más de lo necesario.

–¿Hablas en serio?

–Mi respuesta es «sí» –dijo ofreciéndole la mano izquierda.

–¿Sí? –cuando ella asintió, Isaac le puso el anillo y gritó–: ¡Toma ya!

Volvieron a abrazarse.

–Squire, vaya donde vaya a rodar, viajarás allí a todo lujo. Los tres vamos a vivir una vida increíble. Puedes contar conmigo.

–Lo sé –lo besó, incapaz de dejar de sonreír–. Hazme el amor, Isaac.

–Con mucho gusto –la besó mientras le bajaba la cremallera trasera del vestido. Sus lenguas se entrelazaron y luego, a medida que le bajaba el vestido, fue besándola por el cuello y la clavícula–. Nunca quise que fueses algo temporal –murmuró ahora contra sus labios a la vez que colaba una mano bajo sus braguitas–. Quería que te quedaras a mi lado, pero no sabía cómo pedírtelo.

Ella se echó hacia atrás cuando Isaac deslizó los dedos por su resbaladiza piel.

–Te perdono.

Siguió acariciándola a la vez que le rodeaba un pezón con la lengua. Meghan estaba inundada de deseo, pero no solo sexual. Tendría su propia familia. Isaac estaba allí. Con ella. Para ella.

Él le mordisqueaba el lóbulo de la oreja mientras le acariciaba el clítoris con el pulgar.

—Córrete para mí, Squire.

—Sí —respondió ella con la respiración entrecortada.

Isaac la tendió en el sofá sin dejar de besarla. El orgasmo la alcanzó y la recorrió dejando tras de sí una calidez que le llegó a los dedos de las manos.

El amor que sentía por él ocupaba cada célula de su cuerpo. Desde antes de conocerlo había sabido que lo amaba. Había sabido que era perfecto y ahora Isaac se lo había demostrado.

Abrió los ojos y miró al chico por el que había estado loca, al hombre con el que había hecho un bebé. El hombre con quien se casaría. Podría pasarse el resto de la vida mirándolo.

—Te quiero —las palabras que había temido pronunciar salieron de su boca.

Él parpadeó. Lo había sorprendido.

—Te quiero mucho —repitió—. Estoy deseando casarme contigo y tener nuestro bebé. Estoy deseando que pasemos juntos el resto de nuestra vida.

Pasaron unos segundos e Isaac no le devolvió el «te quiero». Debería haberse adentrado en ella, feliz, para llegar juntos al clímax. Pero en lugar de eso la soltó y se incorporó. Parecía tenso.

Frotándose la barbilla, miró al frente en lugar de mirarla.

Ella, desnuda y vulnerable, se sentó y se cubrió los pechos con el vestido a la espera de que dijera algo. Lo que fuera.

—¿Isaac?

–Me… me importas mucho.

–Te importo.

–Mucho –añadió él como si eso fuera a cambiar algo.

Y entonces lo vio todo claro. La proposición de matrimonio no era lo que había creído, no era una muestra de amor verdadero.

Le tembló la mano al quitarse el anillo; un anillo que había terminado significando incluso menos que el primero. Se lo devolvió.

–He cambiado de opinión. Pensé que esta vez lo decías en serio.

–Y lo he dicho en serio –Isaac sacudió la cabeza, negándose a aceptar el anillo–. Quería que supieras que no voy a ir a ninguna parte. Quiero a nuestro bebé y os daré todo lo que necesitéis.

–Quieres a nuestro bebé.

–Claro.

–Pero a mí no.

Él abrió la boca y la cerró, y al final dijo las palabras que le partieron el corazón en dos.

–No es tan sencillo.

Meghan, aún sosteniendo el anillo, se llevó la mano al regazo.

–Tenemos un bebé en camino. Esto –dijo Isaac tocando el anillo– es una proposición de matrimonio real. Podemos tener un hogar y una vida en Los Ángeles. Te quiero a mi lado.

A Meghan se le caían las lágrimas.

–En un matrimonio sin amor.

–No. Aquí hay amor. Hay respeto. Hay química sexual y compatibilidad. Seguro que a medida que el tiempo pase, iremos queriéndonos.

–Yo ya te quiero. Supongo que para mí no es tan difícil –se levantó.

La proposición de matrimonio había sido todo lo contrario a la de Max, que le había declarado su amor y dedicación a Kendall, pero había olvidado la parte del «¿Quieres casarte conmigo?». Isaac, en cambio, se lo había pedido, pero había olvidado la parte del «Te quiero».

–He cambiado de idea –Meghan dejó el anillo en la mesita de café–. Mi respuesta es «no».

–Meghan, ahora mismo tengo que elegir entre centrarme en una relación y mi carrera. Voy a trabajar para daros a ti y a nuestro hijo la mejor vida que te puedas imaginar.

–Pues no me basta –llevaba años conformándose con menos de lo que merecía en todos los aspectos, pero eso ya se había acabado. Su bebé se lo merecía todo, y eso incluía unos padres que no estuvieran fingiendo un matrimonio–. ¿Sabes, Isaac? El mundo no es un escenario. Esto no es un ensayo para que luego bordes tu actuación delante del público. Te estoy ofreciendo mi corazón y, si eres demasiado egocéntrico para corresponderme con el tuyo, entonces mereces estar solo.

Se vistió.

–No es justo –dijo él.

–Es verdad. No es justo que yo sea la única que está enamorada. No es justo que no puedas permitirte quererme.

–Yo no he dicho eso.

Meghan agarró el abrigo y el bolso y se detuvo para decir:

–Hay muchas cosas que no has dicho.

Salió con un portazo, pasó por delante de las fans de las camisetas rosas y cruzó la calle hacia la cafetería. Una vez allí, se escondió en un rincón y llamó a Kendall.

Capítulo Veintiuno

De vuelta en el plató, Sarabeth pronunció su última frase en *Brooks sí que sabe*.

Isaac, sujetándole la mano, pronunció también sus últimas palabras en la serie mientras su compañera lo miraba con los ojos llenos de lágrimas.

–Supongo que merece la pena intentarlo.

El público del plató enloqueció, pero ni los vítores ni los silbidos lograron animarlo. Estaba demasiado hundido por lo que había pasado con Meghan.

El ruido se disipó de fondo mientras conducía a Sarabeth por un pasillo que llevaba a la parte trasera del plató. Sus otros compañeros estaban allí, dándole palmaditas en la espalda y felicitándolo. En unos minutos volverían a salir a dar las gracias al público, a abrazarse y a celebrar el fin del rodaje.

Había sido mágico, como un sueño. Y encima Charles Howard lo llamaría ese mismo día. En su momento le había hecho mucha ilusión, pero ahora cualquier ilusión o esperanza quedaba eclipsada por la tristeza.

–¿Cómo estás? –le preguntó Sarabeth.

–Mejor que nunca –fingió una sonrisa, como llevaba haciendo casi todo el día. No podía contarlo porque se hundiría y tenía que terminar el rodaje manteniéndose fuerte. Esa serie era el único consuelo que le quedaba. Lo mejor era que la gente pensara que estaba así de sensible por el fin de la grabación–. Es duro. El fin de una era, ya sabes.

–Sí –respondió Sarabeth antes de empezar a alabar al reparto y al equipo.

Él asentía, pero no la escuchaba.

Estaba pensando en Meghan. Se había marchado de su apartamento y Kendall había ido a recoger sus cosas. La había perdido. El fin de una era. Le había entrado el pánico al oír la palabra «amor» y no había sabido aceptar el regalo que ella le había ofrecido.

Max, que había ido para grabar unas frases que los guionistas habían añadido como excusa para tenerlo en el último capítulo, apareció ante él como una sombría gárgola. No parecía muy contento.

–Ahora no –dijo Isaac en voz baja–. Tenemos que salir a saludar al público.

–¿Necesitas que te obligue a espabilar y a dejar de hacer el imbécil? –preguntó Max furioso.

Isaac lo ignoró. Todos salieron al plató, se abrazaron y se despidieron del público. La sintonía de la serie sonó y la nostalgia lo golpeó con fuerza.

Había empezado en la serie junto a Max con cinco años. Ahora, años después, volvía a estar ahí con su hermano a su lado. Era surrealista.

Ahora, sonriendo de verdad, abrazó a sus padres en la ficción, a Sarabeth y a Max, que le dio una palmada en la espalda y le susurró:

–Estoy orgulloso de ti. Has hecho un trabajo fantástico.

Había necesitado oír esas palabras más que respirar.

De nuevo entre bambalinas, dejaron sus firmas en las paredes del plató y Cecil les dio las gracias por hacer que la serie fuera un éxito.

Lo habían logrado. La grabación había terminado. Max había vuelto e Isaac se había ganado al gruñón del productor presentándole a una prometida falsa. Una mujer que antes lo había querido y ahora lo odiaba. Una mujer que le había cambiado el futuro radical y permanentemente.

–Isaac, trae a tu prometida a mi casa. A Maria y a mí nos encantaría invitaros a cenar. Y a vosotros también, Max.

Max enarcó una ceja e Isaac respondió con un «claro», aunque la mentira le revolvió el estómago.

El productor se marchó y el resto del reparto se separó en grupos.

–Vamos –le dijo Max señalando la salida.

–¿Adónde?

–Necesito una cerveza y vas a invitarme a una.

–Max, no…

–Ahora.

Diez minutos después estaban sentados en un rincón de Rocky's.

–¿Por qué le pediste matrimonio?

–¿Por qué se lo pediste tú a Kendall?

–La quiero. Quiero casarme con ella. Por eso lo hice. Te toca.

–El amor es complicado.

–Lo es cuando solo te quieres a ti mismo.

–Eso no es justo.

Él no era el villano. Había intentado hacer lo correcto desde el principio; había intentado complacer a Cecil, hacer que la serie fuera un éxito y reparar su relación con Max. Había intentado ayudar a que el pódcast de Meghan consiguiera millones de seguidores.

–¿Y si…? ¿Y si la quisiera? ¿Entonces qué?

–Pues se lo tendrías que decir.

–¿Y si se lo dijera? Meghan esperaría que fuese una persona íntegra, que no cometiera errores, que lo tuviera todo controlado.

–¿Qué dices? Querer a alguien no significa ser perfecto. Significa que estás dispuesto a intentarlo.

–¿Y si la cago? ¿Entonces qué? –preguntó avergonzado por admitir sus miedos, pero también aliviado de haberlos expresado.

–Entonces haces lo que habéis estado haciendo desde el principio. Discutís y luego hacéis las paces.

–¿Cómo puede alguien centrarse en la familia y en el trabajo al mismo tiempo? Estoy acostumbrado a ocuparme solo de una cosa. No hay más que vernos. Tuve que elegir, elegí mal y tú y yo no hemos vuelto a ser los mismos desde entonces. No puedo hacer a Meghan pasar por eso. Ni a nuestro hijo.

–Dime que no eres tan tonto.

–Meghan me importa.

–Admitir que la amas no es como decir «Bitelchús» tres veces. No va a pasar nada malo por eso. Y en cuanto a nosotros…

Isaac tragó saliva, tenía el corazón en un puño. Llevaba mucho tiempo deseando volver a estar unido a su hermano.

–Eres mi hermano gemelo. Dejarte atrás por poco me mató. Por eso me quedé en Los Ángeles más tiempo del que había planeado –Max le dio un apretón en el hombro–. Perderte fue un infierno, y cuando por fin nos reencontramos me preocupó que no volviéramos a ser los mismos.

–¿Y?

139

–Y aquí estamos y me has vuelto a leer la puñetera mente. Acepté el papel solo para estar cerca de ti.

–Creí que lo hiciste por los fans.

–Así que sí que eres tonto.

Isaac quiso reírse, quiso abrazarlo.

–Lo siento.

–No lo sientas. Si no hubiera aceptado ese papel, jamás me habría dado cuenta de que aunque hice lo correcto al dejar la interpretación, me equivoqué al culparte de mis actos. Jamás debería haberte sacado de mi vida ni debería haberte dejado pensar que no me importabas. Me importas más que nadie. Si te perdiera como Meghan y Kendall perdieron a su hermano… –fue incapaz de decir más.

–Yo siento lo mismo.

–No te lo tomes a mal, pero deja de usarme como excusa por no tener todo lo que quieres en la vida. Todo cambia y, por mucho que lo intentes, no puedes controlar las circunstancias. Tienes que adaptarte y hacerlo lo mejor posible. Pero tienes que arriesgarte, Isaac. Si yo no lo hubiera arriesgado todo por Kendall, seguiría solo en la montaña culpándote de mis decisiones. ¿Me entiendes?

Lo entendía. El dolor que sentía por haber perdido a Meghan seguía ahí, pero al menos ya no sufriría por Max.

–He estado a punto de tenerlo todo. En un momento quiso estar conmigo.

–¿Y ahora?

–Ahora no quiere.

Max no dijo nada, y eso fue peor que si hubiera gritado. Necesitaba su consejo y Max solía ocultarlos entre gritos.

–Bueno, está en tu casa…

–No puedes ir allí. Kendall me mataría.

–A ti te perdí una vez y no quiero perder a Meghan.

–¿Y pensaste que pedirle matrimonio te garantizaría que se quedara a tu lado?

–Sí, ¿vale? Sí. No sabía qué más ofrecerle.

–Podrías quererla. Olvídate de eso de que no puedes admitir lo que sientes por ella hasta que no hayas conseguido la perfección que persigues.

–Plenitud. Lo que persigo es plenitud –murmuró Isaac, pero le sonó tan estúpido como perseguir la perfección.

–Puedes estar enamorado y meter la pata al mismo tiempo. Mírame a mí.

–¿Quieres la verdad?

–Suéltala.

–He… he estado enamorándome de Meghan desde que la vi sentada aquí, pero intentaba ceñirme a mi plan y seguir el orden que había establecido –resopló–. Lo he jodido todo, ¿a que sí?

–Sí, pero puedes desjoderlo. Admite que has sido un capullo. Sé que no es fácil. Sé lo difícil que puede ser decirle a alguien que la amas.

Se sintió algo más aliviado. ¿Había luchado contra sus sentimientos porque había querido ceñirse a un plan? Había estado pendiente de sus objetivos pasando por alto lo que de verdad importaba.

Meghan importaba. Su bebé importaba. Max y Kendall. Ellos importaban, los elogios no.

–¿Entonces… le digo lo que siento?

–A tu modo –Max alzó su cerveza–. A mí lo que me va es irrumpir en el plató de un programa.

***

–No tienes por qué estar aquí –dijo Kendall con el móvil en la mano–. Puedo responder fuera.

Meghan, en la mesa de la cocina, apoyó la cabeza en la mano intentando disimular que se había pasado llorando los últimos cuatro días.

–Solo quiero oír su voz. No diré nada. No tienes que mencionarme.

La proposición de matrimonio sin amor era la pesadilla de la que no podía despertarse, pero por el bien del bebé, tendría que superarlo y establecer una relación amistosa y cordial con Isaac.

No lo había visto desde que se había marchado de su apartamento la noche que le había dado el anillo de diamantes auténtico. Isaac no había ido tras ella y tampoco la había llamado ni le había escrito. Y, a menos que Kendall y Max lo estuvieran ocultando, tampoco había hablado con ellos.

Pensó que si al menos podía escuchar su voz, podría sacarse esa espina del corazón y comenzar con el proceso de sanación. Pero por mucho que se decía que quería que todo acabase, una parte de ella deseaba haber accedido a esa segunda proposición. Ahora podría estar en sus brazos, acurrucada a él… sabiendo que no la amaba.

Así que no. Esa no era una opción. Se negaba a casarse con alguien que no la quería.

Había estado editando el pódcast en un intento de olvidarse de Isaac y del hecho de tener que criar a un bebé sola. Bueno, sola no. Max y Kendall la ayudarían y sus padres se habían tomado sorprendentemente bien la noticia de que iban a ser abuelos.

Al público también se le había caído la baba con los rumores del bebé, pero Kendall insistía en que podían esperar a hacer el comunicado. Meghan no entendía a qué quería esperar su hermana, pero estaba encantada de posponerlo. Estaba triste y demasiado vulnerable. Si al menos pudiera oír la voz de Isaac y ver que estaba como siempre, tan tranquilo, entonces podría convencerse de que no merecía la pena sufrir por él.

–¿Estás segura?

–Cada día me desenamoro un poco más de él –dijo, mintiendo con una sonrisa que Kendall no se tragó.

Con un nudo en el estómago oyó los tonos de llamada por el altavoz y entonces Isaac respondió:

–¿Qué tal?

–Hola –dijo Kendall mirando a Meghan–. ¿Qué tal la llamada de Charles?

–Bien, supongo –parecía decepcionado. ¿Es que no le habían ofrecido el papel? Lo lamentaba, por mucho que intentaba estar furiosa con él.

–Que yo sepa, te iba a ofrecer el papel protagonista.

–Y me lo ha ofrecido, pero lo he rechazado.

¿Que había hecho qué?

–¿Que has hecho qué? ¿Por qué?

–Por Meghan.

–¿Has rechazado el papel por Meghan?

–Me odia.

A Meghan se le partió el corazón. No lo odiaba. Ese era el problema.

–Isaac…, ¿has estado bebiendo?

–No te preocupes. Estoy con Max. Me va a llevar a casa.

Meghan oyó a Max refunfuñar por detrás.

–Pues eso, que Meghan me odia. No pensé…

–¿No pensaste qué?

–Nada. No pensé. Actué. Me porté como un gilipollas que no tenía nada que perder cuando le dije que no la quería. Porque sí la quiero, pero en ese momento no podía decírselo. Tenía un plan, lo tenía todo bajo control.

Meghan temía hacerse demasiadas ilusiones. ¿En serio había admitido que la quería?

–Isaac, deberías hablar con ella. Cuando estés sobrio.

–No necesito estar sobrio para saber que la quiero.

«¡Ay, Dios!». Meghan se llevó la mano a la boca, temblando.

–Y, por cierto, todo es culpa tuya. No me dijiste que tu hermana era la mujer más increíble, preciosa y alucinante del mundo.

Kendall miró a Meghan con cariño.

–Eso no te lo puedo negar.

–Me quería tal y como soy. ¿Te lo puedes creer? –Isaac soltó una triste carcajada que hizo que Meghan se encogiera por dentro–. ¿Qué narices vería en mí?

–No elegimos a quien amamos –respondió Kendall.

–Tenía un plan –continuó Isaac, casi como si hablara consigo mismo–: terminar de rodar la serie, volver a Los Ángeles, fama, fortuna, bla, bla, bla. Y en lugar de eso voy por ahí con un anillo de compromiso en el bolsillo para una mujer que no me merezco. ¿Crees que puedes convencerla de que venga a la fiesta de fin de rodaje? Tengo que verla antes de que me vaya.

–Mmm…

Kendall la miró, pero Meghan no tenía respuesta. No sabía qué creer. ¿Quién era el auténtico Isaac Dunn? ¿El hombre seguro de sí mismo que había construido su futuro bloque a bloque o ese hombre triste que lo había demolido en nombre del amor que sentía por ella?

—Me estoy derrumbando, Ken, pero no me pienso rendir. Me importa. Me importan ella y el bebé. Que le den a Charles Howard si se cree que me lo puede arrebatar.

—Eeeh…, eso a él no se lo digas, ¿vale?

—No te preocupes. Sé quién es el culpable. Yo. Es culpa mía. Ya destruí mi familia una vez y ahora vuelvo a hacerlo. Es lo que mi terapeuta llama «un patrón».

—Isaac, lo verás todo más claro por la mañana. No tomes ninguna decisión importante ahora.

—Tú llévala a la fiesta. Por favor, Ken.

—Veré qué puedo hacer —sin decir adiós, colgó.

—¿Estará bien? —preguntó Meghan esperanzada pero angustiada.

—Tú preocúpate por ti. Y sí, está bien. Está con Max. Max siempre protege a la gente que quiere.

Capítulo Veintidós

Isaac había tardado dos días en quitarse la borrachera de encima.

Volviendo la vista atrás, los chupitos de whisky eran una mala idea, pero había valido la pena pasar ese rato con Max. Se sentía como si lo hubiera aplastado un camión, pero era un pequeño precio a pagar a cambio de saber que su hermano no estaba resentido con él.

Haber cerrado esa herida era un alivio, pero lo de Meghan estaba lejos de resolverse aún. ¿Iría a la fiesta de esa noche?

Se celebraría en el Hotel M, donde habían grabado la mayoría de los episodios. Había una alfombra roja en la entrada y una zona acordonada para separar a la prensa y a los fans del elenco, cuyos miembros irían llegando en limusina.

Era un ambiente que solía encantarle y animarlo, pero esa noche se sentía hundido. Bajó del apartamento y fue andando hasta el hotel. Los admiradores se agolpaban contra las cuerdas con los teléfonos en alto, sacando fotos y levantando pancartas que decían: «Danny y Rachael para siempre» o «¡Te quiero Isaac Dunn!». Saludó a las fans de las camisetas rosas. Todas las mujeres lo querían, pero solo una importaba. Meghan lo había querido antes de que lo estropeara todo. ¿Seguiría queriéndolo ahora?

—¡Isaac, Isaac!

Un fotógrafo le pidió una sonrisa. No sonrió, aunque sí levantó una mano para saludar. Alguien le preguntó dónde estaba Meghan, pero ignoró la pregunta. Abrió la puerta y vio a Richard en el vestíbulo justo cuando otra persona gritó:

—¿Está Meghan embarazada de ti?

Se quedó paralizado con la mano en el tirador de la puerta. Por norma general, le preguntaran lo que le preguntaran, lograba controlarse. Ese día, sin embargo, le fue imposible. No podía quedarse ahí, impasible, mientras esos pirañas chismorreaban sobre Meghan o su bebé. Giró la cabeza y les dijo que se metieran en sus putos asuntos. Sacaron unas treinta fotos del momento y también vídeo, por supuesto. En menos de una hora saldría en TMZ.

Entró frotándose la frente mientras Richard lo miraba preocupado.

—¿Estás bien, Isaac?

Le dio una palmada en el hombro a su padre televisivo.

—La verdad es que no, Richard. Pero gracias por preguntar.

Ataviado con un esmoquin casi idéntico al del resto de los hombres asistentes, entró en la fiesta. Antes creía que lo peor que podía sucederle era pasar desapercibido, que nadie lo conociera, pero ahora sabía que había algo mucho peor que no ver su ego alimentado: perder a su familia, tanto si eran Max y Kendall como Meghan o el bebé. Eso sí que era peor.

Buscó a Kendall entre la multitud y la localizó en la barra por el vestido morado, el mismo que había llevado al acompañar a Max a la entrega de un premio meses atrás. No le hacía gracia tener que ponerla a trabajar en la fiesta, pero los paparazis estaban descontrolados.

–Tienes que salir ahí fuera, Ken. Los pirañas están preguntando por Meghan y no puedo…

Dejó de hablar cuando Kendall se giró y… vio que no era ella.

–Meghan.

–Kendall me lo ha dejado. Yo no tenía nada elegante aquí.

–Estás… Madre mía, estás increíble.

Tenía una cartera de fiesta en las manos tapándole el abdomen, aunque aún no se le notaba. ¿Seguiría encontrándose bien? ¿Se lo habría contado a sus padres? ¿Dónde había decidido vivir? ¿Le permitiría acompañarla a las citas médicas? Quería ver cómo avanzaba el embarazo. Quería estar con ella. Amarla como merecía. Quería besarla, decirle que había estado demasiado asustado para admitir cuánto la amaba. Quería suplicarle que lo perdonara, que lo creyera. ¿Por dónde empezar?

–Has venido.

–Sí –respondió ella con una sonrisa contenida.

–Mira… sé que has tomado una decisión, pero lo has hecho sin tener toda la información. No te dije todo lo que tienes que saber porque estaba centrado en mí, en mi dichosa carrera. Meghan, yo…

–¡Isaac! ¡Enhorabuena por la serie, tío!

–Garth. Gracias. Ahora no puedo hablar –ignoró al hombre, que se quedó mirándolo confuso mientras se llevaba a Meghan a un rincón al otro lado de la sala.

Ella lo miraba con algo que parecía esperanza. Quería que fuera esperanza. Por favor, por favor.

–Sé que lo he estropeado todo y quiero compensártelo. He rechazado el papel en la película de Howard.

–Ya me he enterado y estoy muy disgustada. No deberías haberlo rechazado. Llevas años trabajando para conseguir un papel así. Deberías llamarlo antes de que contrate a otra persona.

–No, Squire, no me entiendes.

–No, Dunn, tú no me entiendes –le contestó acercándosele tanto que pudo oler su suave perfume floral.

No quería hablar de su carrera. Quería besarla. Sentir sus labios una última vez, aunque solo fuera para torturarse.

–Adoro mi pódcast porque hablo de programas que me encantaban cuando era pequeña –le dijo sonriendo y con los ojos brillantes–. Tu serie fue una salvación para mí. Encontré refugio en los Brooks y en ti –le puso una mano en el pecho–. Conocerte fue un sueño hecho realidad.

–Meghan…

–No he terminado. Salir contigo tenía que ser una diversión, un pasatiempo. No tenía ni idea de que acabaríamos siendo tan… compatibles.

Y tanto que lo eran. Isaac podía sentir la tensión sexual entre los dos incluso ahora. Aún la deseaba, más todavía que antes, si es que era posible.

–No tenía ningún derecho a esperar más de tu proposición. Te ofreciste a ocuparte del bebé y no debería haber…

–Lo que tuvimos fue la relación más intensa que he tenido en mi vida –la interrumpió–. No sabía qué hacer con una mujer que no solo me volvía loco en la cama, sino también simplemente tomando café en el sofá. Lo tienes todo. Eres capaz de hacer cualquier cosa que te propongas. Siento no haber sido sincero contigo.

Temía que no lo creyera, pero tal como le había dicho su hermano, debía arriesgarse por lo que le importaba.

—Te quiero. Te quiero. En su momento no me permití creerlo porque solo me limitaba a seguir mi plan —miró a su alrededor. El resto de invitados los ignoraban; todos excepto Max y Kendall. Sacó el anillo del bolsillo—. Lo he llevado encima todo el tiempo. Te pedí hacer muchas cosas a las que deberías haberte opuesto y me avergüenzo. Te mereces algo mucho mejor. La proposición de matrimonio fue un error.

Ella abrió la boca y los ojos se le inundaron de dolor.

—Lo que quiero decir es que el modo en que te propuse matrimonio fue un error. Si lo hiciera otra vez, me arrodillaría —se arrodilló y miró su precioso rostro— y te diría la verdad. Te diría que no quiero que te cases conmigo solo para que disfrutes de una casa en Los Ángeles o tengas acceso a médicos fantásticos. Todo eso lo tendrás, pero no es la razón por la que quiero casarme. Si pudiera volver atrás, no te permitiría creer que te pedí matrimonio por el bebé, aunque te advierto que pienso comprarle un montón de regalos inútiles y gigantescos pase lo que pase entre nosotros.

A Meghan le temblaba la boca.

—Quiero casarme contigo porque te quiero como no he querido nunca a nadie. Ni siquiera a mí —bromeó, y en ese momento ella no pudo contenerse y sonrió—. Perdóname. Cásate conmigo. Déjame quererte. No, ¿sabes qué? Me da igual si me dejas o no quererte, porque te quiero y no puedes hacer nada para evitarlo.

Meghan sonreía y los ojos le brillaban como el diamante que temblaba entre los dedos de Isaac.

—Isaac…

150

–No digas nada si no estás preparada. A menos que sea…

–Yo también te quiero.

Isaac se levantó tan rápido que se mareó.

–¿Sí?

–Sí –respondió Meghan rodeándolo por el cuello–. No tienes que casarte conmigo, Dunn. Podemos salir durante una temporada.

–De eso nada. Quiero asegurarme de que sepas que no pienso ir a ninguna parte.

–Excepto adonde se ruede la película de Charles Howard que vas a protagonizar. Por cierto… –se llevó la mano al abdomen y susurró–: Vamos contigo.

La besó, ¡por fin!, respirando su fresco aroma a limpio.

–Cásate conmigo –le susurró contra la boca–, aunque lo haya estropeado todo.

–Mmm –Meghan le quitó el anillo y lo acercó a la luz, girándolo.

–Vale, vale. Ya sé lo que estás haciendo. Esta vez es un diamante de verdad junto con una proposición de matrimonio de verdad y una declaración de amor de verdad, desde lo más profundo de mi ser. Te juro que no he actuado. Ha salido de mí, del Isaac Dunn metepatas a tiempo parcial, ambicioso y fantástico en la cama.

–Ahí está ese ego del que me enamoré.

–Pues no entiendo cómo pudiste.

–Olvidas que llevo media vida conociéndote –dijo Meghan poniéndose el anillo y mirándolo a los ojos.

–A mi versión de Danny Brooks.

–Hay mucho de Danny Brooks en ti, Isaac Dunn. Max era el menos creíble.

–Lo he oído –gruñó Max tras ellos, aunque estaba

sonriendo. Isaac sabía que se sentía orgulloso de él y eso le hacía sentirse de maravilla.

—Se va a casar conmigo —dijo Isaac.

—¡Bien! —gritó Kendall.

—Si… —dijo Meghan.

—Si lo que sea —la interrumpió Isaac—. Me mudaré a Dunn, me raparé la cabeza, me dedicaré a la contabilidad.

—Si llamas a Charles Howard ahora mismo y le dices que has cometido un error inmenso y le suplicas que te dé el papel.

—Hecho —contestó Isaac sacando el móvil.

—Yo me ocupo —dijo Kendall quitándole el teléfono—. Vosotros tenéis algo que celebrar.

—Me parece genial —dijo Isaac hundiendo la nariz en el pelo de Meghan y abrazándola con fuerza.

—Te quiero, Isaac Dunn. Te he querido desde siempre.

—Te quiero, Meghan Squire, y me pasaré el resto de mi vida demostrándote cuánto.

Cuando se acercó para otro beso descubrió que no habían estado tan escondidos como creía. Silbidos y aplausos los rodearon.

—¿Eso ha sido un «sí»? —gritó Richard.

Isaac miró a Meghan, cuya sonrisa hizo que lo recorriera un cosquilleo.

—Responde.

Meghan se giró hacia la multitud, levantó la mano donde llevaba el anillo y gritó:

—Ha sido un «sí». ¡Otra vez!

Epílogo

Una limusina negra se detuvo junto a la acera y, rodeados por montones de personas, Meghan, Max, Kendall e Isaac salieron del Dolby Theatre y se dirigieron al vehículo.

Los flases de las cámaras iluminaron el cielo como fuegos artificiales mientras subían a los espaciosos asientos. Isaac le indicó al chófer que arrancara.

–¿Cómo es? –preguntó Kendall.

–Pesa –Max le dio la estatuilla que había ganado al mejor documental corto.

–¿Por qué no lleva tu nombre?

–Se suponía que tenía que devolverla para que me la grabaran, pero no he querido –respondió Max encogiéndose de hombros.

Isaac y Meghan, a su lado, se rieron.

–Pues cuando la llevemos a grabar –dijo Kendall– debería poner: «Max Dunn, documentalista, exactor infantil y padre».

–¿Padre? –le preguntó Max a su mujer, impactado.

–Sí. ¿Qué te parece?

–¿Que qué me parece? –la abrazó y le lanzó una mirada que decía que preferiría estar a solas con ella–. Me parece genial.

–¡Nuestros bebés van a tener un primo! –dijo Meghan abrazando a Kendall, si bien con cierta dificultad debido a su abultada barriga.

Menos mal que se había ido a vivir a California con Isaac, porque le habría sido imposible volar en su estado y él no habría querido que se perdiesen esa noche por nada del mundo.

–¿Has dicho «bebés»? –preguntó Kendall sonriendo.

–¡Ups! ¿Lo he dicho en voz alta? –dijo Meghan fingiendo inocencia.

Aún no le habían contado a nadie que tendrían mellizos, niño y niña. De todas formas, en dos semanas todos se iban a enterar.

–Por tu bien estaba esperando que fueran dos y no un bebé gigante –dijo Kendall abrazándola.

–Fanfarrón –dijo Max dándole un golpecito en la rodilla a Isaac.

–Mira quién fue a hablar. En cuestión de premios, me superas tú a mí.

–Soy mayor. Voy primero.

–Solo eres setenta y dos segundos mayor.

–Pero sigo siendo el mayor.

Max sonrió e Isaac sintió una inmensa gratitud. Su hermano se merecía una vida increíble y, gracias a Kendall, la tenía. Que él hubiera tenido la misma suerte era una bendición que no había visto venir.

–De todos modos, no creo que suelan dar premios a actores que hacen de superhéroes –y le daba igual porque ese no era el motivo por el que había aceptado el papel. Lo había hecho porque le encantaba lo que hacía y con Meghan a su lado se sentía tan invencible como un superhéroe.

–¡Oh! –exclamó Meghan.

–¿Oh? –repitió Kendall justo antes de mirar al suelo y ver un charco–. ¡Oh! ¡Al hospital! Vamos. ¡Ha roto aguas!

Isaac miró a Meghan, que impactada se sujetaba la barriga. ¡Estaba pasando! Estaba a punto de conocer a sus hijos. Avisó al conductor y se acercó más a ella para rodearla por los hombros y besarle la frente. Meghan respiraba como podía, conteniendo lo que parecía un dolor intenso.

—No te preocupes, Squire. No soy el único superhéroe de la familia.

Ella lo miró fijamente y apoyó la cabeza en su hombro.

—Espero… sobrevivir… a esto.

—Estaré a tu lado todo el tiempo y haré que cada momento que vivas sea lo mejor posible. Voy a darte una felicidad interminable.

Kendall sonrió con lágrimas en los ojos y Max asintió orgulloso.

—Pues… espero que… este parto… no sea interminable… porque, si no, no te voy a perdonar nunca —le respondió Meghan.

—Te quiero, Squire.

—Y yo a ti. Pero ahora, cállate.

Isaac se calló, besándola entre sus respiraciones entrecortadas.

—Max, ¿no tendremos mellizos nosotros también, no?

Meghan soltó una carcajada y luego un grito de dolor.

—Tenemos mucho tiempo para preocuparnos por eso, California. Ahora vamos a disfrutar del viaje.

Max miró a Isaac y asintió, como diciendo:

—«Bien hecho, hermano. Sabía que espabilarías y dejarías de hacer el imbécil».

Isaac le devolvió el gesto pensando:

—«He aprendido de ti».

—«De nada» —contestó Max con la mirada.

Dios, ¡qué afortunado era! Incluso con Meghan clavándole las uñas en la mano.

Pronto vería a su hijo y a su hija llegar al mundo y luego todos se irían a casa a construir una vida juntos.

Ya fuera en Dunn, Los Ángeles o algún plató en Canadá, su hogar estaba donde estuvieran su mujer y sus hijos.

DESEO
JESSICA LEMMON

INTERCAMBIO DE GEMELOS

La representante Kendall Squire necesitaba desesperada-
mente que el actor Max Dunn saliera del retiro que él mismo
se había impuesto. Como representante de su gemelo, cabía
la posibilidad de que hubiera cerra-
do un acuerdo para que su cliente
hiciera un anuncio sin concretar un
pequeño detalle: su disponibilidad.
Max sería el sustituto perfecto, pero
cuando Kendall fue a su cabaña en
la montaña para proponerle la idea,
acabaron atrapados en una tormenta de nieve. Pronto convencer a Max
para que se hiciera pasar por su
hermano dio paso a una negocia-
ción mucho más íntima.

N.º 568

LOS SUEÑOS SE CUMPLEN

Conseguir una entrevista con el actor Isaac Dunn era un
sueño hecho realidad para la creadora de pódcast Meghan
Squire. Pero cuando él le pidió hacerse pasar por su novia,
¡tuvo que pellizcarse para saber si estaba o no soñando!
Sería un acuerdo temporal, lo justo para contentar a la prensa. Sencillo. Al menos hasta que su atracción demostró ser
de todo menos fingida y acabó en embarazo. De pronto la
pregunta del millón era si estaban preparados para un compromiso de verdad.

JAZMÍN

SUSAN FOX
POR EL AMOR DE UNA MUJER

Oren McClain sabía que Stacey Amhearst no tenía más remedio que aceptar su matrimonio de conveniencia. Pero Stacey estaba secretamente enamorada de él y estaba dispuesta a hacer lo posible para que el matrimonio funcionara. ¿Conseguiría ser la mujer de McClain en algo más que el nombre?

SHIRLEY JUMP
SEGUNDO AMOR

Anita Mercado se había mudado al pueblo para darle un hogar a su futuro bebé. Estaba sola, pero había aprendido que no necesitaba a nadie, ni siquiera a Luke Dole, un padre soltero con quien una vez había fantaseado. Pero ¿cómo podía una mujer embarazada y sola evitar a su primer amor, cuando él era tan irresistible? Luke nunca había soñado con que volvería a ver a Anita… y menos que esta estuviese embarazada. La había dejado escapar una vez, pero no iba a cometer de nuevo el mismo error. Porque ahora Anita lo necesitaba, y él iba a enseñarle lo que significaba ser padre.

N.º 58

JESSICA HART
PARAÍSO TROPICAL

Martha Shaw era una madre soltera que acababa de convertirse en la niñera de la sobrina del guapísimo Lewis Mansfield… y estaba a punto de pasar seis meses en una isla tropical con él y con los niños. Martha no tardó en enamorarse locamente de su atractivo jefe, pero él parecía feliz en su condición de soltero despreocupado y sin planes de pasar por el altar. ¿Sería capaz de arriesgarlo todo y decirle que sentía por él?

JACQUELINE BAIRD

Comprada por un magnate

El multimillonario griego Luke Devetzi estaba dispuesto a cualquier cosa con tal de compartir otra noche de pasión con Jemma Barnes…

Fue entonces cuando descubrió que el padre de Jemma tenía graves problemas económicos y necesitaba ayuda urgentemente. Luke estaba dispuesto a ayudar… pero sólo si Jemma accedía a convertirse en su esposa.

KAY THORPE

Comprada por un millonario

Leonie había rechazado la atrevida proposición de Vidal porque era un hombre arrogante, mujeriego… y con un atractivo sexual tan arrollador, que la hacía temblar.

Ahora el millonario portugués había vuelto a su vida… y Leonie no podría escapar. Vidal podría saldar viejas deudas y convertirla en su amante, y ella no podría hacer otra cosa que aceptar…

Pero Vidal no quería una amante, quería una esposa. Y tenía intención de conseguirlo.

¡YA EN TU PUNTO DE VENTA!

BIANCA™

SUSANNE JAMES
LEGADO ENVENENADO

Años después de abandonar a Helena, Oscar Theotokis reapareció con sus ojos negros y su sonrisa arrebatadora, desafiando su determinación de no volver a caer bajo sus encantos.

Pero Oscar no había podido borrar a la preciosa inglesa de sus pensamientos. Y se había prometido que, si alguna vez se casaba, no sería por sentido de la responsabilidad, sino por simple y puro deseo.

MICHELLE REID
EL HOMBRE QUE LO ARRIESGÓ TODO

Para Franco Tolle, el chico de oro de la *jet set* europea, la vida era solo una carrera de lanchas motoras que surcaban el Mediterráneo más azul. Rico y famoso, el joven heredero era un hombre temerario al que nada le importaba. Pero una vez corrió un riesgo demasiado alto… Presa de un arrebato de pasión, le puso un anillo de boda a Lexi Hamilton… Unos meses más tarde, sin embargo, serían unos perfectos extraños.

Y la vida le pasaría factura; una factura muy larga…

N.º 50

BIANCA™

¿Su dilema?
Casarse con él

SIN RESISTENCIA

LYNNE GRAHAM

N.º 3178

Mujeres espectaculares caían rendidas a los pies del mul-
millonario griego Jace Diamandis, pero los diamantes y
el champán no parecían impresionar a la veterinaria Gigi
Campbell. Así que Jace tuvo que hacer un gran esfuerzo
para persuadir a Gigi de que accediese a pasar una inolvidable velada en su lujoso yate.

Gigi, que era una persona sensata, desconfiaba de la fama
que precedía a Jace... hasta que descubrió lo vulnerable
que podía llegar a ser ante su arrollador magnetismo. E iba a
tener que afrontar las consecuencias de haberse rendido
a una tentación tan peligrosa. Estaba embarazada e iba a
ser incapaz de resistirse a la atractiva propuesta de Jace.

BIANCA.

*Ella le hizo una propuesta de alto riesgo:
«Cásate conmigo y habrás ganado».*

JUEGO DE VENGANZAS

TARA PAMMI

N.° 3179

El magnate griego Apollo Galanis había amasado una fortuna con el único propósito de arruinar a la familia Shett
¿Su objetivo? Obtener el control de la empresa de la famili
mediante un matrimonio de conveniencia con la hija mayc
de su enemigo. Pero el plan se le desbarató, cuando Jia, l
vehemente hija menor, le propuso que se casara con ell
en vez de con su hermana.

Proponerle matrimonio al vengativo Apollo era la última de la
decisiones que Jia había tomado para proteger a su famili
Pero un seductor y apasionado beso le indicó que negocia
aquel contrato de matrimonio podía costarle muy caro.